Veröffentlicht von
DREAMSPINNER PRESS

5032 Capital Circle SW, Suite 2, PMB# 279, Tallahassee, FL 32305-7886 USA
www.dreamspinnerpress.com

Ein weites Land – Unruhige Zeit
Urheberrecht der deutschen Ausgabe © 2017 Dreamspinner Press.
Originaltitel: An Unsettled Range
Urheberrecht © 2012 Andrew Grey.
Original Erstausgabe. Januar 2012
Übersetzt von Regine Günther.

Umschlagillustration
© 2012 Reese Dante
Umschlaggestaltung
© 2012 Mara McKennen.
Die Illustrationen auf dem Einband bzw. Titelseite werden nur für darstellerische Zwecke genutzt. Jede abgebildete Person ist ein Model.

Deutsche ISBN. 978-1-63533-739-6
Deutsche eBook Ausgabe. 978-1-63533-740-2
Deutsche Erstausgabe. April 2017
v 1.0

Gedruckt in den Vereinigten Staaten von Amerika.

EIN
WEITES LAND
Unruhige Zeit

ANDREW GREY

Für meinen Bruder David.

VORWORT

„BIST DU immer noch hier?"

Troy Gardener sah von seinem Schreibtisch auf. Cameron Jarvis stand in Jeans und irgendeinem ausgefallenen Designer-T-Shirt im Türrahmen. Troy sah auf die Uhr.

„Ich glaube, die wichtigere Frage lautet, weshalb *du* zu dieser Stunde noch hier bist. Du arbeitest doch sonst nie so lange", antwortete Troy und kniff misstrauisch die Augen zusammen. Sie waren beide auf denselben Job als Leiter des Innenministeriums aus. Während Troy schon immer bis spät abends gearbeitet hatte, hatte Cameron erst angefangen, länger zu arbeiten, als die Liste der Kandidaten bekannt gegeben wurde.

„Ich habe mit Gail und den Kindern bei Savage Mill zu Abend gegessen. Danach bin ich hierher gefahren, um ein paar Unterlagen zu holen, die ich übers Wochenende noch durchsehen wollte", erklärte Cameron leichthin mit dem ungezwungenen Lächeln, das scheinbar immer auf seinen Lippen lag. In diesen Designerklamotten war der Mann die reinste Plage. Troy würde es niemandem gegenüber zugeben, aber Cameron fühlte sich einfach immer zu wohl in seiner Haut. Und das ärgerte ihn ohne Ende. Er arbeitete hart, um sich einzufügen und kompetent und sachkundig aufzutreten. Cameron schien das alles immer leichter zu fallen. „Ich wünsche dir ein tolles Wochenende und grüße Jeanie von mir. Ach, und richte ihr aus, dass sich Gail gerne wieder mit ihr treffen würde." Zum Abschied hob Cameron die Unterlagen kurz an. Sogar seine eigene Frau kooperierte mit dem Feind. Sofort, als ihm dieser Gedanke durch den Kopf schoss, merkte er, wie albern das war. Egal wer die Beförderung bekam, er musste weiterhin mit Cameron zusammenarbeiten; nur hoffentlich dann als sein Vorgesetzter. Troy winkte zurück und beendete die Arbeit, bei der ihn Cameron unterbrochen hatte. Als er fertig war, fuhr er seinen

1

Laptop herunter, nahm ihn von der Dockingstation und steckte ihn für den Nachhauseweg in die Tasche. Anschließend verließ Troy das Regierungsamtsgebäude und fuhr nach Hause.

Es war zwar Sommer, doch der Himmel wurde schon dunkel, als er vom Parkplatz und die gepflegte, von Bäumen gesäumte Einfahrt zur Straße hinunterfuhr. Das Tor öffnete sich sofort, da ihn der Mann vom Sicherheitsdienst erkannt hatte. Troy winkte ihm zu und machte sich auf den Heimweg. Obwohl es Freitag war, hatte er bis fast neun Uhr gearbeitet. „Ich will diese Beförderung zum Direktor", hatte er Jeanie am Morgen erklärt, als sie ihn gebeten hatte, früher nach Hause zu kommen. „Es dauert bestimmt nicht mehr lange", hatte Troy noch hinzugefügt. Auch wenn er nicht wirklich wusste, wann der Vorstand seine Entscheidung bekannt gab. Bei dem Gedanken, dass Jarvis die Beförderung bekommen könnte, packte Troy das Lenkrad fester. Troy würde es auf jeden Fall mehr verdienen; Himmel, er wollte es sogar mehr als der andere. Er schob diese Gedanken weit von sich, je weiter er sich vom Büro entfernte und sein hoffentlich ruhiges Wochenende immer näher rückte.

Vor ein paar Stunden hatte Jeanie ihn angerufen, um ihn daran zu erinnern, dass ihre Tochter Sofia bei Callie übernachtete und sie und ihre Schwester ihre Mutter zu deren Geburtstag zum Essen einluden. Auf Troy wartete also ein ruhiger Abend ganz für sich allein. Auf der Suche nach seinem Smartphone griff er in seine Jackentasche, bevor ihm einfiel, dass er es am Morgen vergessen hatte. Das tat er nun schon den ganzen Tag. Dass er es zu Hause liegen gelassen hatte, nervte ihn total; ohne das Handy fühlte er sich irgendwie nackt.

Bald darauf bog er in seine ruhig gelegene Straße ein und erwartete das Haus in vollkommener Dunkelheit. Stattdessen brannten überall Lichter. In der Einfahrt stand ein Auto, das er nicht sofort erkannte. „Verdammt", fluchte er leise. Es war der Wagen seines Bruders. Troy hatte völlig vergessen, dass Kevin heute hier übernachtete. Seufzend parkte er hinter seinem Bruder, nahm seine Tasche vom Beifahrersitz und schloss die Tür hinter sich, bevor er die Stufen zur Veranda erklomm.

Troy konnte nicht anders. Er blieb stehen und sah sich um. Jahrelang hatten Jeanie und er dieses Haus bewundert. Ein typisch viktorianisches Haus im Queen Anne Stil mit einem runden Türmchen und viel Charakter. Als das Haus vor zwei Jahren zum Verkauf angeboten wurde, hatten sie sofort ein Angebot unterbreitet. Seit es ihnen gehörte, arbeitete Jeanie jede freie Minute daran. Troys Frau war erstaunlich – sie machte so gut wie alles selbst und Troy konnte sehen, wie sich das Haus von einem kahlen Gebäude in ein Zuhause verwandelte. Er hatte natürlich tatkräftig mitgeholfen, da er damals nicht so viele Überstunden gearbeitet hatte. Doch als das Haus fertig war, nahm die Zeit, die Troy auf der Arbeit verbrachte, immer mehr zu.

„Hallo Troy."

Die Stimme seines Bruders riss ihn aus seinen Gedanken. Troy sah, wie Kevin sich von einem der Verandastühle erhob. „Jeanie bat mich, dir zu sagen, dass ein Hühnersalat für dich im Kühlschrank steht."

„Danke", entgegnete Troy und ging hinein. Zuerst stellte er seine Tasche neben dem kleinen Tisch im Flur auf den Boden. Dann ging er die Treppen nach oben in ihr gemeinsames Schlafzimmer. Dort zog er sich seinen Anzug aus, warf ihn zu den anderen Sachen für die Reinigung und schlüpfte in eine bequeme Jeans und ein Hemd. Als er die Treppe wieder hinunterging, hörte Troy sein Handy vibrieren. Er hatte eine SMS bekommen. Ohne draufzusehen, nahm er es vom Tisch im Flur und schob es in die Hosentasche, da er die Nachricht erst später lesen wollte.

Kevin folgte ihm in die Küche. Troy öffnete den Kühlschrank, holte den Salat, den Jeanie für ihn gemacht hatte, heraus, sowie zwei Flaschen Bier. Schweigend reichte er Kevin eine davon und ging hinaus auf die Veranda. Seufzend sank er in einen der Stühle. „Wann geht morgen dein Flug?" Mit einer Hand hielt Troy die Schüssel, mit der anderen aß er den Salat. Jeanie war eine ausgezeichnete Köchin, das Essen schmeckte wunderbar.

„Um acht. Das wird ein langer Flug." Kevin setzte sich in den anderen Stuhl. Über irgendetwas schien er sich Gedanken zu machen.

„Wo geht es hin?", fragte Troy, mehr aus Höflichkeit als aus Neugier.

„Australien, für zwei Wochen. Peter hätte mich gerne begleitet, aber er hat keinen Urlaub bekommen." Peter war seit fast zehn Jahren Kevins Lebensgefährte. Zwei Monate bevor Jeanie und er geheiratet hatten, hatten sich die beiden verpartnern lassen.

„Das ist wirklich schade", sagte Troy und widmete sich wieder seinem Essen, während Kevin mit einem leisen Geräusch seine Bierflasche auf die Verandastufe stellte. Er sagte nichts mehr und Troy spürte, wie sein Bruder ihn anstarrte. Er war drauf und dran, ihn anzufahren, doch er hielt den Mund. In ihren Teenagerjahren waren sich Kevin und er spinnefeind gewesen. Danach waren sie sich jahrelang aus dem Weg gegangen. Als sie dann erwachsen wurden, hatten sie schließlich zaghaft eine Beziehung zueinander aufgebaut. Troy wusste, dass er größtenteils für all das verantwortlich war. Er hatte es gehasst, einen schwulen Bruder zu haben und was das für Auswirkungen auf ihn hatte. Und Kevin hatte nie verschwiegen, wer er war – mit fünfzehn hatte er sich geoutet. „Und die Arbeit läuft gut?", durchbrach Troy die Stille.

„Ja. In letzter Zeit muss ich zwar sehr viel verreisen, aber nach diesem Trip sollte sich das, denke ich, erledigt haben. Im Winter machen Peter und ich eine Kreuzfahrt durch die Karibik. Nur wir zwei", antwortete Kevin und trank einen Schluck von seinem Bier, bevor sich erneut Stille über sie beide legte. Troy hörte, wie Kevin nervös auf seinem Stuhl hin und her rutschte. Ehrlich gesagt hatte er das vorher kaum bemerkt. Kevin war schon immer sehr nervös gewesen, was Troy mehr als einmal zu seinem Vorteil ausgenutzt hatte, als sie noch Kinder waren. Jetzt achtete er kaum mehr darauf. Still aß er den Salat auf und stellte den Teller auf den kleinen Tisch neben seinem Stuhl.

„Troy." Kevin meldete sich zu Wort und Troy fiel auf, wie er sich vergewisserte, dass sie niemand hören konnte. „Ich denke, es ist Zeit, mit dem Unsinn aufzuhören." Troy starrte seinen Bruder finster an. „Du hast dein Handy zu Hause vergessen und es piepte die ganze

Zeit. Da habe ich es auf Vibrationsalarm gestellt und dabei deine SMS gesehen."

Wütend sprang Troy auf die Füße und stellte sich vor Kevin. „Was zum Teufel fällt dir ein, mir in meinem Haus nachzuschnüffeln?" Troy wusste, dass er Kevin einschüchtern konnte. Doch dieses Mal sah Kevin ihn ruhig, ja beinahe gefasst an.

„Wie gesagt, hör einfach mit dem Unsinn auf, Troy. Ich habe die SMS gesehen. Ich kenne diese Art Nachrichten, die du von Harry bekommst." Kevins Stimme blieb leise, was Troy nur noch mehr verunsicherte. „Was soll das?"

Troy nahm seinen Teller und ging, ohne etwas zu sagen, zurück in die Küche. Den Teller stellte er in die Spüle. „Du hattest kein Recht dazu."

Mit einer Hand berührte Kevin flüchtig seine Schulter. „Weiß es Jeanie?"

Bewegungsunfähig und atemlos starrte Troy in die Spüle. Blinzelnd erwartete, hoffte er, jede Minute aus diesem Albtraum aufzuwachen. Doch das tat er nicht – es war alles real. Kopfschüttelnd wehrte er die Berührung seines Bruders ab und ging ins Wohnzimmer. Er musste nicht nachsehen, um zu wissen, dass Kevin ihm gefolgt war. Troy schaltete den Fernseher ein, dann starrte er seinen Bruder zornig an, dass er es ja nicht wagen sollte, noch ein einziges Wort zu sagen. Allerdings schien das dieses Mal nicht zu funktionieren.

„Rede mit mir, Troy. Ich kenne dich länger als irgendjemand sonst auf dieser Welt. Und ich weiß auch ganz genau, was du fühlst." Kevin klang so verständnisvoll, jedoch wollte Troy nicht darüber reden. Nicht im Geringsten. Alles, was er wollte, war, dass Kevin endlich seine Klappe hielt, damit er zu seinem normalen Leben zurückkehren konnte. „Arbeitest du dich deswegen fast zu Tode? Du bist nie zu Hause, das weiß ich. Jeanie und du unternehmt kaum noch was miteinander und wenn, sind immer ein paar andere Leute dabei. Ihr zwei seid nie mehr alleine zusammen."

„Ich will nicht darüber reden!", zischte Troy zwischen zusammengebissenen Zähnen.

5

„Das interessiert mich nicht wirklich", entgegnete Kevin nachdrücklich. „Du musst dich damit auseinandersetzen. Du hast eine Frau und ein Kind und ein Kerl schickt dir Nachrichten, dass er sich mit dir in einer Schwulenbar treffen will." Irgendeine Ausrede, eine Notlüge lag ihm schon auf der Zunge, doch Kevin schnitt ihm das Wort ab. „Wir sind keine Teenager mehr und du bist nicht betrunken und überspielst es damit, dass du was Schlechtes gegessen hast. Das ist dein Leben und dein Seelenfrieden."

„Dann lass mich in Ruhe", sagte Troy.

„Das kann ich nicht. Es steht mehr als dein Glück auf dem Spiel. Was ist mit Jeanie und Sofia? Du tust ihnen keinen Gefallen, wenn du hinter ihren Rücken so etwas abziehst. Lass mich dir helfen."

„Ich brauche deine Hilfe nicht", widersprach Troy kraftlos. Schon seit Jahren wünschte er diese Gefühle zum Teufel und hielt sich von allem und jedem fern, der sich in sein Leben einmischen könnte. Das Leben, das er sich mit seiner Frau und seiner Tochter aufgebaut hatte. Als sie erwachsen wurden, hatte er seinen Bruder immer unterstützt. Jeanie und er waren auch bei der Verpartnerung seines Bruders dabei gewesen und hatten bei der Organisation geholfen. Troy war stolz auf ihn, gleichzeitig beneidete er ihn jedoch sehr.

Schweigend griff Troy nach der Fernbedienung und drehte die Lautstärke auf. Wenn Kevin irgendetwas sagen würde, konnte er es einfach leugnen und Jeanie eine Erklärung bieten, die sie hoffentlich akzeptierte. Da war er sich sicher. Um seine Nerven zu beruhigen, versuchte er, sich auf die Bilder auf dem Fernsehbildschirm zu konzentrieren. Doch der wurde auf einmal schwarz und Kevin starrte Troy an, als wäre er ein Kind, das vor dem Rektor steht. Troy sah abwartend zurück, ob sein Bruder noch etwas zu sagen hatte. Dieser allerdings schwieg. Dann setzte sich Kevin zu ihm auf das Sofa und machte etwas völlig Unerwartetes: Er umarmte ihn fest. Troy begann, sich zu wehren, Kevin ließ ihn jedoch nicht los. „Ich weiß, wie es in deinem Herzen aussieht, kleiner Bruder. Ich kenne deine Scham und weiß, warum du versteckst, wer du wirklich bist. Doch das ist mir egal, weil ich dich trotzdem liebe."

Troy hörte deutlich den Knoten in Kevins Stimme, tat aber sein Bestes, es zu ignorieren. Er würde sich von niemandem ein schlechtes Gewissen machen lassen. Das konnte er nicht. „Kevin", sagte er nachdrücklich, doch sein Bruder ließ nicht locker.

„Ich weiß, dass du schwul bist, Troy. Und ich weiß auch, dass du es mir all die Jahre übel genommen hast. Ich habe mich geoutet und du hast dich versteckt. Das hat sehr lange an dir genagt. Du musst loslassen und es zulassen, der zu sein, der du bist. Der du schon immer warst."

Troy stand auf und entfernte sich von Kevin. „Ich bin Jeanies Ehemann und Sofias Vater. Es darf einfach nicht sein, dass ich schwul bin."

Kevin setzte sich wieder aufs Sofa und sah Troy geduldig an. In seinem Leben hat es nicht viele Momente gegeben, in denen er es geschafft hatte, seinen Bruder aus dem Konzept zu bringen. Bis jetzt. „Du bist schwul. Es ist ein Teil dessen, wer du bist. Je eher du dieser Tatsache ins Auge siehst, umso leichter wird dein Leben sein. Dein ganzes Leben bist du diesem Thema aus dem Weg gegangen, und du tust es immer noch. Ich habe doch gesehen, dass du es nicht verleugnet hast – du hast nur versucht, davon abzulenken. Doch das hat nicht funktioniert. Von mir aus versteck dich weiter, aber ich weiß, wer du bist. Ewig kannst du dich nicht verstecken, egal, wie sehr du es versuchst. Es wird dich von innen auffressen. Denn du weißt, dass du Jeanie betrügst, wenn du aus welchem Grund auch immer mit jemand anderem zusammen sein willst."

„Was zum Teufel soll ich denn tun?", fragte Troy lauter als beabsichtigt. Er merkte, wie seine Stimme brach, als ihn ein Teil seiner Willenskraft verließ. „Wenn du all die Antworten kennst, was soll ich denn tun, damit niemand verletzt wird?"

Kevin stand auf und legte seine Hand auf Troys Schulter. Die Wärme der Berührung drang durch die Kleidung. „Ich kenne nicht alle Antworten. Das habe ich noch nie. Und ich sehe auch keine Möglichkeit, Menschen davor zu bewahren, verletzt zu werden. Wenn man sich so lange versteckt hat wie du, werden Menschen durch Veränderungen meistens verletzt. Und in diesem Fall diejenigen, die

7

du am meisten liebst. Das weiß ich. Ich sag dir was: Du musst jetzt nichts sofort unternehmen. Denk einfach gründlich darüber nach. Du musst dir gegenüber und dem, was du fühlst, ehrlich sein, bevor du jemand anderem gegenüber ehrlich sein kannst." Troy sah, wie sein Bruder hart schluckte. „Aber du sollst wissen, dass es für mich keine Rolle spielt. Ich liebe dich in jedem Fall." Erneut schlang Kevin seine Arme um ihn und dieses Mal erwiderte Troy die Umarmung. Er konnte spüren, wie einige der Mauern und Dämme, die er im Laufe seines Lebens aufgebaut hatte, brachen. Als die Gefühle, die er bis jetzt in Schach gehalten hatte, an die Oberfläche traten, hielt er sich an Kevin fest. Verzweifelt versuchte er, sich zusammenzureißen und wischte sich über die Augen.

Das Geräusch einer zuschlagenden Autotür holte ihn wieder in die Wirklichkeit zurück. Den Knoten in seinem Hals runterschluckend trat er einen Schritt von Kevin weg. Er ging ins Bad und spritzte sich kaltes Wasser ins Gesicht, bevor er sich im Spiegel anstarrte. Troy hatte immer gedacht, das Gesicht, das zurückstarrte, zu kennen. Doch jetzt sah er nur noch einen Fremden. Alles, von dem er gedacht hatte, über sich zu wissen, war falsch und er hatte keine Ahnung, ob er mit diesem Abbild leben konnte oder nicht. Tief durchatmend beruhigte Troy seine Nerven, als er hörte, wie Jeanie Kevin begrüßte. Dann wurden ihre Stimmen leiser.

Fest kniff Troy die Augen zusammen, blendete das Spiegelbild aus und tat sein Bestes, seine Emotionen nicht an die Oberfläche zu lassen. Doch nun war die Katze aus dem Sack. Er konnte diese Gefühle nicht wieder wegschieben. Die Muster der Fliesen verschwammen, als Tränen in seinen Augen aufstiegen. Was zur Hölle sollte er tun? Das Letzte, was er wollte, war Jeanie und Sofia wehzutun. Sie waren sein Leben.

Troy war schon einmal verheiratet gewesen. Seine erste Frau, Mary, war extrem karriereorientiert gewesen. So sehr, dass sie niemals Kinder wollte. Troy schon. An diesem und vielen anderen Gründen war ihre Ehe schließlich zerbrochen. Troy hatte immer die Differenzen, die Mary und er nie überwinden konnten, für das Scheitern seiner ersten Ehe verantwortlich gemacht. Doch jetzt, da er einigen Wahrheiten ins Gesicht sehen konnte, fragte er sich, wie viel Mary gewusst oder geahnt hatte. Inzwischen war sie nämlich wieder verheiratet und Troy hatte irgendwann erfahren, dass sie Zwillinge zur Welt gebracht hatte.

Auf einmal brachen die neu entdeckte Wahrheit und die Entscheidungen, die er getroffen hatte, gleichzeitig auf ihn ein. Troys Knie begannen heftig zu zittern. Im nächsten Moment kam der Boden immer näher und ohne Widerstand sackte er auf Jeanies hellgelber Badematte zusammen. Die Hände gegen die Augen gepresst versuchte Troy, nicht allzu laut nach Luft zu schnappen. Leise weinte er, bis sich ein Teil der Matte anfühlte, als käme er gerade aus der Dusche. Troy hatte keine Ahnung, was er tun sollte. Doch egal, für was er sich entscheiden würde, es würden nicht die letzten Tränen sein, die er vergoss. Das war ihm bewusst.

Ein leises Klopfen an der Tür zwang ihn schließlich auf die Knie, bis er wieder auf beiden Beinen stand und erneut in den Spiegel starrte. „Geht es dir gut?", fragte Kevin vom Flur aus.

„Ja", antwortete Troy leise, da er seiner Stimme nicht ganz traute, ihn nicht zu verraten. Er drehte den Wasserhahn auf und fuhr sich mit einem kalten Waschlappen über die Augen, bevor er auf die Toilettenspülung drückte und die Tür öffnete. Troy fand Jeanie und Kevin auf der Veranda. Die beiden genossen den frischen Sommerabend, während er an nichts anderes als an den Schmerz und Kummer denken konnte, den er seiner Familie bereiten würde. Bedrückt setzte er sich und beobachtete die Glühwürmchen, die die Bäume um das Grundstück herum beleuchteten. Die schwierigste Frage war, wie einfach er das alles aufgeben könnte.

1

VERFLUCHT, SEINE Füße schmerzten. Wie alles andere auch. Ein Auto näherte sich. Sofort hob Liam seinen Daumen. Verzweifelt versuchte er, per Anhalter irgendwo hinzukommen. Doch der Wagen fuhr an ihm vorbei und wirbelte eine Staubwolke auf, die sich auf die bereits vorhandenen Schichten auf jedem Zentimeter seiner Haut niederließ. Er war so dermaßen schmutzig, dass es schmerzte, die Arme zu bewegen, da sich auf ihnen so viel Sand und Dreck angesammelt hatte. Es war bestimmt schon Wochen her, seit er so richtig sauber gewesen war. Und sogar noch länger, seit sein Bauch das letzte Mal voll war und er richtig gut geschlafen hatte. Seine Augen fühlten sich an, als wollten sie von allein zufallen. Seine Beine waren aus Blei, trotzdem lief er immer weiter. Zum millionsten Mal sah Liam sich um. Doch er sah nichts weiter außer flaches Land und Rinder. Er wusste, dass die Rinder irgendwem gehören mussten und dieser jemand hier in der Gegend leben musste. Allerdings hatte er schon seit einer halben Ewigkeit kein Haus mehr gesehen. Beim letzten Haus hatte so ein alter Kerl mit einer Waffe vor ihm herumgefuchtelt.

Das leise Brummen eines weiteren Autos erregte Liams Aufmerksamkeit und er drehte sich mit erhobenem Daumen um. Dieses Auto sah schnell aus, was Liams Hoffnung schürte. Als das tiefergelegte, rote Auto näher kam, steuerte es direkt auf ihn zu. Liam trat einen Schritt zurück, fiel in einen flachen Graben und landete hart auf seinem Hintern. Der Wagen raste an ihm vorbei, ohne auch nur das geringste Anzeichen, langsamer zu werden. Ächzend schloss Liam seine mit Sand verklebten Augen. Nach einer kurzen Bestandsaufnahme stellte er fest, dass Gott sei Dank nichts noch mehr schmerzte als vorher. Wahrscheinlich sollte er sich glücklich schätzen, doch das war ziemlich schwer, wenn man mit dem Hintern in einem Graben hockte und das Wenige, das man besaß, auf dem

Boden verteilt war. Ganz langsam, da er nicht anders konnte, sammelte Liam seine Sachen wieder ein und steckte sie in seinen Rucksack. Als er zusah, wie der letzte Rest seines Wassers aus der inzwischen kaputten und nutzlosen Flasche floss, kniff er fest die Augen zusammen, um nicht frustriert aufzuschreien oder etwas Ähnliches zu tun. Zu allem Übel ging auch noch die Sonne unter und Liam konnte einen kühlen Lufthauch spüren. Inzwischen sollte er sich eigentlich daran gewöhnt haben. Doch er war so müde und hungrig, dass sein Hirn nicht mehr richtig funktionierte. Irgendwie, durch schiere Willenskraft, kam Liam wieder auf die Beine und ging schlurfend weiter die Straße hinunter, während der Himmel immer dunkler wurde. Er hielt weiter Ausschau nach Lichtern, die auf Häuser oder andere Gebäude hinwiesen. Aber er sah nichts.

Schon vor längerer Zeit hatte Liam aufgehört zu schlucken, da sich seine Kehle wie Schmirgelpapier anfühlte. Das wäre nur noch schmerzhafter, als es ohnehin schon war. Jetzt war es stockdunkel, nur die Sterne gaben ein wenig Licht. Seit Stunden war kein Auto mehr vorbeigekommen. Liam spürte, wie sein Körper langsam aufgab. Plötzlich stolperte er einfach so, fiel am Straßenrand zu Boden und blieb dort liegen. Er hatte keine Energie mehr, sich zu bewegen oder die Kraft, weiterzumachen. Nicht, dass es eine Rolle spielen würde. Niemand wollte ihn. Es wäre sehr viel leichter, wenn er sich einfach hier hinlegen und sterben würde. Mit der Zeit hörte sich das immer besser an. Erschöpft ließ Liam den Rucksack von seinen Schultern gleiten und legte den Kopf darauf, als sich die Kälte der Nacht, der Hunger, die Schmerzen und die Müdigkeit, die er tief in seinen Knochen spürte, in nichts auflösten.

STIMMEN DRANGEN durch seine friedlichen Träume und er dachte schon, sie wären ein Teil davon, obwohl sie sehr dringlich klangen. Sein Traum dagegen war so schön und unbeschwert gewesen. „Sei vorsichtig", tadelte jemand leise.

„Ist er tot?"

Eine warme, sanfte Hand berührte seinen Nacken. „Nein."

11

Liam wollte sich der Berührung entgegenstrecken. Doch in seinem Körper schien außer seinen Ohren nichts mehr zu funktionieren. So träumte er den Traum einfach weiter. Er schwebte auf Wolken, die plötzlich aneinanderstießen und bebten. Ganz langsam setzte Liams Verstand wieder ein und er begriff, dass er nicht träumte. Die Augen zu öffnen schmerzte zwar, aber er konnte flackernde Lichter erkennen. Er musste in irgendeinem Fahrzeug sein. Er versuchte sich aufzusetzen, damit er aussteigen konnte. Doch nichts in seinem Körper funktionierte.

„Ist schon okay. Dir wird es bald wieder besser gehen, das verspreche ich dir. Niemand will dir etwas tun."

Liam entschied sich, der Stimme zu vertrauen. Nicht, dass er eine andere Wahl hätte. Liam vernahm einen Windstoß, dann sprach die Stimme erneut: „Mario, er ist wach." Dann hörte der Wind auf zu blasen und Liam ließ einfach los. Was immer mit ihm auch passierte, er ließ es geschehen; es kümmerte ihn nicht mehr.

„HIER, TRINK das langsam", sagte die Stimme und Liam gehorchte. Kaltes Wasser floss seine ausgetrocknete Kehle herunter. Anfangs schmerzte es etwas, doch dann fühlte es sich gut an und er griff nach dem Glas, das ihm jedoch entzogen wurde. „Nicht so schnell." Liam nahm einen weiteren Schluck und mehr Wasser rann seine Kehle hinunter in seinen leeren Magen. Er trank so lange, bis das Glas von seinen Lippen verschwand. „In ein paar Minuten bekommst du mehr." Liams Körper sank gegen etwas Weiches. Sofort wurde ihm warm und er verlor jegliches Zeitgefühl.

„Trink noch etwas."

Liam nickte. Dieses Mal hatte das Wasser einen leichten Geschmack und er trank und trank.

„Was ist da drin?", fragte eine andere Stimme.

„Gatorade verdünnt mit Wasser. Er hat wahrscheinlich seit Tagen nichts mehr gegessen, deshalb braucht er etwas Leichtes, um seinen Magen wieder in Schwung zu kriegen." Flatternd öffnete Liam die Augen und fand sich in einem dezent beleuchteten Raum wieder. Zwei Männer sahen ihn mit besorgten Gesichtern an. „Fühlst du dich besser?" Liam nickte, griff nach dem Glas und trank, bevor ihn jemand stoppen konnte. „Du musst es langsam angehen lassen. Wenn sich dein Magen wieder daran gewöhnt hat, zu arbeiten, kannst du mehr haben."

„Wer seid ihr?", brachte Liam krächzend hervor. Seine Kehle schmerzte zu sehr.

„Ich bin Wally und das ist Mario", antwortete einer der beiden Männer. „Wir haben dich am Straßenrand gefunden." Liam versuchte, sich aufzusetzen, doch der Mann drückte ihn sanft wieder zurück. „Langsam. Du bist dehydriert und wir dürfen deinem Körper nur langsam wieder Flüssigkeit geben. Wann hast du das letzte Mal etwas gegessen?"

Liam zuckte mit den Schultern. Er wünschte, er könnte sich daran erinnern. „Vor ein paar Tagen, schätze ich. Ich bin Liam, Liam Southard", fügte er hastig hinzu, als er sich an seine gute Erziehung erinnerte.

Wally gab dem anderen Mann das Glas. „Könntest du es wieder auffüllen? Halb mit Wasser, die andere Hälfte mit Gatorade."

Mario nickte und eilte davon. „Was hast du eigentlich mitten in der Nacht da draußen gemacht? Wir hätten dich beinahe übersehen."

„Ich bin einfach gelaufen. Seit Wochen versuche ich schon, Arbeit zu finden. Einen Tag habe ich auf einer Ranch südlich von hier verbracht, doch die haben mich rausgeworfen und ich bin weitergezogen. Seitdem habe ich nichts mehr gegessen." Liam versuchte, sich von Wallys besorgtem Blick abzuwenden. Diesen Blick hatte er nicht verdient. Mario kam mit dem wieder aufgefüllten Glas zurück und Liam riss es ihm praktisch aus den Händen, als dieser es ihm anbot. Er trank so viel wie er konnte.

„Hey, vorsichtig. Du kriegst schon noch mehr", meinte Wally sanft.

Liam trank das Glas leer und gab es zurück. „Herzlichen Dank." Der um einiges größere Mann nahm das Glas und ging. Kurz darauf kam er mit einem weiteren, das er auf den Tisch stellte. Für einen Moment entspannte sich Liam, bis er sich an seinen Rucksack erinnerte und sich verzweifelt umsah.

„Dein Rucksack liegt auf dem Boden neben dem Sofa. Jetzt ruh dich ein bisschen aus und trink nicht so viel auf einmal", riet ihm Wally. Dann verließen die beiden Männer das Zimmer. Liam sah sich um. An den Wänden des deutlich erkennbaren Farmhauses hingen viele Bilder, Küchengeräusche drangen an sein Ohr. Sofort knurrte sein Magen lautstark und erinnerte ihn nachdrücklich daran, dass er seit Tagen nichts mehr gegessen hatte. Liam griff nach der Tasse und trank erneut in großen Schlucken. Er war immer noch sehr durstig, doch das sofortige zwingende Verlangen war inzwischen gestillt, sodass er nur noch ein wenig nippte, während er wartete, was als Nächstes passieren würde. Da kam auch schon Wally zurück. In der Hand hielt er einen Teller mit zwei Scheiben Toast, den er ihm gab. Liam biss einmal ab, bevor er den Rest des Essens fast schon inhalierte. „Lass das jetzt erst mal verdauen, dann bringe ich dir was anderes."

Liam nickte und gab den Teller zurück, während seine Augen zufielen. „Danke."

„Jetzt ruh dich einfach aus. Hier bist du sicher." Eine warme Hand legte sich auf seine Stirn, kurz darauf verschwand sie wieder. Liams Gedanken drifteten dahin. Ohne die Augen wieder zu öffnen, hörte er den leisen Geräuschen zu, als jemand im Zimmer umher ging. Wenn das ein Traum sein sollte, wollte er nichts unternehmen, um daraus wieder zu erwachen.

DAS LAUTE Zufallen einer Tür neben ihm erschreckte Liam so sehr, dass er auf den Boden fiel. Von dort starrte er den riesigen Mann an, der ihn ebenfalls neugierig beäugte. Bevor Liam irgendetwas sagen konnte, hörte er schnelle Schritte durchs Haus eilen. „Kota!", rief Wally und warf sich in die Arme des großen Mannes. Liam sah, wie sie sich umarmten. In der nächsten Sekunde küssten sich die beiden Männer, sehr zu seiner Überraschung. Ein paar Mal blinzelte Liam, ehe er wieder auf das Sofa kletterte und seinen Blick von den beiden abwandte. Er zog sich die Decke über und hörte Wally und diesem Kota zu, wie sie sich leise hinter ihm unterhielten. In ihm kam die Frage auf, ob er vielleicht gestorben war und jetzt im Himmel wohnte.

Nachdenklich starrte Liam an die Decke, bis er plötzlich Kotas beachtliche Gestalt über sich bemerkte. „Wally hat mir erzählt, du wärst fast verdurstet. Bist du sonst irgendwo verletzt?" Kota kniete sich neben das Sofa und zog die Wolldecke weg. Liam versuchte, sie festzuhalten. „Ist schon gut. Ich bin Arzt und wollte mich nur vergewissern, dass du nicht verletzt bist."

„Mir geht es gut", sagte Liam nervös. „Vielleicht sollte ich jetzt besser verschwinden."

„Wenn du willst, kannst du gehen. Niemand wird dich aufhalten, doch Wally meinte, du hättest seit Tagen nichts mehr gegessen. Du musst also sehr hungrig sein. Es gibt nichts, wovor du Angst haben musst", sagte Kota beschwichtigend. Liam blickte zu Wally, der nickte. „Denkst du, du kannst laufen?"

Nickend stellte Liam sich langsam auf die Füße. Er fühlte sich schwach wie ein Baby, schaffte es allerdings, sich auf den Beinen zu halten und folgte den beiden Männern in die Küche. Er zog sich einen Stuhl heran und setzte sich, während Kota sich neben ihm niederließ. „Wie kam es eigentlich dazu, dass du in einem Graben am Straßenrand lagst?"

„Ich war auf der Suche nach Arbeit", antwortete Liam ehrlich. „Ich bin wegen eines Jobs etwas außerhalb Pinedales den ganzen Weg von Texas gekommen. Als ich dort ankam, hat mich der Vormann, wie versprochen, eingestellt. Doch nach einem Tag hat mich der Chef gesehen und gemeint, er möchte keine Schwuchteln auf seiner Ranch." Liam schluckte und atmete tief durch. „Der Vormann hat mich für den Tag bezahlt, dann war ich plötzlich wieder arbeitslos. Ich war mit dem Bus dorthin gefahren, hatte dann aber kein Geld mehr für ein weiteres Ticket. Bei einer anderen Ranch habe ich noch versucht, einen Job zu bekommen, doch der Chef hat die Nachricht weiterverbreitet und niemand hat mich mehr eingestellt." Liam spürte, wie seine Unterlippe zu zittern begann. Als Wally einen Teller mit Rührei und Toast vor ihn hinstellte, musste Liam schwer kämpfen, nicht den ganzen Schmerz und die Ängste, die sich in den letzten Wochen aufgestaut hatten, an die Oberfläche zu lassen und zu explodieren. Die gütigen Blicke der beiden Männer beschämten ihn. Mit gesenktem Kopf begann Liam, langsam zu essen.

„Das sind fast einhundert Meilen von hier. Bist du etwa den ganzen Weg gelaufen?", wollte Kota wissen.

Liam nickte, während er weiter aß. Das Essen schmeckte unglaublich gut. „Ich habe gehört, dass es hier Arbeit geben soll. Aber niemand hat angehalten, um mich mitzunehmen", antwortete Liam mit vollem Mund, da er nicht aufhören konnte, zu essen. „Bei einigen Farmen habe ich dann noch angefragt, die stellten aber niemanden ein und haben mich fortgeschickt." Liam aß weiter und kratzte auch die letzten Krümel vom Teller. Wally brachte ihm einen Nachschlag und es dauerte nicht lange, bis sich Liam wirklich satt fühlte. Etwas, wovon er gedacht hatte, es nie wieder zu spüren.

Wally nahm den Teller und stellte ihn in die Spüle. „Kota, Liam ist zum Umfallen müde. Er braucht seinen Schlaf. Du kannst morgen mit ihm reden." Wally legte dem anderen Mann die Hand auf die Schulter und Liam bemerkte, wie sich Kota in die Berührung lehnte. „Ich zeige dir das Gästezimmer."

Liam nickte, stand auf und holte seinen Rucksack, der neben dem Sofa lag, bevor er Wally durch den Flur folgte. Beim Anblick des riesigen Doppelbettes mit der selbst gemachten Steppdecke hätte er beinahe laut aufgestöhnt. „Kann ich mich irgendwo frisch machen?"

„Das Bad ist auf der anderen Seite des Flurs. Ich richte dir saubere Handtücher her. Hast du frische Kleidung zum Anziehen dabei?"

Verlegen und beschämt schüttelte Liam zögernd den Kopf.

„Ich bring dir welche und leg sie dir aufs Bett. Mach dir keine Gedanken darüber. Dakotas Sachen sind dir vielleicht ein bisschen zu groß, aber für heute Nacht wird es schon gehen. In der Dusche liegen Seife und Shampoo. Bedien dich einfach." Wally eilte davon und Liam starrte auf das einladende Bett. Dann betrachtete er sich in dem Spiegel, der über der Kommode hing. Als er sein Gesicht sah, keuchte er erschrocken auf: ungepflegter Bart, Augen und

Mund abgespannt, schwarze Ränder unter den Augen. Auf seiner Stirn klebte der Schmutz und seine Hände sahen aus, als wären sie sonnengebräunt. Tatsächlich waren es aber Dutzende Schichten aus Staub und Dreck. Da kam Wally zurück, legte frische Kleidung aufs Bett und verschwand wieder.

Liam stellte dem Rucksack ab, dann ging er über den Flur zum Bad. Eine neue Zahnbürste, eine Tube Zahnpasta, sowie Rasierer und Rasierschaum lagen auf dem Waschtisch. In einer offen gelassenen Schublade lagen alle anderen Sachen in Reisegröße. Langsam schloss Liam die Tür und lehnte sich gegen den Waschtisch. Schlagartig traten ihm Tränen in die Augen. Diese Leute hatten keine Ahnung, wer er war und trotzdem waren sie freundlicher zu ihm als seine eigenen Eltern. Er war sich nicht ganz sicher, was er davon halten oder ob er es verstehen sollte. Allerdings würde er am Morgen Dakota nach einem Job fragen, darüber war er sich sicher. Und er würde zu Gott beten, dass sie einen Arbeiter brauchten. Er hatte Wally und Dakota zusammen gesehen. Wenigstens wusste er, dass die beiden ihn nicht davonjagen würden, weil er Hengste statt Stuten mochte. Gott, er wünschte sich so sehr, hier bleiben zu können. Wenn die anderen Leute hier nämlich genauso nett waren wie Wally, Dakota und Mario, war dieser Ort das Paradies schlechthin.

Kopfschüttelnd verbannte er diese Hoffnungen aus seinem Kopf und begann, aus sich wieder einen ansehnlichen Menschen zu machen. Nachdem er sich ausgezogen hatte, drehte er den Wasserhahn in der Dusche auf. Als das Wasser die richtige Temperatur hatte, stellte er sich darunter und schloss genießerisch die Augen. Nur wenige Dinge in seinem Leben hatten sich so wunderbar angefühlt. Beinahe wäre er aus der Dusche gesprungen, als er das braune Wasser zu seinen Füßen sah. Es dauerte ein paar Sekunden, ehe Liam begriff, dass all der Dreck von ihm kam. Er griff nach der Seife und wusch jeden Zentimeter seiner Haut. In einer Ecke der Duschwanne entdeckte er eine kleine Nagelbürste, die er wo er nur konnte benutzte.

Nachdem er sich mindestens zwei Mal gewaschen hatte, drehte Liam das Wasser ab und trat aus der Dusche. Das Gesicht, das ihn jetzt aus dem Spiegel anstarrte, war schon eher er selbst, wenn auch noch nicht ganz. Zuletzt rasierte er sich noch und putzte sich die Zähne. Als er fertig war, fühlte er sich wieder normal und menschlich.

Mit einem Handtuch um die Hüften öffnete Liam die Tür einen Spalt und stahl sich über den Flur in das Zimmer, das ihm gegeben wurde. Dort zog er sich die Sachen an, die Wally für ihn dagelassen hatte. Danach kehrte er ins Bad zurück. Wally war gerade dabei, sauber zu machen und seine Kleidung einzusammeln. „Ich würde die hier ja gerne für dich waschen, aber ich glaube nicht, dass sie die Maschine überleben werden. Aber ich versuche es. Und wenn du noch etwas hast, wasche ich es gleich mit."

„Das musst du nicht tun", sagte Liam leise. Doch allein der Gedanke daran, für eine Zeit lang sauber zu sein, ließ ihn lächeln.

„Es ist wirklich kein Problem", erwiderte Wally und nahm die Wäsche, die Liam aus seinem Rucksack zog, entgegen. „Und wenn sie nicht überleben, helfen wir dir, was Neues zu besorgen. Mach dir also keine Sorgen."

Nickend sah Liam den anderen Mann an. „Warum tut ihr das? Warum helft ihr mir?"

Liam bemerkte, wie Wallys Augen daraufhin größer wurden. „Hat dir vorher nie jemand geholfen?" Liam schüttelte den Kopf, während sich Wally leicht mokierte. „Also wir helfen dir, weil es das Richtige ist. Warum gehst du jetzt nicht ins Bett und schläfst dich richtig aus? Niemand wird dich morgen wecken. Komm einfach, wenn du wach bist, dann werden wir dich verköstigen." Mit einem aufrichtigen Lächeln auf den Lippen ließ Wally Liam schließlich allein. Der stellte fest, dass Wally nichts wegen eines Jobs gesagt hatte. Doch Liam gab die Hoffnung nicht auf. Wenn Wally und Dakota ihn morgen bitten sollten, zu gehen, dann würde er gehen. Aber zumindest für heute Abend würde er in einem richtigen Bett schlafen wie ein ganz normaler Mensch, statt des Abschaums, den jeder aus seinem Leben verbannte. Liam schaltete das Licht aus, zog die Bettdecke zurück und legte sich in das gemütliche Bett. Seufzend schloss er die Augen. Die Dusche, das Essen und diese Geborgenheit hatten ihn so sehr geschafft, dass er fast augenblicklich einschlief.

DAS DURCH die Fenster scheinende Licht weckte ihn am nächsten Morgen. Liam streckte sich und öffnete träge die Augen. Im ersten Moment konnte er sich nicht daran erinnern wo er war, warum er nicht draußen geschlafen hatte und nicht fror. Dann fiel es ihm wieder ein und er wollte gar nicht raus aus dem warmen Bett. Doch seine Blase wie auch sein Magen meldeten sich lautstark zu Wort. Schließlich stand er auf, ging über den Flur ins Badezimmer und kümmerte sich um diese dringende Angelegenheit. Dann folgte er dem Duft nach Essen, der durchs ganze Haus wehte, in die Küche. „Guten Morgen", wurde er von einem fremden Mann begrüßt. Überrascht sah sich Liam nach Wally und Dakota um. „Keine Sorge, Wally und Dakota sind zusammen weggeritten. Die kommen wahrscheinlich erst abends wieder zurück. Ich bin übrigens Phillip, Wallys bester Freund. Jetzt komm und setz dich. Ich hab dir Mittagessen gemacht."

„Mittagessen?", fragte Liam erstaunt und sah sich nach einer Uhr um.

„Ja, es ist bereits nach ein Uhr", sagte Phillip grinsend, bevor er einen Teller vor ihn hinstellte. „Du musst wirklich erschöpft gewesen sein."

Liam sah zu, wie Phillip zum Spülbecken ging und das schmutzige Geschirr abwusch. „Arbeitest du hier?", fragte er zwischen ausgehungerten Bissen.

„Meinem Partner, Haven, gehört die Ranch zusammen mit Dakota und Wally", erklärte Phillip. Fast hätte Liam seine Gabel fallen gelassen. „Und bevor du fragst, nein, nicht jeder auf der Ranch ist schwul. Die meisten allerdings schon." Phillip lachte leise.

„Ist das bei den anderen okay? Ich meine, in der Stadt?"

Phillip zuckte mit den Schultern. „Ein paar Leute haben ein Problem mit uns. Aber wir helfen unseren Nachbarn, wenn sie Hilfe brauchen. Ich denke, die Leute haben inzwischen gemerkt, dass wir so sind wie sie. Und Wally sagt immer, es ist schwer, jemanden zu hassen, den man kennt."

Liam schüttelte den Kopf. Mit den Erfahrungen, die er gemacht hatte, fiel es ihm schwer, das zu glauben. Aber er wusste, dass Phillip nicht log.

„Jetzt iss erst mal in Ruhe zu Ende. Wally und Dakota meinten, falls du noch hier sein solltest, würden sie gerne mit dir reden, wenn sie nach Hause kommen." Phillip spülte das Geschirr fertig ab und trocknete sich die Hände. „Bin gleich wieder da." Liam sah Phillip hinterher, als dieser die Küche verließ. Bei dem Gedanken, dass sie ihm vielleicht wirklich einen Job anboten, hüpfte sein Herz. Er wollte sich zwar keine Hoffnungen machen, doch das war so schwer.

Plötzlich wurde die Haustür aufgerissen. Die Fliegengittertür krachte so laut wieder zu, dass Liam zusammenzuckte. „Wo ist Phillip?", fragte ein weiterer fremder Mann überstürzt. Noch bevor Liam antworten konnte, war Phillip wieder zurück. Er schob einen Mann in einem Rollstuhl vor sich her.

„Was ist los, Haven?"

„Der Sheriff hat mich gerade angerufen. Unsere Rinder sind auf der ganzen Straße in der Nähe der Westweide verteilt. Sieht so aus, als hätte etwas einen Teil der Herde erschreckt, denn sie haben den Zaun niedergetrampelt."

Sofort vergaß Liam sein Essen. „Sind sie immer noch in Bewegung?" Der Mann starrte ihn an, während in Liam der Instinkt die Führung übernahm.

„Keine Ahnung. Ich muss auf jeden Fall da raus."

„Ich kann helfen", bot Liam an. Er bemerkte den perplexen Ausdruck, mit dem der Mann ihn ansah.

„Dann komm. Phillip, rufe Wally und Dakota an und sage ihnen, wo sie uns finden können. Dakota wird schon wissen, wo wir sind." Dann wandte sich der Mann an Liam. „Gehen wir. Wir müssen noch die anderen Männer zusammentrommeln."

Liam folgte dem Mann nach draußen zu einem großen Schuppen auf der anderen Seite des Stalles. Dort parkten einige startbereite Geländefahrzeuge. Der Mann deutete auf einen der Quads und Liam zog sich einen Helm auf, bevor er den Motor anschmiss. Die anderen kamen dazu und innerhalb kurzer Zeit donnerte ein Chor heiserer

Motoren die Einfahrt hinunter auf die Straße. Liam folgte den Anderen einfach. Außer Mario, der auf eine der Maschinen gesprungen war, kannte er keinen einzigen. Doch das machte nichts, zumindest nicht in diesem Moment.

Liams Herz klopfte wie wild, je weiter sie sich vom Haus entfernten. Irgendwann konnte er schließlich den platt gedrückten Pfad sehen, wo die Rinder gescheut hatten. Sie folgten der Spur und wandten sich in beide Richtungen, bis sie einem Teil der Herde über den Weg fuhren. Sofort wurden sie alle langsamer und ließen ihre Motoren im Leerlauf laufen. „Verdammt!", fluchte der Mann aus dem Haus. „Wir werden den ganzen Tag brauchen, bis wir die dummen Viecher zurückgebracht haben."

„Nicht, wenn wir sie umzingeln können. Wenn wir am anderen Ende beginnen, können wir die Herde vielleicht zusammentreiben und die meisten einsammeln. Dann müssen wir uns nur noch um die Nachzügler kümmern", schlug Liam vor. Die anderen Männer sahen ihn an. Einige von ihnen nickten.

„Gut, dann auf geht's", rief Haven zusammen mit diversen Anweisungen. Danach fuhren sie in verschiedene Richtungen los, umzingelten die Herde, bis die Biester endlich den Weg zurückliefen, den sie gekommen waren. Als sie sich dem niedergetrampelten Zaun näherten, sah Liam zwei Männer, die ihnen auf Pferden entgegenritten. Sie ritten direkt auf Haven zu. Während sie die Herde weiter auf die Weide trieben, unterhielten sich die drei. Liam bemerkte, wie Haven auf ihn zeigte, als er mit den Männern auf den Pferden sprach. Jetzt erst erkannte er, dass das Wally und Dakota waren. Liam widmete seine Aufmerksamkeit wieder seiner Aufgabe, die Rinder in die richtige Richtung zu treiben.

Als sie endlich alle auf der Weide waren, fuhren einige der Männer los, um die Nachzügler einzufangen. Liam wartete auf weitere Anweisungen. „Kannst du Zäune reparieren?", hörte er Haven ihm zurufen. Liam nickte. Auf einer Ranch konnte er so gut wie jede Arbeit verrichten. Haven winkte ihn zu sich, um ihm zu folgen. Zusammen fuhren sie zu der zerstörten Stelle und schalteten die Motoren ab.

Etliche Pfosten waren niedergetrampelt und verbogen. „Sieht ganz schön hinüber aus. Alles muss ausgewechselt werden", äußerte sich Liam, als er den Schaden begutachtete.

„Ich befürchte, du hast recht. Dakota und Wally sind zur Ranch zurückgeritten, um Werkzeug zu holen. Ich bin übrigens Haven." Er zog seine Handschuhe aus und streckte Liam eine Hand entgegen. „Dakota meinte, du bräuchtest einen Job. Wir haben einen, wenn du willst. Aber ich muss dich warnen, die Arbeit ist etwas anders. Du wirst auf der Ranch helfen, aber die meiste Zeit wirst du mit Wally zusammenarbeiten. Er ist der örtliche Tierarzt und er hat eine Schwäche für notleidende Tiere."

Das verwirrte Liam total. „Ich weiß alles über Viecher, habe mein ganzes Leben mit ihnen verbracht. Aber ich habe keine Ahnung von Tiermedizin."

Haven lachte. „Wally wird dir schon zeigen, was du wissen musst."

Liam wusste nicht so recht, auf was er sich da einließ. Aber er brauchte dringend einen Job und dieser Ort hier schien genau das Richtige für ihn zu sein. „Ich werde mein Bestes tun."

„Das weiß ich", sagte Haven mit einem merkwürdigen Lächeln, das Liam nicht deuten konnte. Haven interpretierte seinen Ausdruck richtig, denn er fügte hinzu: „Ich weiß, was du fühlst. Es ist noch nicht lange her, da war ich in einer ähnlichen Situation."

„Wie kannst du das wissen?", fragte Liam herausfordernd mit verengten Augen. „Ich habe Sachen durchgemacht, über die ich nicht reden kann und du kennst mich gerade mal ein paar Stunden und weißt, wie ich mich fühle?" Liams Magen zog sich zusammen und er schauderte innerlich. Haven hatte ihm gerade einen Job auf einer Ranch mit anderen homosexuellen Mitarbeitern angeboten und er meckerte den Mann an.

„Ich weiß, Liam. Mein Vater hat Dakota und dessen Vater gehasst. Kurz gesagt, mein Vater hat sie gehasst und hätte mich gehasst, weil ich schwul bin. Doch bevor ich es ihm sagen konnte, ist er gestorben. Ich weiß, wie es ist, wenn auf einen eingeschlagen wird. So lange, bis man lieber zum Sterben auf dem Boden liegen bleiben möchte, statt weiterzumachen. Ich glaube, fast jeder hier auf der Ranch war schon einmal an diesem Punkt."

Liam spürte, wie seine Emotionen an der Oberfläche kratzten, und wandte sich ab. Er wollte nicht, dass Haven seine Verletzlichkeit sah. Von seinem Vater hatte er schon früh gelernt, dass jegliche Schwäche ausgenutzt werden konnte. Sanft berührte Haven seine Schulter. „Ich werde nicht fragen, was dir passiert ist. Nicht, weil es mich nicht kümmert. Hier gibt es eine Menge Leute, mich eingeschlossen, die dir zuhören werden, wenn du soweit bist." Liam spürte, wie Havens Finger ihren Griff leicht verstärkten, bevor die Hand verschwand.

„Danke", sagte Liam leise, da er befürchtete, seine Stimme würde verraten, wie er sich fühlte. Er konnte es kaum glauben. Gestern noch lag er am Straßenrand und wartete darauf, zu sterben. Jetzt hatte er einen Job gefunden, an einem Ort, wo man ihn so akzeptierte, wie er war. Liam hatte sich sein Leben lang versteckt – extrem versteckt – und bei den wenigen Gelegenheiten, in denen er sich hinausgewagt hatte, kamen auch noch Blessuren zu seiner ohnehin schon misslichen Lage hinzu.

„Lass uns um diesen Zaun herum aufräumen. Dann können wir so schnell wie möglich mit der Reparatur anfangen, wenn Wally und Dakota mit dem Werkzeug kommen." Haven hatte kaum zu Ende gesprochen, da rumpelte ein Truck über die Straße und hielt unweit von ihnen an. Sofort begann Haven den Truck abzuladen. Liam, dankbar, etwas zu tun zu haben, half mit. Haven reichte ihm ein Paar Drahtschneider und er begann, den kaputten Draht von den Pfosten zu schneiden. Anschließend rollte er ihn zu einem Bündel zusammen, das er mühelos tragen konnte. Dann zog er die verbogenen Pfosten aus ihren Löchern und warf sie auf den wachsenden Haufen Schrott. Als er damit fertig war, lagen die neuen Pfosten schon genau da, wo sie hin sollten. Dakota und Haven hatten mittlerweile damit begonnen, die Löcher dafür zu graben. Zu viert hatten sie die Pfosten schnell an der richtigen Stelle und waren so weit, die Löcher auszubessern, als einige der anderen Arbeiter die Nachzügler durch die offene Stelle trieben.

„Habt ihr sie alle erwischt?", fragte Dakota einen in Staub gehüllten Mario, der sein Quad drosselte.

„Es sind immer noch ein paar draußen, die wir finden müssen. Die Jungs fangen sie gerade ein. Da sie näher dran sind, treiben sie sie auf die nächstgelegene Weide. Du kannst also die Öffnung schließen." Damit drehte Mario um, warf seine Maschine wieder an und düste über das Land, während die vier eiligst den Stacheldraht an den Pfosten befestigten.

„Sieht ganz so aus, als hättest du einen aufregenden Tag gehabt", sagte Wally, als sie fertig waren. „Hat Haven mit dir wegen des Jobs gesprochen?", hakte er noch nach. Lächelnd nickte Liam, wenn er sich auch fragte, welche Art Job man ihm genau anbot. „Gut. Lass uns zum Haus zurückfahren, dann können wir die Details deiner täglichen Aufgaben besprechen." Da klingelte Wallys Handy. Schnell fischte er es aus seiner Hosentasche, nahm ab und legte kurz danach wieder auf. „Offenbar müssen wir das verschieben. Dakota, ich muss zurück zur Ranch." Sie warfen die Werkzeuge auf die Ladefläche des Trucks und innerhalb von Minuten war der Wagen wieder unterwegs.

„Wally ist Tierarzt", erklärte Haven, besah sich noch einmal ihre Arbeit und stieg dann auf sein Quad. „Du wirst dich an die Anrufe noch gewöhnen."

„Dakota sagte, er sei Arzt", merkte Liam leise an.

„Dakota macht gerade seine Facharztausbildung zu Ende. Das heißt, er ist immer noch die meiste Zeit weg. So viel ich weiß, ist er nur übers Wochenende zu Hause. Danach werden wir ihn für fast einen Monat nicht mehr sehen."

Zusammen fuhren sie zurück zum Haus und parkten die Quads im Geräteschuppen. „Geh ins Haus. Du hast ein paar harte Tage hinter dir. Wally bringt mich um, wenn ich dich an deinem ersten Tag zu Tode arbeiten lasse." Während Haven in den Stall eilte, sah Liam sich um. In seinem Kopf drehte sich immer noch alles. Wie schnell hatte sich doch alles zum Guten gewendet.

Im Haus war alles ruhig. Der Mann, den er vorher in dem Rollstuhl gesehen hatte, schlief im Wohnzimmer in seinem Stuhl. „Junger Mann." So tief schlief er also gar nicht, schätzte Liam. „Bist

24

du Liam?" Die Stimme war etwas undeutlich, doch Liam konnte ihn gut verstehen.

„Ja, Sir", antwortete Liam.

„Ich bin Jefferson, Dakotas Vater. Er hat mir von dir erzählt, bevor er heute Morgen gegangen ist." Da betrat eine Frau in einer Krankenschwesteruniform das Zimmer.

„Ich habe dein Bett frisch bezogen und für dich fertiggemacht. Möchtest du hier bleiben oder zurück ins Bett?"

Jeffersons Kopf rollte zur Seite. „Warum sollte ich zurück ins Bett wollen? Schlafen kann ich auch noch, wenn ich tot bin."

Liam musste ein Lachen unterdrücken, als die Schwester mit den Augen rollte. „In Ordnung, du alter Kauz", neckte sie ihn liebevoll. „Dann mache ich den Rest meiner Arbeit fertig. Wenn du müde wirst, schick einfach diesen jungen Mann, um mich zu holen." Lächelnd verließ sie das Zimmer und Liam setzte sich zu Jefferson aufs Sofa. Er fragte sich, was er jetzt tun sollte. Einfach nur da zu sitzen, fühlte sich nicht richtig an.

„Ich sage dir, junger Mann, es ist die Hölle, alt zu werden", seufzte Jefferson.

„Kann ich Ihnen irgendetwas bringen?"

„Ein Bier", antwortete Jefferson. Liam war schon auf dem Weg, als Wally das Haus betrat.

„Du weißt, dass sich Alkohol nicht mit deinen Medikamenten verträgt", rügte Wally friedfertig. Liam konnte sehen, wie groß Wallys Zuneigung zu Jefferson war. „Du hast Liam schon kennengelernt? Er wird ab sofort hier arbeiten."

„Ja", antwortete Jefferson und Liam sah, wie die Augen des alten Mannes langsam zufielen. Um ihn nicht aufzuwecken, folgte er Wally hinaus zur Hintertür.

„Was ist das?", fragte Liam und deutete auf ein paar eingezäunte Gehege an der Rückseite des Anwesens.

„Die gehören zu deinem neuen Job", antwortete Wally verschmitzt. „Willst du sie kennenlernen? Wir habe eine große Tierauffangstation", erklärte er weiter. „Ich brauche dich, um mir zu helfen, mich um diese Jungs zu kümmern." Wally ging über

25

den Rasen auf die Gehege zu. Als Liam näherkam, blinzelte er ein paar Mal.

„Ist das ein Löwe?" Liam konnte seinen Augen kaum glauben.

Wally lachte. „Inzwischen haben wir drei Löwen und vier Tiger. Ich versuche, für sie in Zoos und Tierparks ein dauerhaftes Zuhause zu finden. Aber einige von ihnen sind so alt, dass sie niemand haben will." Wally trat näher an eine der Türen heran und beobachtete einen großen, männlichen Löwen mit einer beeindruckenden Mähne, der gähnend auf ihn zuschritt. „Das ist Manny. Er ist schon sehr alt, aber lass dich nicht von ihm täuschen. Glaube ja nicht, dass er ein liebes, nettes Haustier ist. Er ist ein wildes Tier und unberechenbar. Der erste Löwe, den ich bekommen habe, war Schian. Er hat es geliebt, wenn man ihn am Bauch gekrault hat. Er war der Einzige, dem ich genug vertraut habe, mit ihm in einem Käfig zu sein. Und selbst dann war ich immer wachsam. Vor knapp einem Jahr ist er gestorben." Liam konnte den schmerzlichen Verlust einen Moment auf Wallys Gesicht sehen und er fragte sich, wie ein ausgewachsener Löwe aussah und sich anhörte, wenn er am Bauch gekrault wurde.

„Was genau soll ich mit ihnen tun?" Liam trat einen Schritt vom Käfig weg, als Manny so laut brüllte, dass es über das Land hallte, bevor er sich wieder auf den Boden legte. „Du musst denken, ich sei verrückt."

Erneut lachte Wally. „Du musst einfach wachsam und vorsichtig sein, aber niemals ängstlich. Manny erinnert sich nur gerade daran, dass er ein großer Junge ist. Er denkt, all die Katzen sind Teil seines Rudels und er ist der Oberboss." Wally ging zum nächsten Käfig. „In jedem Bereich gibt es vier Gehege mit einem gemeinsamen Übungsplatz. Alles, was du tun musst, ist das Gatter in dem Gehege zu öffnen. Wenn sie so weit sind, werden sie einfach rausschlendern. Ich versuche, jedem von ihnen einmal am Tag eine Gelegenheit zu geben, sich im Hof auszutoben." Da stoppte Wally an einem Gehege, in dem die schönste Katze lag, die Liam jemals gesehen hatte.

„Wow", formte Liam lautlos mit den Lippen.

„Sie ist beeindruckend, nicht? Das ist Shahrazad. Sie ist ein bengalischer Tiger und auch das schlimmste Luder, das ich je hatte.

Geh unter keinen Umständen zu nahe an den Käfig heran", warnte Wally.

Liam hatte nicht die geringste Absicht, ihr nahe zu kommen. „Wie fütterst du sie dann?", fragte Liam vorsichtig. Daraufhin öffnete Wally eine Schütte an der Rückseite des Käfigs. „Das Fressen kommt hier rein, das Wasser dort." Wally zeigte ihm, was er tun musste. „Alle paar Tage sperren wir die Tiere in das Gemeinschaftsgehege und säubern ihre Käfige." Wally hörte auf zu reden und sah Liam abschätzig an. „Denkst du, du kannst das? Man braucht dafür viel Wachsamkeit und Geduld."

Liam nickte bedächtig. „Ich hätte niemals gedacht, dass ich mich mal um Löwen und Tiger kümmern würde."

„Da ist noch mehr", erklärte Wally und führte ihn weiter. Als Wally fertig war, ihm alles über die Pflege von großen Wildkatzen und den anderen exotischen Tieren zu erklären, drehte sich alles in Liams Kopf. „Ich weiß, es ist eine Menge. Deshalb werden wir die erste Zeit zusammenarbeiten. Ich erwarte nicht von dir, das alles alleine zu bewältigen. Aber ich werde oft weggerufen und ich möchte mir keine Sorgen um ihre Pflege machen müssen."

„Ich kann das", antwortete Liam mit mehr Zuversicht, als er tatsächlich verspürte. Wenn es ihm Essen und ein Dach über dem Kopf brachte, konnte Liam fast alles tun. Manny brüllte erneut, was Liam leicht zusammenzucken ließ. Danach fingen die anderen Katzen ebenfalls zu knurren an. Liam sah einige in ihren Käfigen herumtigern. „Was ist los?"

„Keine Ahnung. Wahrscheinlich wittern sie etwas. Schau, wie sie ihre Ohren anlegen und ihr Fell sich aufstellt. Irgendetwas hat sie erschreckt." Wally sah sich um; Liam tat es ihm gleich.

„Das ist Rauch", sagte Liam und zeigte auf die Berge, die die Ranch umringten. „Der Wind muss den Geruch bis hierher tragen. Aber es sieht nicht so aus, als würde der Wald in Flammen stehen."

„Nein, trotzdem ist das eine Menge Rauch und so trocken, wie es ist, könnte das Feuer sich schnell ausbreiten und die ganze Ranch und das halbe Tal vernichten." Wally war schon auf dem Weg zurück zum Haus.

„Was hast du vor?", fragte Liam, als er ihm folgte. Plötzlich blieb Wally stehen. Anscheinend hatte er so weit gar nicht gedacht. „Wie gesagt, ich glaube nicht, dass der Wald brennt – der Rauch bewegt sich nicht und breitet sich nicht aus. Wenn du mir den Weg zeigst, versuche ich, da hochzukommen, um zu sehen, was da vor sich geht", schlug Liam vor. Er wollte nicht einfach nur da sitzen und nichts tun, wenn er helfen konnte.

„Da oben gibt es nicht viel. Ich glaube, Dakota hat mir mal erzählt, dass es am Ende der Straße am westlichen Ende der Ranch einen Pfad gibt. Aber ich war noch nie dort." Wally wandte sich um und begutachtete mit deutlicher Sorge auf dem Gesicht den Rauch.

„Wäre es in Ordnung, wenn ich eines der Quads nehme? Ich kann da rausfahren und schauen, was los ist. Es sollte nicht lange dauern", schlug Liam vor. Gedankenverloren nickte Wally. Es gab keinen Grund anzunehmen, dass der Rauch etwas anderes war, als ein Campingfeuer, das jemand entzündet hatte. Obwohl es für Liam dafür zu viel Rauch gab.

„Geh nur. Aber sei vorsichtig", warnte Wally, der immer noch besorgt dreinschaute.

Liam eilte zum Geräteschuppen und sprang auf das Quad, das er vorher schon gefahren hatte. Und irgendwie war er froh, dass er etwas tun konnte, das nichts mit Tieren zu tun hatte, die ihn in Stücke reißen könnten. Er startete den Motor und fuhr aus der Scheune, die Straße an der Ranch entlang. Dann bog er auf einen staubigen Weg am Ende der Weide, der zurück zu den Hügeln führte. Die warme, trockene Luft zerzauste sein Haar, als er die Drossel öffnete. Die Straße schien an einem Pfad zu enden, der gerade breit genug war, um mit dem Quad durchzufahren. Liam wurde langsamer und fuhr kontinuierlich den Hang hinauf. Durch Lücken in der Vegetation konnte Liam ab und zu die Rauchwolke sehen, die immer näher kam.

Liam fuhr vorsichtig, immer auf Auswaschungen und Äste achtend. Ein paar Mal musste er Äste zur Seite räumen, ehe er weiterfahren konnte. Als der Pfad schmaler wurde, begann Liam sich zu fragen, wie er umdrehen sollte, wenn es nicht mehr weiter ging. Dann brachte ihn der Pfad auf eine zweispurige Fahrbahn, die anscheinend erst vor Kurzem benutzt wurde und Liam drehte um. Er kam nicht sehr weit, bevor ihm der unangenehme Geruch auffiel. Liam rümpfte die Nase, während er weiter den Pfad entlang fuhr. Der Geruch wurde durchdringender und so stark, dass seine Augen zu tränen begannen und seine Nase lief. *Was zur Hölle brannte da nur?*

Schließlich fuhr Liam an den Rand der Lichtung. Dort sah er ein riesiges Feuer, das in einer Grube brannte. Der Geruch würgte ihn und er tat sein Bestes, um sich nicht zu übergeben. Das alles wurde natürlich zur Nebensache, als er einen Mann mit einer Knarre auf sich zukommen sah, die direkt auf seine Brust zielte. Liam wusste nicht, was er sagen sollte und blieb vollkommen still sitzen, während er den Mann beobachtete, wie er langsam auf ihn zuging. „Was tust du hier?"

„Ich … wir haben das Feuer gesehen und es ist so trocken, da habe ich gedacht, ich schaue mal nach", antwortete Liam nervös. Die Waffe schwankte für eine Sekunde, ehe sie sich langsam senkte.

„Das hast du ja jetzt getan, also schlage ich vor, dass du jetzt verschwindest."

Erleichtert, dass der Mann nicht länger mit der Waffe auf ihn zielte, sah Liam ihn nun direkt an. Ihm blieb der Mund weit offen stehen. Um einen besseren Blick zu bekommen, nahm er den Helm ab. Unter der groben Kleidung und den harten Augen verbarg sich der schönste Mann, den Liam jemals gesehen hatte.

2

TROY HATTE die Waffe herunter genommen, trotzdem behielt er den umwerfend gut aussehenden jungen Mann, der so plötzlich vor seiner kleinen Hütte aufgetaucht war, im Auge. Troy zwang sich, wegzusehen. Das half ihm nicht gerade dabei, sich auf das Wichtige im Leben zu konzentrieren. Immerhin hatte ihm das erst diesen Schlamassel eingebracht. „Du solltest jetzt wirklich gehen", wiederholte Troy und wartete darauf, dass der Junge die Maschine anwarf und davonfuhr.

„Was verbrennst du da? Das riecht ja wie der Tod."

Troy drehte sich um und sah den jungen Mann die Nase rümpfen. Er fing sich gerade noch so, bevor sich ein Lächeln auf seinem Gesicht ausbreiten konnte. Verdammt, der Mann war süß. Doch das spielte nicht wirklich eine Rolle.

„Durch ein offenes Fenster kam Wasser in die Hütte. Das meiste Zeug wurde nass und vermoderte. Also muss ich alles verbrennen", erklärte Troy. „Und jetzt, da deine Neugier befriedigt ist, kannst du ja gehen." Troy ging zurück in die Hütte und trug einen kleinen Stuhl heraus, den er auf den brennenden Haufen warf.

„Du solltest wirklich etwas griffbereit haben, falls das Feuer außer Kontrolle gerät. Alles hier ist so trocken, du könntest die ganze Gegend abfackeln."

Troy wirbelte herum. Ohne dem Jungen eine Antwort zu geben, starrte er ihn wütend an und machte sich wieder an die Arbeit. Er nahm an, dass der Junge von alleine verschwinden würde, wenn er ihn ignorierte. Wieder betrat er die Hütte und sah sich in dem kleinen Raum um. Immerhin war das das letzte Zeug von drinnen. Und jetzt, da er das Haus ausgeräumt hatte, konnte er es trocknen lassen, bevor er seine mageren Besitztümer reinbringen konnte. Die Tür offen lassend trat Troy wieder nach draußen und sah dem Feuer zu, wie es die letzten

Möbel und den anderen Kram auffraß. Troy musste zugeben, dass es wirklich stank wie der Tod. Zumindest dieser bestimmte Teil seiner Arbeit schien weniger zu werden. Als er über die Lichtung blickte, entdeckte er den jungen Mann, der ihn immer noch beobachtete. „Du kannst jetzt gehen", rief Troy und sah zu, wie der Junge auf sein Quad stieg, den Motor anwarf und dann den Hügel runter verschwand. Das knatternde Geräusch des Motors wurde immer leiser. Schließlich waren das sterbende Knistern des Lagerfeuers und das Knacken, als es in sich zusammenfiel, die einzigen Geräusche.

Troy ging zu seinem alten Truck, zog ein kleines Zelt hervor und baute es in der Nähe der Hütte auf. Glücklicherweise hatte Troy bezweifelt, dass die Jagdhütte seines Onkels tatsächlich bewohnbar war. Er hatte sich darauf schon eingestellt. Zuerst rollte er ein Schaumstoffpolster auf dem Boden aus, darauf legte er seinen Schlafsack, bevor er zum Truck zurückging und noch mehr Sachen holte. Als seine Schlafstätte fertig war, kochte sich Troy Abendessen, das er auf der nun ruhigen Lichtung aß, während das Lagerfeuer langsam ausbrannte und die Nacht sich über ihn legte. Gähnend schob er etwas von der Erde, die er für seine provisorische Feuerstelle ausgegraben hatte, in das Loch, um die noch schwelende Glut zu löschen, ehe er zum Schlafen in das Zelt kroch. Eine Weile lag er in seinem Schlafsack und lauschte den Lauten der Nacht. Irgendwann schlief er dann doch ein.

DIE SONNE, die die Zeltleinwand erhellte, weckte ihn am nächsten Morgen. Troy streckte sich ausgiebig, bevor er aus dem Zelt kroch. Nachdem er dem Ruf der Natur gefolgt war, kontrollierte er das Innere der Hütte. Zumindest roch es jetzt angenehmer. Allerdings hatte Troy keine Putzsachen mitgebracht. Trotzdem musste er dafür sorgen, dass alles sauber und geputzt war, bevor er in die Hütte ziehen konnte.

Anschließend ging er zu der gewaltigen Grube auf der Lichtung, vergewisserte sich, dass das Feuer aus war, und ermahnte sich, sie später mit Erde zu bedecken. Dann ging er zu seinem Truck, wenn man den als solches bezeichnen konnte, setzte sich auf den Fahrersitz und startete den Motor. Vorsichtig wendete er und fuhr langsam über den Pfad den Berg hinunter.

Es dauerte eine Weile, bevor er in der Stadt ankam. Hauptsächlich, weil Troy schon seit Jahren nicht mehr in der Gegend gewesen war und viele der Orientierungspunkte, an die er sich aus seiner Kindheit erinnern konnte, nicht mehr existierten. Er wollte sich nicht noch einmal verfahren. Nur mit viel Glück hatte er vor zwei Tagen den Ort überhaupt gefunden. Nachdem er sich fast verfahren hatte, war es schon abends gewesen, als er endlich ankam. Die Hütte war in so einem schlechten Zustand gewesen, dass er die erste Nacht in einem Hotel verbracht hatte. Gestern hatte er den ganzen Tag damit verbracht, notwendige Reparaturen durchzuführen und den kaputten Hausrat zu entsorgen. Durch die ganze Arbeit hatte Troy keine Gelegenheit gehabt, nachzudenken. Doch jetzt, alleine im Truck, die Straße unter den Reifen, schweiften seine Gedanken wieder ab. Seit Monaten versuchte er nun schon verzweifelt, das nicht zu tun. Er hatte sein Leben ins totale Chaos gestürzt. Auch das der Menschen, die er am meisten liebte: seiner Frau und seiner Tochter. Bei dem Gedanken an die beiden und ihre erschütterten Gesichter traten ihm Tränen in die Augen. Jeden Abend, wenn er zu Bett ging und seine Gedanken zur Ruhe kamen, sah er sie vor sich. Als die Vororte der Stadt vor seiner Windschutzscheibe auftauchten, kehrte seine Aufmerksamkeit wieder ins Hier und Jetzt zurück. In der Türablage fand Troy eine Serviette. Damit wischte er sich schnell über die Augen, als er in die Stadt fuhr.

Er parkte vor dem kleinen Baumarkt, bei dem er gestern schon das Werkzeug für die Hütte gekauft hatte, schaltete den Motor aus, trat auf den Bürgersteig und schlug die Wagentür zu. Die Luft war so frisch und rein, dass sich Troy fast genauso fühlte – aber nur fast. Den Blick hebend, sah sich Troy im Schaufenster spiegeln und wusste, dass es nichts gab, was ihn wieder richtig reinwaschen konnte. Das war einfach nicht möglich. Angewidert wandte sich Troy von seinem Spiegelbild ab. Er konnte es nicht ertragen, sich anzusehen. Das konnte er nicht mehr, seit dem Tag vor einigen Monaten, als sein Bruder ihn dazu gezwungen hatte, seinem wahren Ich ins Auge zu sehen. Mit hängendem Kopf zog Troy schließlich die Tür auf und ging hinein. Eine kleine Klingel läutete, als sich die Tür automatisch hinter ihm schloss.

Im nächsten Moment fand er sich nur wenige Zentimeter von einem Mann entfernt, der eine große Tüte in seinen Händen hielt. Troy versuchte noch auszuweichen, doch es war zu spät und sie rannten sich buchstäblich um. Der Mann hob seinen Blick. Fast hätte Troy laut nach Luft geschnappt, als er in dieselben auffallend blauen Augen sah, in die er gestern schon geblickt hatte. Eine Sekunde hielt er inne, unfähig, sich zu bewegen oder zu denken. Der Mann reagierte scheinbar genauso. „Ent... Entschuldige", stammelte er und versuchte, um ihn herumzugehen. Troy trat ebenfalls zur Seite und ihre Füße verfingen sich ineinander. Troy stolperte, konnte sich jedoch gerade noch so an der Ladentheke festhalten, bevor er stürzen konnte. „Entschuldigung", sagte der Mann erneut.

„Es war meine Schuld", entgegnete Troy unwillkürlich, ehe er zur Seite trat und ihn vorbei ließ. Für einen kurzen Moment trafen sich ihre Blicke, doch Troy sah schnell weg und begutachtete den Fußboden des Ladens. Das hier war so falsch. Sich zu Männern hingezogen zu fühlen, hatte ihm immer nur Leid verursacht. Zum tausendsten Mal fragte er sich, warum er nur so war. Warum konnte er nicht so normal wie jeder andere sein? Das war alles, was er wollte. Normal sein. Die Glocke, die ertönte, als die Eingangstür erneut geöffnet wurde, riss Troy aus seinen Gedanken und er entdeckte den jungen Mann in der offenen Tür. Ein anderer Mann stand hinter ihm. Troy wich aus, damit sie eintreten konnten. Angestrengt versuchte er, seinen Kopf freizubekommen und sich daran zu erinnern, was er aus dem Baumarkt benötigte.

„Wally, das ist der Mann, von dem ich dir erzählt habe", hörte Troy, als die beiden Männer davongingen. Da drehte sich der fremde Mann um und sah ihn finster an. Einen Moment dachte Troy, dass er zu ihm kommen würde. So flüchtete er sich in einen der Gänge.

„Er hat dich mit einer Waffe bedroht?" Die Stimme klang alles andere als glücklich und Troy rechnete schon damit, zur Rede gestellt zu werden. Er hatte nicht wirklich eine Entschuldigung für sein Benehmen. Die Waffe war nicht einmal geladen gewesen. Über den Tresen hinweg konnte Troy hören, wie sich die beiden weiter leise unterhielten, verstand allerdings kein Wort. Er beschloss, es einfach zu ignorieren, die Sachen, die er brauchte, zu besorgen und zur Hütte zurückzufahren. Am Ende des Ganges entdeckte Troy einen Handkorb. Diesen befüllte er mit Hochleistungsreiniger, Schwämmen, Putztüchern, Papierhandtüchern, einer Scheuerbürste und einem Eimer. Auf dem Weg zur Kasse griff er noch nach einem Mopp. Als er in der Schlange wartete, stellten sich die beiden Männer direkt hinter ihn. Deren Blicke konnte er fast in seinem Rücken spüren. Nicht, dass er es nicht verdient hätte – er hatte einfach gehört, wie jemand sein Grundstück betrat und überreagiert.

Schließlich war er an der Reihe. Troy bezahlte seine Sachen, verließ eilig den Laden, stellte die Tüten hinter den Fahrersitz des Trucks und fuhr so schnell wie möglich davon. Er war schon fast raus aus der Stadt, da sah er einen Supermarkt und bog in den Parkplatz ein. Wenigstens gab es in der Hütte Strom, sowie einen alten Kühlschrank, der auch zu funktionieren schien. Troy hoffte nur, dass er ihn auch sauber bekam.

Zügig lief er über den Parkplatz, schnappte sich einen Einkaufswagen und kaufte ein. Er kaufte so viel Lebensmittel, dass es für ein paar Tage reichte. Er konnte ja jederzeit wieder in die Stadt fahren. An der Theke in der Fleischabteilung entdeckte er die Männer vom Baumarkt. Troy wollte sich gerade verdrücken, als ihn der Kleinere der beiden sah und in seine Richtung schlenderte. „Du weißt, dass es nicht sonderlich nett war, Liam mit einer Waffe zu bedrohen. Er wollte sich nur vergewissern, dass das Feuer nicht außer Kontrolle gerät." Die Augen des zierlichen Mannes funkelten ihn an. „Was hast du dir dabei gedacht?"

„Es tut mir leid", murmelte Troy. „Sie war nicht geladen", fügte er erklärend hinzu. Doch er wusste, wie wenig überzeugend das klang. „Ich hätte es nicht tun dürfen." Jetzt, da er sich entschuldigt hatte, wollte Troy nur noch so schnell wie möglich von hier weg. Der Mann vor ihm sah das anscheinend ganz anders.

„Wally, es ist in Ordnung", sagte der Mann mit den unergründlichen blauen Augen unbehaglich.

„Nein, ist es nicht, Liam. Das hier ist nicht der Wilde Westen und Leute werden nicht einfach so grundlos bedroht. Zu überprüfen, dass ein Feuer nicht das ganze Tal abfackelt, ist jedenfalls ein vollkommen berechtigtes Motiv und gibt ihm nicht das Recht, mit einer Knarre auf dich zu zeigen. Egal, ob sie geladen ist oder nicht."

„Wally, er hat sich nichts dabei gedacht und er hat mir ja auch nichts getan. Also lass es bitte gut sein", sagte Liam und Troy fiel auf, wie beschützend Wally den anderen Mann ansah. Zunächst dachte Troy, Wally würde die ganze Sache nicht auf sich beruhen lassen. Doch dann drehte er sich um und ging zurück zur Fleischtheke. Bevor der Metzger ihnen riesige, in weißes Papier gewickelte Pakete überreichte, blickte er Troy noch einmal finster über die Schulter an.

„Das sollte Ihren Kätzchen erst mal für ein paar Tage reichen, Doc. Wenn nicht, rufen Sie einfach an und wir richten Ihnen mehr her", sagte der Metzger lächelnd. Troy sah zu, wie Liam die Pakete in ihren Einkaufswagen lud und fragte sich, wie viele Katzen damit versorgt werden mussten. Zumal das, was der Metzger überreichte, genug Fleisch für eine halbe Armee war.

„Danke Carl. Das tun wir. Ansonsten sehen wir uns Anfang nächster Woche wieder. Liam hilft mir ab sofort. Höchstwahrscheinlich wird er die Sachen dann abholen", erklärte Wally und die beiden gingen. Nun trat Troy an die Theke, gab seine Bestellung auf und wartete, während der Metzger sie in Papier einwickelte. Troy nahm es entgegen und ging zur Kasse. Es war ein kleiner Laden und es war nur eine Kasse auf. Troy stellte sich in die Schlange, in der sich auch erneut Wally und Liam befanden. Er sah, wie sich Liam umdrehte, und konnte es abermals nicht fassen, wie gut Liam aussah und wie sich sein Blick geradezu in ihn zu bohren schien. Nervös trat Troy von einem Bein auf das andere, da der Gedanke, jemand könnte durch ihn hindurchsehen und die Scham und den Selbsthass entdecken, fast zuviel war.

„Wegen gestern, das tut mir wirklich leid", beteuerte Troy leise und sah Liams zurückhaltendes Nicken, ehe er sich zu seinem

Einkaufswagen umdrehte und dessen Inhalt auf das Laufband legte. Überrascht stellte Troy fest, dass Liam ihn weiter ansah, und fragte sich, was das zu bedeuten hatte. Anfangs dachte er, dass er Liam nervös machte. Doch so, wie er ihn ansah, konnte es das nicht sein. Liams Augen leuchteten und für einen Moment lächelte Troy zurück. In seinem Magen kribbelte es, doch er schob den Anflug von Erregung gewaltsam von sich. Er durfte sich solche Gefühle nicht erlauben; das war ja der Grund, warum er überhaupt erst alles verloren hatte. Entschlossen wandte er sich ab und konzentrierte sich auf die Lebensmittel in seinem Korb, ertappte sich allerdings immer wieder dabei, wie er Liam durch seine Wimpern hindurch ansah. Die blauen Augen des jungen Mannes waren ihm ja schon aufgefallen, doch sein langes, goldbraunes Haar und die hohen Wangenknochen ließen ihn wie ein Model aussehen. Zumindest für Troy, was es ihm schwierig machte, seinen Blick von ihm abzuwenden. Nicht, dass es irgendeine Rolle spielte.

Liam und Wally bezahlten ihre Lebensmittel und verließen den Laden. Kurz sah sich Liam noch einmal zu ihm um, während Troy seine Sachen auf das Laufband lud. Er wartete, bis der Kassierer sie über den Scanner zog, dann packte er alles ein und trug die Tüte zu seinem Truck.

Anschließend fuhr Troy zurück zur Hütte, aß ein Müsli zum Frühstück und machte sich dann an die Arbeit. Es gab noch so viel zu tun. Die Hütte war nur ein großer, offener Raum mit einer in das Wohnzimmer integrierten Küche plus Schlafzimmer und Bad. Troy beschloss, mit dem Bad anzufangen und machte sich auf, das Chaos zu beseitigen. Eine Stunde später waren die Armaturen sauber und es roch auch nicht länger faulig. Danach widmete er sich dem Schlafzimmer, schrubbte dort alles gründlich ab, ehe er die Küche und das Wohnzimmer anpackte. „Hallo", rief jemand von draußen. Beinahe hätte er nach der Waffe gegriffen, die an der Tür lag. Doch das hatte letztes Mal so gut funktioniert, dass er sie lieber da ließ, wo sie war. Troy öffnete die Tür und sah einen hochgewachsenen Mann neben den Überresten seiner Feuergrube stehen. Mit finsterem Blick starrte er ihn an.

„Was willst du?", fragte Troy und starrte zurück.

„Du hast gestern einen meiner Arbeiter fast zu Tode erschreckt und ich möchte wissen, warum", sagte der Mann bestimmt. „Außerdem möchte ich wissen, was du hier zu suchen hast."

„Ich bin hier, weil mir diese Hütte gehört und ich habe mich schon bei deinem Arbeiter entschuldigt, als ich heute in der Stadt war", antwortete Troy nachdrücklich, ehe er sich umdrehte und wieder reinging. Er war hierher gezogen, um alleine zu sein. Doch in den zwei Tagen, in denen er hier war, hatte er bereits mehr Besucher gehabt, als in den Monaten, bevor er die Ostküste verlassen hatte.

„Die Hütte gehört Max Hunter", sagte der Mann.

Troy schnaubte, nahm aber an, wenn er dem Mann seine Fragen beantworten würde, dass er gehen und ihn in Ruhe lassen würde. „Er war mein Onkel. Er ist gestorben", sagte Troy sachlich, bevor er hinzufügte, „und wer bist du?"

„Ich bin Dakota Holden. Meine Ranch ist am Fuße des Berges."

Etwas in Troys entlegensten Erinnerungen machte Klick. „Dakota." Tatsächlich spürte er, wie sich ein Lächeln auf sein Gesicht stahl. „Du erinnerst dich wahrscheinlich nicht an mich. Ich bin Troy. Wir haben uns kennengelernt, als ich einen Sommer lang bei Onkel Max in der Hütte verbracht habe. Ich glaube, ich war acht, du musst ungefähr sechs Jahre alt gewesen sein. Ich nehme nicht an, dass du dich an mich erinnerst." Himmel, Troy selbst konnte sich kaum an Dakota erinnern. Außer, dass es das einzige Mal in seinem Leben gewesen war, dass er auf einem Pferd gesessen hatte. Solche Sachen blieben einem im Gedächtnis.

Dakotas Blick wurde deutlich weicher, wenn er auch den Kopf schüttelte. „Ich wünschte, ich könnte mich an dich erinnern, aber ich tue es nicht." Dakota trat näher. „Was tust du hier?"

„Ich lebe hier, zumindest vorläufig." Troy hatte nicht vor, noch mehr zu erklären, so trat er aus der Tür und ging auf Dakota zu. „Es war wirklich nicht meine Absicht, deinem Arbeiter Angst einzujagen. Er schien nett zu sein."

„Du hast vor, in der Jagdhütte deines Onkels zu leben? Du weißt aber schon, dass das über den Winter nicht wirklich geht, oder?

Monatelang wirst du weder rein noch raus können. Fängt es erst einmal an zu schneien, hört es oft stundenlang nicht mehr auf und die Straße ist nicht geräumt, geschweige denn der Pfad hier hoch."

Troy seufzte. Das hätte er wissen sollen. Doch nach den ganzen Jahren an der Ostküste hatte er nicht mehr bedacht, wie hart der Winter sein konnte. Er ließ seinen Blick über die ruhige Lichtung und die Hütte schweifen. Ihm blieben ja noch ein paar Monate, um zu entscheiden, was er tun wollte. „Momentan möchte ich einfach ein wenig Ruhe und Frieden."

Dakota nickte unmerklich. „Okay, das ist dein gutes Recht. Wenn du ein wenig Gesellschaft willst oder irgendetwas brauchst, wir sind am Fuß des Berges." Damit wandte sich Dakota um und ging den Pfad durch den Wald wieder hinunter. Troy blickte ihm hinterher und fragte sich, ob er tatsächlich den ganzen Weg hier hoch gelaufen war. Doch nach wenigen Minuten hörte er das tiefe Grummeln eines Motors, das immer leiser wurde, je weiter es sich entfernte. Langsam drehte er sich wieder zum Haus zurück, ging hinein und widmete sich wieder seiner Arbeit.

Nachdem er mit dem Putzen fertig war, öffnete er die Heckklappe der abgedeckten Ladefläche des Trucks und zog seine wenigen Habseligkeiten heraus. Es war nicht viel, doch zumindest hatte er ein Bett und ein paar Küchenutensilien. Als es Abend wurde, war alles in seiner kleinen Hütte hergerichtet. Zufrieden zog er einen Stuhl nach draußen, setzte sich neben die Hintertür und sah zu, wie die Nacht über ihn hereinbrach. Den ganzen Tag war er beschäftigt gewesen, jetzt war er von einer angenehmen Stille umgeben. Nur die leisen Geräusche des Waldes waren zu hören. Troy wollte Ruhe und Frieden, und er wollte alleine sein. Doch er sah schnell ein, dass er auch an einen Ort fahren könnte, an dem der nächste Nachbar kilometerweit weg war. Vor seinen Gedanken und seiner Schuld konnte er nicht einfach davonlaufen. Troy *war* schuldig; das wusste er. Er hatte Jeanies Herz gebrochen und jeden Menschen in seinem Leben angelogen. Nichts konnte das wiedergutmachen und nichts konnte etwas daran ändern. In den Monaten nach seiner Offenbarung merkte Troy, dass er nicht mehr länger unter Menschen sein konnte. Als Onkel Max letztlich starb und Kevin und ihm die Hütte hinterlassen hatte, hatte er sich dazu entschlossen, in den Westen zu fahren und sich in diesem weiten Land zu verlieren. Er wünschte nur, sein Kopf würde auch endlich still sein und etwas von dem Frieden finden, nach dem er sich so sehr sehnte. Allerdings war bisher wenig so verlaufen, wie er es eigentlich geplant hatte.

Stundenlang saß Troy da, alleine mit Gedanken, über die er eigentlich nicht nachdenken wollte. Sein Kopf hatte jedoch anderes vor. Schließlich gab Troy auf und ging hinein. Müde zog er sich aus, wusch sich so gut es ging und kroch ins Bett. Vielleicht sah ja morgen alles besser aus.

DAS TAT es nicht. Troy stand bei Sonnenaufgang auf, aß sein Frühstück und machte mit seiner Arbeit weiter. Er musste noch Holz hacken und andere Arbeiten erledigen, die auf ihn warteten. Als er einen ordentlichen Haufen Holzscheite neben der Hütte aufgestapelt hatte, befüllte Troy die Überreste der Grube, die er für das Feuer benutzt hatte, bevor er die restliche Erde auf der Lichtung verteilte und damit jegliche Löcher füllte. Die Arbeit war schön und gut, doch wann immer er eine Pause machte, nahmen seine Gedanken überhand. „Zwei verdammte Tage", fluchte Troy laut. Er war erst zwei Tage hier und war schon seiner Selbst und seinen Gedanken überdrüssig – was für ein schlechter Eigenbrötler er doch war. Er hätte wissen sollen, dass das nicht funktionieren würde. Schon immer war er eher ein geselliger Mensch gewesen und wenn ihm schon ein paar Tage alleine zu viel waren, was sollte er dann die nächsten vier Monate tun? In seiner Hütte sitzen, sich einen Bart wachsen lassen und den Bäumen beim Wachsen zusehen? Ihm kam der Gedanke, dass das nicht wirklich die beste Idee war. Andererseits konnte er sich kaum selbst im Spiegel ansehen – wie sollte er dann anderen Leuten gegenübertreten? Vor allem, wenn sie herausfanden, was er getan hatte? Nein, er musste sich einfach nur daran gewöhnen, alleine zu sein. Und er musste herausfinden, wie und mit was er sich beschäftigen konnte.

TROY SCHAFFTE es, sich beinahe eine Woche lang zu beschäftigen. In dieser Zeit baute er sogar ein paar rustikale Möbel. Außerdem machte er einen Ausflug den Berg hinunter, um in einem der kleinen Bäche, die in den Fluss mündeten, zu angeln. Er fing ein paar Fische und kochte sich leckere Mahlzeiten. Doch nach einer Woche hatte er von seiner eigenen Gesellschaft wirklich genug. Troy war klar, dass er in die Stadt fahren konnte, um vielleicht etwas anderes zu essen außer sein Selbstgekochtes. Dakota hatte aber auch gemeint, dass seine Freunde und er da wären, falls er Gesellschaft wollte.

Irgendwie bezweifelte Troy jedoch, dass Dakota das wirklich so gemeint hatte. Aber so langsam verzweifelte er. Vielleicht konnte er ihnen ja einen Besuch abstatten, so rein nachbarschaftlich. Und da er immer noch etwas von dem Fisch im Kühlschrank hatte, konnte der ja als Friedensangebot dienen. Troy gestand sich ein, dass er immer noch ein schlechtes Gewissen hatte, wie er Liam an seinem ersten Tag behandelt hatte. Er war sich einfach nicht sicher, wie man ihn begrüßen würde oder ob es wirklich richtig wäre, einfach so bei seinen Nachbarn vorbeizuschneien. Besonders bei Nachbarn, bei denen er so einen *wundervollen* Eindruck hinterlassen hatte. Wie auch immer, er hatte keine Ahnung, was er sonst tun sollte. Und wenigstens kannte er Dakota schon, seit sie Kinder waren. Gewissermaßen.

Troy ging zurück in die Hütte und machte im Badezimmer halt, um sich die Stoppeln aus dem Gesicht zu rasieren. Dann wusch er sich gründlich, bevor er den Fisch aus dem Kühlschrank holte und zu seinem Truck ging. Irgendwie war es ja schon ein bisschen verrückt, das zu tun, aber er kannte ja niemand anderes. Ehe er in den Truck stieg, sah er sich zum bestimmt tausendsten Mal seit er angekommen war auf der Lichtung um. Inzwischen kannte er schon jeden Baum und jeden Busch. Zum Glück hatte er ihnen noch keine Namen gegeben. Nein, schon allein für seine Zurechnungsfähigkeit musste er unter Leute. Danach konnte er sich immer noch in seine stille Hütte zurückziehen. Schwungvoll öffnete Troy die Fahrertür, setzte sich hinter das Steuer und startete den Motor. Langsam fuhr er den Berg hinunter, hüpfte mehr oder weniger über die Spurrillen auf dem zweispurigen Weg, ehe er endlich die Straße erreichte. Es dauerte immer noch eine ganze Weile, bis er zur Hauptstraße kam. Dort wusste er nicht, in welche Richtung er fahren musste. So genau hatte ihm Dakota nicht erzählt, wo die Ranch war. Etwas, über das er vor seinem überstürzten Aufbruch hätte nachdenken sollen. In letzter Zeit allerdings schien das so eine Art Muster in seinem Leben zu sein. In den vergangenen sechs Monaten hatte er regelmäßig erst gehandelt und dann darüber nachgedacht. Auch das musste sich ändern. Troy dachte kurz darüber nach, einfach umzudrehen und nach Hause zu fahren. Stattdessen bog er links ab und hoffte auf das Beste.

Eine ganze Weile später fuhr Troy auf ein offensichtliches Ranchhaus zu und hielt an. Er hoffte, dass er hier richtig war, und stieg aus. Den eingepackten Fisch in der Hand, ging er langsam auf die Haustür zu. Diese öffnete sich und im Türrahmen erschien der Mann, den er im Supermarkt gesehen hatte, Wally. Kühl sah er ihn an.

„Es tut mir leid, ich muss …" Troy wollte schon sagen, dass er hier wahrscheinlich falsch war. Aber er wusste, dass es nicht so war. Dieser Mann hatte ihn beschimpft, Dakota ebenfalls. Er war auf der richtigen Ranch und dem Ausdruck auf Wallys Gesicht nach zu urteilen, überhaupt nicht willkommen. „Ist das die Holden Ranch?"

„Ja", antwortete Wally und trat näher, „eigentlich sollte ich mit einer Knarre auf dich zeigen, damit du weißt, wie sich das anfühlt." Er machte noch einen Schritt auf Troy zu. „Stattdessen rate ich dir, von meinem Land zu verschwinden und uns in Ruhe zu lassen." Daraufhin drehte sich Troy um und öffnete seine Wagentür. Mit einer solchen Reaktion hätte er eigentlich rechnen sollen; Himmel, er hatte es wohl auch verdient. „Was machst du hier?" Auf diese Frage hatte Troy nicht wirklich eine Antwort. Deshalb drückte er Wally einfach den Fisch in die Hand, stieg in seinen Truck und fuhr eilig wieder zu seiner Hütte, wo er hingehörte. Zumindest wusste er jetzt wieder genau, warum er alleine sein wollte. Er parkte den Truck vor der Hütte, ging hinein und schloss die Tür hinter sich. Das war alles seine Schuld, das war ihm klar. Genauso war das ganze heillose Chaos, das er aus seinem Leben gemacht hatte, allein seine Schuld.

Ein leises Klopfen an der Tür riss Troy aus seinem Selbstmitleid. Sich wundernd, wer denn jetzt noch auf ihn einschlagen wollte, öffnete er die Tür. Was er sah, waren strahlende Augen und ein wunderschönes, nervöses Gesicht, das ihn anlächelte. „Ich hab mich doch jetzt wirklich oft genug entschuldigt."

„Hm?", fragte Liam verwirrt. Das Lächeln auf seinem Gesicht verblasste etwas. „Oh nein. Dieses Mal müssen wir uns bei dir entschuldigen", sagte er leise. „Ich weiß, dass du nicht wusstest, wer ich war. Wally hat mich nur beschützt. Dakota meint, dass er manchmal einfach so ist. Deswegen ist er so ein guter Tierarzt und Freund. Ich bin übrigens Liam."

„Ich weiß. Im Supermarkt habe ich gehört, wie Wally deinen Namen gesagt hat", sagte Troy und blickte tief in diese blauen Augen. Für ein paar Sekunden verlor er sich in ihnen. „Weiß Wally, dass du hier bist?"

„Ja", antwortete Wally und trat hervor. „Ich denke, wir können beide noch eine Menge lernen, was Nachbarschaftshilfe anbelangt." Zu Troys Überraschung sah Wally ein wenig zerknirscht aus. „Ich wollte mich außerdem für den Fisch bedanken. Das war sehr nett von dir." Troy kam es so vor, als würden Wally diese Worte beinahe schmerzen.

„Ich weiß, dass ich letztens überreagiert habe und ich entschuldige mich dafür. Ich hätte nicht mit einer Waffe auf ihn zeigen sollen. Ich wusste nicht, warum er hier war, aber ich hätte nicht annehmen sollen, dass er eine Bedrohung darstellt."

Liam und Wally starrten ihn an, als das Gespräch allmählich verstummte. „Warum bist du eigentlich zur Ranch gefahren?", wollte Wally wissen. „Hast du etwas gebraucht?"

Troy zuckte mit den Schultern. Er dachte daran zu sagen, dass er ein wenig Gesellschaft wollte. Doch das würde armselig und ein wenig dumm klingen. Glücklicherweise wartete Wally nicht auf eine Antwort.

„Hör zu, um nachbarschaftlich zu sein, warum kommst du nicht zu uns zum Abendessen? Dann können wir über alles reden und das Ganze hoffentlich hinter uns lassen. Wir sind schließlich Nachbarn."

„Danke", antwortete Troy, ehe er einen Schritt von der Tür weg trat. „Möchtet ihr rein kommen? Es ist allerdings nichts Besonderes." Troy überlegte, ob er was Anständiges zu Trinken anbieten könnte. Er hatte jedoch nur Wasser.

„Nein, danke", antwortete Wally. „Wir müssen wieder an die Arbeit. Aber wir sehen dich ja um sechs zum Abendessen." Wally nickte zum Abschied und Troy sah den beiden hinterher, als sie zu dem Truck gingen, der neben seinem parkte. Besonders eingehend musterte er jede von Liams Bewegungen. Als sie beide im Truck saßen, schloss Troy die Tür und augenblicklich brach die Schuld über ihn herein. Troy war bewusst, dass Liam ihn anzog und er hatte das Gefühl, dass Liam schwul war. Er hatte keine Ahnung, warum er so empfand, aber er tat es. Troy wusste auch, dass er den Gefühlen, die in ihm erblühten, wann immer er den jungen Mann sah, niemals nachgeben durfte. Das war schließlich der Grund, warum sein Leben überhaupt erst kaputtgegangen war. Es waren diese Gefühle und seine Unfähigkeit, sie unter Kontrolle zu halten, die den ganzen Schmerz in seinem Leben ausgelöst hatten.

Entschlossen schob Troy diese Schuld weit von sich und machte sich wieder an die Arbeit. Er musste versuchen, unter Leute zu kommen. Die Fehler, die er in der Vergangenheit gemacht hatte, konnten nicht den Rest seines Lebens beherrschen. Wenn er irgendeine Art von Leben haben wollte, musste er seine Unsicherheiten hinter sich lassen. Nicht, dass er eines verdient hätte.

Den Rest des Nachmittags beschäftigte sich Troy so gut er konnte. Er beschloss, noch einmal fischen zu gehen und schaffte es, zwei weitere Bergforellen zu fangen, die er gründlich wusch und für später in den Kühlschrank legte. Da er keine Arbeit hatte, musste das Geld, das er hatte, so lange reichen, wie es ging. Nach getaner Arbeit räumte Troy auf und suchte in seiner Tasche nach Klamotten, die halbwegs ordentlich aussahen. Fündig geworden zog er sich um, schloss die Hütte ab und fuhr zur Ranch. Als er dieses Mal dort ankam, wurde Troy von einem Rudel Hunde begrüßt. Schwanzwedelnd bellten sie aufgeregt und sprangen nach Aufmerksamkeit suchend übereinander. „Okay Jungs, das reicht", rief Liam, als er über den Hof kam, um Troy zu begrüßen. Sofort änderten die Hunde ihre Taktik, wuselten um seine Beine herum und zwei Sekunden später fiel er halb zu Boden. Die Hunde leckten, wedelten und schlängelten sich in totaler Hundebegeisterung um ihn. Troy konnte seinen Blick nicht von Liam abwenden, als die Hunde ihm ihre Liebe zeigten.

„Kommt schon Jungs", sagte Wally, bevor er einen lauten Pfiff ausstieß. Sofort rannte das Rudel zum Haus, hielt am Fuß der Treppe an und sah Wally erwartungsvoll an. Währenddessen ging Troy zu Liam, der auf dem Boden saß, und streckte ihm die Hand entgegen. Sobald er den anderen Mann berührte, raste ein Schauer durch seinen Körper. Überrascht hätte er beinahe losgelassen, besorgt, was dieses Gefühl bedeuten könnte. Troy half Liam, aufzustehen und ließ anschließend die Hand schneller los, als beabsichtigt. Ein Hauch von Enttäuschung huschte über Liams Gesicht. Doch Troy hatte sich geschworen, diese Gefühle weiterhin unter Kontrolle zu halten. Das konnte er aber nicht, wenn er Liam berührte. Diese arglose Berührung ließ sein Herz rasen, außerdem spürte er, wie er anfing zu schwitzen. Und das nur, weil er die Hand des Mannes gehalten hatte. Troy folgte Liam zum Haus und die Treppe nach oben und tat sein Bestes, nicht auf die enge Jeans zu starren, die Liams Hintern perfekt umspannte.

„Möchtest du etwas trinken?", fragte Wally, als sie im Wohnzimmer saßen. Wally verschwand kurz und kam mit Bier für alle wieder zurück. Dann verschwand er erneut. Als er zurückkam, schob er einen Rollstuhl vor sich her. „Jefferson, das ist Troy. Er wohnt derzeit in der alten Hütte auf dem Berg."

„Max' Hütte?", hakte Jefferson nach. Troy musste aufmerksam zuhören, um ihn zu verstehen.

„Ja. Onkel Max ist vor ein paar Monaten gestorben und hat die Hütte mir und meinem Bruder hinterlassen. Ich wohne zurzeit dort", erklärte Troy. An Mr. Holden konnte er sich noch aus seinen Kindertagen erinnern. Wie er ihn hochgehoben hatte, damit er auf dem riesigen Pferd sitzen konnte. Dann hatte er ihn über den Hof geführt. Doch das war schon so lange her und es hatte sich so vieles verändert.

„Warum wohnst du eigentlich in der Hütte, wenn ich fragen darf?", fragte Liam leise. Deutlich spürte Troy dessen Augen auf sich ruhen.

„Ich wollte Ruhe und Zeit, um nachzudenken. Aber es hat leider nicht so funktioniert, wie ich mir das vorgestellt hatte", gab Troy zu.

„Warum das?", erkundigte sich Wally und setzte sich neben Liam auf das Sofa.

Nachdenklich starrte Troy auf seine Flasche. „Ich denke nur über Sachen nach, die ich nicht ändern kann. Wenn ich etwas zu tun habe, geht es mir gut. Aber wenn ich eine Pause mache, grüble ich über Dinge nach, von denen ich gehofft habe, sie hinter mich bringen zu können."

„Du kannst vor deinen Problemen nicht davonlaufen", meinte Jefferson. Das verstand Troy nun glasklar. Er musste zugeben, der Mann hatte recht. Genau das hatte er nämlich versucht und es hatte nicht funktioniert.

„Wovor läufst du davon?", fragte Liam. Die Antwort blieb Troy Gott sei Dank erspart, da sich in diesem Moment die Tür öffnete und zwei Männer eintraten.

„Troy, das ist Haven und sein Partner Phillip. Haven leitet die Rinderabteilung der Firma, Phillip macht die Buchhaltung und hilft, das Geschäft zu leiten."

Troy starrte die beiden Männer an, dann wanderte sein Blick zu Wally und Liam. Haven und Phillip waren ein Paar und das auch noch ganz offen. Wie Peter und Kevin. Der Gedanke überraschte ihn nicht; Kevin und Peter hatte er jahrelang zusammen gesehen. Es war die Tatsache, ausgerechnet *hier* ein offen schwules Paar zu sehen, was ihn so von den Socken haute.

„Gibt es ein Problem?", fragte Wally. Sofort wandte Troy den Blick ab und starrte wieder auf seine Bierflasche.

„Nein", antwortete er leise.

„Hast du ein Problem damit, dass wir alle schwul sind?" Wallys Frage klang fast wie eine Herausforderung.

„Nein. Mein Bruder ist schwul. Ich denke, ich bin nur so überrascht, hier ein offen schwules Paar zu sehen." Die Bedeutung von Wallys Worten sickerte erst ein paar Sekunden später in Troys Kopf. „Ihr seid alle schwul?"

„Ja. Dakota ist mein Partner und unser Vormann, Mario, lebt zusammen mit seinem Partner David", erklärte Wally und sah Troy gespannt an. Troys Blick wanderte von einem zum anderen, bevor er an Liam hängen blieb. Dieser sah ihn an, als wüsste er bereits, was in Troys Herz vor sich ging. Er hatte dieses Gefühl schon einmal gehabt, doch dieses Mal war es sogar noch stärker.

„Ich bin auch schwul", offenbarte Troy kaum hörbar. Seine Stimme war nicht mehr als ein Flüstern. Niemand bat ihn, es zu wiederholen oder es lauter zu sagen. Zwar hatte er sein Geheimnis kaum ausgesprochen, doch Troy fühlte sich, als hätte er es lauthals herausgeschrien. Die anderen im Wohnzimmer nickten einfach nur. Das öffnete Troy ein wenig die Augen. Er hatte gesehen, was sein Bruder Kevin alles durchgemacht hatte. Und das war ein Grund, warum er so entschlossen gewesen war, sich dem nicht auszusetzen. In der Highschool war Kevin ständig schikaniert worden, er hatte nur wenige Freunde gehabt und war mehr oder weniger ein Einzelgänger gewesen. Auf keinen Fall hätte Troy diese Ächtung über sich ergehen lassen. Doch hier wurde er nicht geächtet – es fühlte sich eher nach Akzeptanz an.

„Ist schon okay", sagte Liam flüsternd. „Dieser Ort hier ist wie ein Paradies für Menschen wie uns." Troy drehte sich um und begegnete Liams Blick. In dessen Augen konnte er einen tiefen Schmerz erkennen, der sich so vertraut anfühlte. Troy schluckte heftig, als er begriff, dass jemand dem jungen Mann offensichtlich sehr wehgetan hatte.

„Hast du immer offen und ehrlich gezeigt, wer du bist?", fragte Troy mit einem Hauch Skepsis. Er konnte sich nicht vorstellen, nicht zu verheimlichen, wer er war. Er tat es schon so lange, dass es zu einer eingefleischten Angewohnheit geworden war. Selbst nachdem er es seiner Frau gesagt hatte und mit ihrem Zorn konfrontiert wurde, versteckte er sich immer noch und versuchte auch, es vor sich selbst zu verbergen.

„Mehr oder weniger, denke ich", antwortete Liam nervös. Troy vermutete, dass es Liam auch nicht so eilig hatte, über seine Vergangenheit zu reden wie er selbst. „Hier allerdings muss ich mir darüber keine Sorgen machen. Ich habe gesehen, wie sich Wally und Dakota umarmt und geküsst haben. David und Mario haben es auch getan, Phillip und Haven ebenfalls. Hier musst du dich nicht dafür schämen, wer du bist. Und du wirst hier auch nicht verurteilt, wie woanders auf der Welt." Liam sah Wally an und Troy konnte einen Hauch Heldenverehrung auf seinem Gesicht erkennen. Einen kurzen Moment wurde Troys Kehle richtig trocken und sein Atem ging nur noch stoßweise. Anfangs verstand er nicht, was gerade mit ihm passierte oder was er fühlte. Bis er begriff, dass er eifersüchtig war. Troy hatte gehofft, dass nur einmal in seinem Leben ihn jemand so ansehen würde. Er hatte immer erwartet, dass es Sofia wäre, doch das war jetzt eher unwahrscheinlich. „Wally, gibt es irgendetwas, bei dem ich helfen kann?", erkundigte sich Liam, bevor er aufstand.

„Nein. Es ist alles in Ordnung. Warum nimmst du Troy nicht mit nach draußen und zeigst ihm die Tiere?"

Troy blickte von Wally zu Liam und fragte sich, ob das so eine gute Idee war. Sein erster Impuls war, abzulehnen. Der Gedanke, mit Liam alleine zu sein, war beinahe zu verführerisch. Doch er wollte seinen Widerwillen nicht erklären und es wäre wahrscheinlich auch unhöflich, abzulehnen. Alle waren so freundlich zu ihm, das wollte Troy nicht aufs Spiel setzen – erst recht nicht, wenn er seinen ersten schlechten Eindruck scheinbar wieder gut machen konnte. „Klingt nach Spaß", antwortete Troy und versuchte, den Anflug von Begeisterung zu verbergen.

Liam führte ihn zur Tür hinaus. Troy erwartete eigentlich einen Rundgang durch den Stall. Stattdessen gingen sie um das Haus herum und über den Rasen an der Rückseite. „Wally betreibt eine Tierauffangstation und ich helfe ihm bei der Pflege der Katzen." Deutlich konnte Troy den Stolz in Liams Stimme hören und wunderte sich, was so toll daran war, sich um einen Haufen Katzen zu kümmern. Zumindest, bis er die Gehege und die riesigen Raubtiere darin herumschleichen sah. „Geh nicht zu nah ran. Einige von ihnen sind nur große Kätzchen, doch die meisten sind immer noch Wildtiere."

„Wo kommen die denn her?", fragte Troy interessiert, während er einen riesigen männlichen Löwen anstarrte, der träge in seinem Gehege umherlief. Er war prachtvoll. Troy war begeistert, ihn so nahe zu sehen. Dann wurden seine Augen von den Tigern und anderen großen Katzen in den Käfigen, die die Gruppe an Gehegen bildeten, angezogen. „Mein Gott."

„Das habe ich auch gedacht, als Wally mir erzählt hat, dass es mein Job wäre, ihm zu helfen, sie zu versorgen. Der Tiger heißt Shahrazad und sie ist wirklich hinterlistig. Ich rate dir also, dich von ihr fernzuhalten. Der Löwe heißt Manny, er herrscht über den Schlafplatz. Sie schleichen so herum, weil sie deinen Geruch nicht kennen. Wally sagt, sie sind sehr schlau und wissen manchmal vorher schon, wenn etwas passiert. Er bekommt sie vom Zirkus und von Leuten, die dachten, sie würden sich toll als Haustiere machen. Er hat mir auch erzählt, dass er Glück hatte, einige in Zoos unterzubringen. Wally hofft, einer von ihnen nimmt auch Shahrazad. Sie ist ein bengalischer Tiger und sehr wertvoll." Die Heldenverehrung auf Liams Gesicht war überdeutlich. Offensichtlich hatte Wally einen ziemlichen Eindruck auf Liam gemacht.

„Wie lange bist du eigentlich schon hier?", fragte Troy und beobachtete Manny, der sich in dem warmen Gras niederließ.

„Etwas länger als eine Woche. Der Tag, an dem ich mich nach dem Feuer erkundigte, war mein erster ganzer Tag hier", antwortete Liam, ohne ihn dabei anzusehen. Daraufhin fühlte sich Troy noch schlechter, dass er sich an diesem Tag so aufgeführt hatte. „Ich weiß, dass du das nicht wusstest."

„Danke, aber dir eine Waffe vors Gesicht zu halten, war wirklich eine tolle Art, dich in der Nachbarschaft willkommen zu heißen." Troy spielte den Vorfall herunter, um zu verschleiern, was für ein schlechtes Gewissen er deswegen hatte.

„Vergiss es einfach", meinte Liam. „Es war ein Versehen." Nachdenklich beobachtete er die Tiere, wie sie sich im Gras niederließen. „Hattest du jemals einen festen Freund?"

Troy wusste nicht genau, wie er diese Frage beantworten sollte. Als sich Liam zu ihm umdrehte und ihn erwartungsvoll ansah, wurde ihm jedoch klar, dass er ehrlich sein musste. Er hatte schon so viel über sich gelogen, dass die Worte einfach so herauspurzelten. „Nein. Nicht wirklich. Es gab nie jemanden, den ich als meinen festen Freund bezeichnet hätte. Bei dir?"

Liam schüttelte den Kopf. „Nein. Ich habe einmal jemanden kennengelernt. Mein Vater hat uns beim Küssen erwischt und dafür gesorgt, dass ich das nicht noch einmal tat. Ich habe mich schon immer gefragt, wie es wohl ist, einen Freund zu haben – jemanden, der mich meinetwegen mag." Die Traurigkeit in Liams Stimme zog an Troys Herzen. Er hatte so viele Menschen unglücklich gemacht, dass er nichts mehr wollte, als es wieder gutzumachen, in dem er Liams Traurigkeit vertrieb. Troys Hand hatte die Distanz zwischen ihnen schon halb überbrückt, da fasste er sich wieder und ließ sie fallen.

Liam drehte sich um und Troy sah die Sehnsucht und den Schmerz auf Liams Gesicht. Das überraschte und schmerzte ihn zugleich. Er hatte nicht erwartet, die Emotionen des Mannes so deutlich auf dessen Gesicht lesen zu können. Dann kam ihm der Gedanke, ob seine Frau auch so ausgesehen hatte, als sie nach seiner großen Offenbarung zu ihrer Schwester gezogen war. Einen Moment lang schloss Troy die Augen. Als er sie wieder öffnete, war der Schmerz weg, die Sehnsucht jedoch war geblieben. „Das wirst du auch noch spüren. Wir alle haben es verdient, von jemandem um unserer Selbst willen geliebt zu werden." Troy war sich nicht sicher, ob er selbst diesen Worten glauben konnte, da er sich nicht sicher war, ob er das verdient hatte. Aber es war das, was Liam hören musste. „Wir sollten wieder reingehen. Ich weiß nicht, für wann Wally das Abendessen geplant hat."

„Vermutlich", erwiderte Liam leise. „Hast du dich jemals gefühlt, als wärst du der einzige Mensch auf der Welt, der so empfindet?"

„Ja und nein", antwortete Troy. „Ich wusste, dass ich nicht alleine war, da mein Bruder, Kevin, schwul ist. Er hat sich schon ziemlich früh geoutet. Ich wollte einfach nicht dasselbe durchmachen wie er. Also habe ich versucht, normal zu sein." Troy lachte höhnisch. „Ich wünschte, ich könnte es dir erklären. Vielleicht könnte ich es dann auch mir erklären."

„Ich weiß, wie du dich fühlst. Es ist so schwer, etwas in Worte zu fassen, das du dein ganzes Leben versteckt hast. Jahrelang habe ich gedacht, dass es auf der ganzen Welt niemanden gibt, der so ist wie ich. Dass ich eine Art Missgeburt sein musste. Der Pfarrer hat an einem Sonntag einmal Gift und Galle über Sodom und Gomorrha gespuckt und ich habe begriffen, dass ich vielleicht gar nicht alleine, aber böse war." Liam starrte Manny an, doch Troy vermutete, dass er direkt durch ihn hindurchsah. „Aber ich bin nicht böse; ich bin ein guter Mensch. Wally und die anderen haben mir geholfen, das zu verstehen."

„Nein, du bist nicht böse. Solange du dir selbst treu bleibst und anderen Menschen nicht wehtust", stellte Troy klar, wissend, dass er in beiderlei Hinsicht versagt hatte. Auf einmal wollte Troy das Gespräch beenden. Doch anscheinend war es genau das, was Liam brauchte. „Kevin sagt, dass wir schon schwul geboren werden und ich glaube ihm. Niemand würde sich freiwillig dafür entscheiden, anders zu sein oder gehasst zu werden. Wir würden uns alle dafür entscheiden, so zu sein, wie alle anderen auch. Ein paar Jahre nach seinem Outing hat Kevin mir erzählt, dass seine Homosexualität genauso ein Teil von ihm sei wie die Farbe seiner Augen oder die Größe seiner Füße. Als er mir das gesagt hatte, hätte ich ihm beinahe gestanden, dass ich auch schwul bin. Bis vor sechs Monaten war das der einzige Zeitpunkt gewesen, an dem ich es einem anderen Menschen gesagt hätte." Seufzend folgte Troy Liams Blick. „Wenn ich jetzt so zurückblicke, wünsche ich mir, ich hätte es ihm damals gesagt. Vielleicht wäre mein Leben dann ganz anders verlaufen." Das entsprach der Wahrheit. Vielleicht wäre es anders gewesen, wenn er den Mut gehabt hätte, es zuzugeben und dafür einzustehen, wer er war.

„Klingt so, als wäre dein Bruder echt schlau", bemerkte Liam.

„Das ist er. Einer der klügsten Menschen, die ich kenne." Vor ein paar Monaten hätte Troy das wahrscheinlich niemals zugegeben.

Solange er denken konnte, hatte Troy immer das Gegenteil von dem getan, was Kevin gesagt hatte. Er wusste nicht, wie oft ihn das schon in Schwierigkeiten gebracht hatte. Über zehn Jahre lang hatte Troy seinen Bruder ignoriert, weil er schwul war. Ungeachtet der Tatsache, dass er offensichtlich das intelligenteste Familienmitglied und, das musste Troy zugeben, auch das glücklichste war. „Ich wünschte nur, ich hätte es mir schon früher eingestehen können." Wenn er es getan hätte, hätten Kevin und er sicherlich eine bessere Beziehung zueinander gehabt und er hätte vielleicht tatsächlich zugehört und verstanden, wofür sein Bruder einstand. „Und er hat Mut. Er war bereit, sein Leben zu leben, egal was andere Leute dachten. Dafür braucht man viel Kraft. Ich wünschte, ich hätte sie gehabt."

Liam ging zurück zum Haus, Troy folgte ihm. „Du bist stark", sagte Liam, „du musst nur herausfinden, wie du das nutzen kannst. Genauso wie ich." Troys Lebenserfahrungen ließen ihn stark an dieser Aussage zweifeln, doch er wollte nicht mit Liam streiten.

Als sie das Haus betraten, platzten sie scheinbar in eine lebhafte Unterhaltung. „Das kannst du nicht wissen, Haven", sagte Wally ernst. Zumindest schien die Auseinandersetzung an einem Punkt der Verständigung zu sein. Ganz anders als die Argumente, die Troy gewohnt war. Die arteten normalerweise immer in ein hochgradiges Drama oder in Gott weiß was aus.

„Doch, das tue ich. Wenn jemand dem Gemeindezentrum einer Stadt wie unserer 80.000$ spendet, will derjenige definitiv etwas. Ich habe mich heute in der Stadt ein wenig umgehört. Niemand weiß genau, wer das Geld gespendet hat, außer der Gemeinderat. Allerdings geht das Gerücht um, dass es irgendeine große Firma war", erklärte Haven mit derselben Leidenschaft. „Und warum sollte das eine Firma tun? Die wollen schlicht und einfach etwas. Ich wette mit dir, sobald sie beschließen, dass es etwas gibt, das sie so dringend wollen, um dafür einen Haufen Geld zu spenden, erfahren wir, wer der Spender war."

„Du bist zu misstrauisch, Haven", konterte Wally. „Du weißt nicht mal, ob das Gerücht wirklich stimmt. Es könnte auch jemand aus der Stadt sein."

51

Haven schnaubte spöttisch, während sich Troy neben Liam auf das Sofa setzte und der Diskussion zuhörte. „Nein, bin ich nicht. Diese Stadt versucht seit Jahren, ein Gemeindezentrum aufzubauen", sagte Haven. „Jeden Sommer haben wir eine Benefizveranstaltung ausgetragen, um dem Ziel näher zu kommen und plötzlich erscheint jemand auf der Bildfläche mit exakt der benötigten Summe, um das Projekt abzuschließen? Das kaufe ich dir nicht ab. Abgesehen davon hat niemand in der Stadt so viel Geld, außer uns vielleicht. Und solch eine Spende würde unseren Betrieb ziemlich einschnüren. Die anderen Viehzüchter haben das Geld nicht. Die Stadtbewohner auch nicht."

„Dann können wir also nur abwarten und Tee trinken", meinte Wally ruhig, ehe er aufstand. „Ich kümmere mich jetzt um das Abendessen. In ungefähr fünfzehn Minuten können wir essen." Wally verließ das Zimmer und Haven blickte erwartungsvoll zu Troy.

„Troy, was denkst du denn darüber?"

„Über was? Die Spende für das Gemeindezentrum? Darüber weiß ich absolut gar nichts. Ich bin erst seit knapp einer Woche hier. Das letzte Mal, als ich hier war, war ich acht Jahre alt. Daher …" Troy ließ den Gedanken allmählich verstummen. „Was sollte hier jemand wollen, außer das Land aufkaufen? Aber selbst wenn das der Fall wäre, warum machen sie den Landbesitzern nicht einfach Angebote?"

Haven lächelte und auf seinem Gesicht erschien dieser aufgeregte Welpenblick, den auch Phillip liebenswert finden musste, dachte sich Troy. „Das ist es ja. Es gibt nur einen Grund, den ich mir denken kann und das ist das Wasserrecht für irgendetwas. Hier in der Gegend gibt es viel billiges Land, weil kein Wasser da ist. Wenn also jemand das Land aufkaufen möchte und einen Landbesitzer überzeugen kann, ihm Wasserrechte zu verpachten oder zu verkaufen, könnten sie schlagartig den Wert und die Produktivität des Landes steigern. Kein Rancher jedoch würde das jemals tun, da das ein Großteil des Wertes unseres Landes und unseres Lebensunterhaltes ist."

Troy war von Havens Argumentation beeindruckt und als er zu Liam herüberschielte, konnte er sehen, dass dieser ebenso interessiert zuhörte. „Warum machst du dir dann solche Sorgen?"

„Weil die Stadt die Wasserrechte an dem Fluss hat, der quer hindurchfließt. Wir sind flussaufwärts gelegen. Wenn sie also jemanden das Wasser benutzen lassen, würde uns weniger bleiben. Das würde bedeuten, wenn im Juli und August der Fluss sowieso schon am niedrigsten steht, könnte es für uns und alle, die flussabwärts leben, gefährlich wenig werden."

„Du glaubst also, wer immer auch gespendet hat, schmiert der Stadt Honig ums Maul?" Das klang ein wenig abwegig.

„Warum würden sie das tun?", fragte Liam. Haven zuckte ratlos mit den Schultern. „Sind sie für ihren Lebensunterhalt nicht von den Ranchern abhängig?"

Scheinbar ein wenig frustriert nickte Haven. Da wehte Wallys Stimme aus der Küche zu ihnen. „Wir müssen einfach abwarten. Das heißt aber nicht, dass wir nicht die Ohren offen halten können. Und es würde auch nichts schaden, ein bisschen neugierig zu sein." Wally trat wieder zu ihnen ins Wohnzimmer. „Übrigens weiß auch ich, wie man etwas herausfinden kann. Telefon, Telegramm und Tele-Edie."

„Tele-Edie?", hakte Troy nach.

„Na ja, eigentlich Frag-Edie. Sie arbeitet bei der Bank und weiß alles, was in der Stadt so los ist. Wenn irgendjemand gehört hat, was los ist, dann sie. Also Haven, ich schlage vor, die wirfst dich in eine deiner engen Jeans und stattest ihr einen Besuch ab, wenn du so neugierig bist", meinte Wally neckend, während er zurück in die Küche ging.

„Hey!", empörte sich Phillip und trat näher. „Niemand ist dazu berechtigt, ihn in diesen Jeans zu beäugen, außer mir." Lächelnd zog Haven den anderen Mann näher zu sich und flüsterte ihm etwas ins Ohr, das Phillip leicht erröten ließ. Troy beobachtete die beiden zusammen und spürte einen kleinen Eifersuchtsanfall. Jeanie und er waren niemals so miteinander umgegangen. Selbst, als sie frisch verheiratet waren, gab es eine gewisse Zurückhaltung zwischen ihnen. Jetzt verstand Troy natürlich, woher diese Zurückhaltung kam, doch er fragte sich, wie es wohl wäre, jemanden zu haben, dem er so nahe sein konnte. Und der ihm so nahe war. Troy blickte zu Liam. Auf dessen Gesicht konnte er deutlich dasselbe Verlangen sehen. Als diese großen, blauen Augen auf seine trafen, stockte Troy der Atem. Noch nie in seinem Leben hatte er eine solch intensive Anziehung in den Augen eines anderen Menschen gesehen. Und sie dann auch noch auf sich gerichtet zu wissen, war aufregend und beängstigend zugleich. Beinahe konnte er spüren, wie Liam näherrückte. Troy wusste, dass er wahrscheinlich nicht die Willenskraft hatte, ihn aufzuhalten, wenn er es täte.

Der Krach einer zu Boden fallenden Pfanne, gefolgt von Flüchen, die sogar einen Seemann erröten lassen würden, brach die Stimmung. Sofort stand Liam auf und eilte zur Küche. „Können wir dir helfen?", erkundigte sich Phillip. Wallys Antwort war noch mehr Gefluche und ein deutliches „Nein".

Troy blieb sitzen und lauschte den Flüchen, die in ein Pfannengeklapper übergingen. „Das Essen braucht noch ein paar Minuten", meinte Wally, ohne die Küche zu verlassen und Troy sah zu den beiden Männern ihm gegenüber. Haven saß in dem riesigen Sessel, Phillip dicht neben ihm auf der Armlehne. Man sah ihnen wirklich an, wie glücklich sie waren, dem anderen so nahe sein zu können.

Die vier unterhielten sich über Sport und dergleichen, bis Wally sie zum Essen rief. Liam schob Jefferson in seinem Rollstuhl zu ihnen an den Tisch. Die meiste Zeit ihrer vorangegangenen Diskussion hatte er in seinem Stuhl geschlafen. Troy vermutete, dass er einfach nur unter Menschen sein wollte – wenn *er* an Jeffersons Stelle wäre, würde er es jedenfalls wollen. Gerade als sie sich setzten, betrat ein weiteres Paar die Küche und nahm auf den leeren Stühlen Platz. Wally stellte Troy Mario und David vor. Die Gespräche zu Tisch drehten sich hauptsächlich um Ranchangelegenheiten, wie zum Beispiel die Aufgaben für morgen und die Pläne für die kommenden Wochen.

„Wann kommt Dakota eigentlich wieder zurück?", fragte David zwischen zwei Bissen von Wallys ausgezeichnetem reichhaltigem Kartoffelauflauf.

„Erst in zwei Wochen, wenn er Glück hat. Eigentlich sollte er dieses Wochenende freihaben, doch sein Terminplan ändert sich oft kurzfristig." Wally setzte sich neben Dakotas Vater und half ihm langsam beim Essen. Das war nicht unbedingt eine saubere Angelegenheit, doch niemanden schien es zu stören. Also achtete Troy darauf, nicht hinzustarren. Hauptsächlich jedoch saß Jefferson da und sah den anderen ohne viel zu sagen zu. Soweit Troy das beurteilen konnte, wirkte er wirklich glücklich.

Nach dem sehr guten Abendessen gingen sie alle wieder zurück ins gemütlichere Wohnzimmer und führten ihre Gespräche fort. Mario und David verabschiedeten sich, da sie noch etwas zu erledigen hatten. Wally tat es ihnen gleich und schob Jefferson in sein Zimmer.

„Ich sollte auch langsam aufbrechen. Im Dunklen den Pfad zur Hütte hinaufzufahren, ist kein Zuckerschlecken", sagte Troy.

„Ich begleite dich nach draußen", schlug Liam vor. In dem Moment kam Wally wieder zurück. Troy bedankte sich bei ihm für die Einladung und verabschiedete sich von ihm, ehe er nach draußen ging und über dem Hof zu seinem Truck ging. Deutlich spürte er Liam die ganze Zeit über an seiner Seite. „In deiner Hütte ist es bestimmt sehr einsam", bemerkte Liam, als Troy die Fahrertür seines alten Trucks öffnete.

„Manchmal, ja", gab Troy zu. Eigentlich fand er es die meiste Zeit über einsam, aber er wollte nicht herumjammern. Er bemerkte, wie Liam ihn intensiv ansah, als wartete er darauf, dass er etwas sagte oder tat. „Ähm, ich sollte jetzt gehen", stammelte Troy. Liams Augen und die Intensität seines Blicks verwirrten ihn völlig. „Danke, dass du mir hier alles gezeigt hast." Liam trat zurück, als Troy in den Wagen stieg und die Tür zuzog. Dann startete er den Motor, schaltete die Scheinwerfer ein und wendete den Truck. Dabei sah er das Rudel Hunde, das sich um Liams Beine geschart hatte. Sie sprangen um ihn herum und wetteiferten nach seiner Aufmerksamkeit. Liam nahm einen der kleineren Hunde auf den Arm und Troy konnte sehen, wie er Liams Gesicht mit kleinen Welpenküssen übersäte. An dieses Bild würde er sich noch lange erinnern können, da war er sich sicher.

3

„Du magst ihn, oder?", neckte ihn Phillip, sobald Liam das Haus wieder betrat.

„Lass ihn in Ruhe", sagte Wally zu Liams Verteidigung. „Könntest du noch einmal nachsehen, ob bei den Katzen alles für die Nacht hergerichtet ist? Ich habe gerade einen Anruf bekommen. So wie es aussieht, wird es etwas länger dauern."

Liam nickte zustimmend und sah Wally hinterher, der zur Haustür hinauseilte. Gleich darauf schienen die Rücklichter seines Trucks durch das vordere Fenster.

„Aber du hast ihn gern", beharrte Phillip und Liam sah, wie Haven Phillip leicht in die Seite boxte.

„Sei nett. Liam braucht deine Kuppelei nicht. Und wenn er Troy mag, ist das nicht deine Sache." Mit einem kleinen Lächeln wanderte Havens Blick zu Liam. „Nun geh und kümmere dich um die Katzen. Ich habe noch etwas zu tun. Phillip ebenso." Haven stand auf und ging. Phillip folgte dicht dahinter. Erleichtert atmete Liam auf. Er war sich nicht sicher, was er fühlte, aber er wollte nicht darüber reden. Er konnte nicht sagen, ob Troy an ihm interessiert war. Doch wann immer der Mann ihn ansah, schlug sein Herz schneller und seine Gedanken fuhren Achterbahn. Ein paar Mal hatte er den Hauch von Erregung schon gespürt. Doch Zweifel und Ängste hatten ihn stets begleitet. Dieses Mal wusste er, dass Troy schwul war und vielleicht fixierte er sich so auf ihn, weil er schwul und ungebunden war. Liam hatte nicht genug Erfahrung, um das mit Sicherheit sagen zu können. Er wollte Wally danach fragen. Vielleicht würde er das morgen sogar tun.

Auf dem Weg zur Hintertür schnappte sich Liam eine Taschenlampe und ging im letzten Licht des Tages über den Hof. Die Katzen streiften lebhaft in ihren Käfigen herum. Nach einem

Tag, den sie lümmelnd und schlafend im Schatten verbracht hatten, wurden sie nun aktiv. Liam versicherte sich, dass jede von ihnen genügend Wasser hatte. Gefressen hatten sie bereits, das sollte für die Nacht reichen. Als Liam sich Mannys Käfig näherte, streckte sich die beeindruckende, große Katze und trottete auf ihn zu, bevor sie sich setzte und ihn mit geneigtem Kopf beinahe verständnisvoll musterte.

„Mochtest du Troy?" Manny streckte sich und schien ihm aufmerksam zuzuhören. „Da du den Käfig nicht attackiert hast, als er da war, gehe ich davon aus, dass du ihn zumindest nicht hasst." Manny sah ihn weiter an. Nachdem er sich ein weiteres Mal ausgiebig gestreckt hatte, legte er sich vor Liam ins Gras. Seine goldenen Augen blinzelten, eine Angewohnheit, die Manny ab und an überfiel. Liam fragte sich dann immer, ob Manny versuchte zu beurteilen, ob er eine schmackhafte Mahlzeit abgeben würde.

Ein Knurren, gefolgt von einem tiefen, bedrohlich klingenden Brummen hinter ihm machten Liam darauf aufmerksam, dass er Shahrazads Käfig immer näher kam. Der Tiger knurrte erneut, was Liam etwas zusammenzucken ließ. Als Manny daraufhin laut losbrüllte, schrie er auf. Dieses Geräusch erschreckte Liam jedes Mal. Er drehte sich um. Manny stand jetzt auf allen Vieren und sah genauso aus wie der König der Tiere. Shahrazad drehte sich um und ging davon. Liam konnte schwören, ein Ich-habs-immer-noch-drauf-Glitzern in Mannys Augen gesehen zu haben.

„Ist alles in Ordnung?", hörte Liam Wally fragen, als dieser auf ihn zuging. „Was ist denn in Manny gefahren?"

„Shahrazad ist etwas angriffslustig geworden und er hat sie in ihre Schranken verwiesen", antwortete Liam. „Dein Notfall hat sich aber schnell erledigt."

„Als ich dort ankam, war das Fohlen schon geboren und stand auch schon auf den Beinen. Neue Pferdebesitzer vergessen immer, dass Pferde seit Jahrhunderten ohne menschliches Eingreifen gebären. Doch sie bestehen jedes Mal darauf, einen Tierarzt zu rufen. Also habe ich das Fohlen untersucht, habe dem Besitzer die Rechnung für den Anruf gegeben und bin wieder gegangen. Ist hier alles in Ordnung?"

„Scheint so. Ich habe mich nur mit Manny unterhalten", beichtete Liam, um zu erklären, warum er immer noch hier war. Liam hatte Tiere schon immer geliebt; sie verurteilten nicht und akzeptierten einen so, wie man war.

„Und über was habt ihr gesprochen, so von Mann zu wildem Tier?" Damit zog Wally ihn ein wenig auf. „Es hat aber nicht zufällig etwas mit einem gewissen Jemand zu tun, der in einer gewissen Hütte lebt, oder? Das ist okay. Ich habe gesehen, wie ihr euch angesehen habt und das ist gut. Sei einfach nur vorsichtig und überstürze nichts. In Troys Vergangenheit gibt es viel Kummer und Schmerz."

Fragend zog Liam die Augenbrauen zusammen, auch wenn Wally das im Halbdunkel wahrscheinlich eh nicht sehen konnte. „Woher weißt du das?"

„Weil du manchmal denselben Ausdruck auf dem Gesicht hast, wenn dich etwas an deine Vergangenheit erinnert. Denk einfach nur daran, dass es okay ist, wenn du erst an dich denkst und dein eigenes Herz beschützt. Du kannst es nicht wegsperren, aber du solltest vorsichtig sein. Alles in allem glaube ich nicht, dass Troy ein schlechter Kerl ist oder so. Aber er hat eine Menge Probleme, die er aufarbeiten muss. Und ich glaube, es gibt einen wesentlichen Grund, warum er ganz alleine in einer Hütte lebt, die selbst für unsere Maßstäbe weit abgelegen liegt." Deutlich vernahm Liam Wallys Gähnen. „Aber komm jetzt, wir sollten reingehen und die Katzen sich ihrem Herumstreifen überlassen. Die Sonne geht morgen furchtbar früh auf und du weißt ja, diese Babys lassen uns ganz genau wissen, wenn wir zu spät zu ihrem Frühstück kommen."

„Ja, das tun sie." Als die letzten Sonnenstrahlen endgültig verschwanden, ging Liam zurück zum Haus.

AM NÄCHSTEN Morgen gähnte Liam mehrmals, während er sich anzog und wusch und sich auf den Tag vorbereitete. Ohne auf sein Frühstück zu warten, steuerte er geradewegs auf den Kühlschrank zu, in dem Wally das Fleisch für die Katzen aufbewahrte, und richtete ihnen ihr Frühstück her. Dann trug er die voll beladenen

Metallschüsseln hinaus zu den Käfigen. Die Katzen waren alle wach und warteten zähnefletschend auf ihn. Aufmerksam richteten sich ihre Augen auf ihn. Liam tat genau das, was Wally ihm gezeigt hatte und reichte vorsichtig jede Fleischportion durch die geschützten Rinnen. Bevor er zu seinem eigenen Frühstück ging, vergewisserte er sich noch, dass jede Katze genügend Wasser hatte.

„Ich fahre in die Stadt und besorge ein paar Sachen", informierte Haven Liam während des üppigen Frühstücks. „Ich habe mich gefragt, ob du vielleicht mitkommen möchtest. Ich könnte Hilfe gebrauchen und die anderen Arbeiter sind mit der Herde draußen."

„Klar", antwortete Liam, nachdem er seinen Speck heruntergeschluckt hatte. „Wie lange werden wir denn unterwegs sein? Ich muss nachmittags pünktlich zurück sein, um nach den Katzen zu sehen." Er musste auch noch andere Dinge erledigen, um die ihn Wally gebeten hatte und er wollte den Mann nicht enttäuschen.

„Wir werden noch vor dem Mittagessen wieder zurück sein", antwortete Haven und Liam blickte zu Wally, der mit einem Lächeln auf den Lippen nickte. Liam aß sein Frühstück zu Ende und war fertig, als Haven aufbrechen wollte. Auf der Fahrt in die Stadt sprachen die beiden nicht viel miteinander. Nachdem sie im Fachmarkt für Tierbedarf ihre Bestellung aufgegeben hatten, machten sie im Baumarkt halt. Dort half Liam Haven, Zaunpfosten und anderes Zubehör auf den Truck zu laden. „Ich muss noch kurz zur Bank. Dann können wir zurückfahren."

Nickend kletterte Liam in den Truck und war nach der Schlepperei der schweren Sachen froh über die kleine Pause. Haven parkte direkt vor der Bank und zusammen betraten sie das Gebäude. Liam bemerkte, dass Haven ein wenig langsamer ging, bis eine Kassiererin mittleren Alters frei wurde, und sich an ihren Schalter stellte.

„Guten Morgen, Edie", begrüßte Haven sie zwinkernd. Liam sah das strahlende Lächeln, mit dem sie ihn ansah. „Ich müsste nur etwas einzahlen." Er reichte ihr einen Zettel und lehnte sich etwas über den Schalter. „Wie geht es dir?" Selbst Liam konnte erkennen, dass Haven mit ihr flirtete.

„Mir geht es gut, Schätzchen. Und dir?"

„Sehr gut, danke", antwortete Haven.

„Hast du schon die Neuigkeiten gehört?", fügte sie fröhlich hinzu. „Das Gemeindezentrum wird endlich gebaut." Dann sah sie sich um, wie es alle Klatschtanten taten und Liam ging zu einem der Stühle in der Eingangshalle, um auf Haven zu warten. Er brauchte bei diesem Gespräch nicht zu lauschen, denn er vermutete, dass Haven nach Informationen über die Sache aus war, über die er gestern gesprochen hatte. Da war er sicher nur im Weg. Geduldig wartete er, bis Haven fertig war und beobachtete, wie er Edie erneut zuzwinkerte und ihr ein Lächeln zuwarf, ehe er zur Tür ging.

Haven lächelte, bis sie die Tür erreichten. Dann verschwand es plötzlich und wurde durch tiefe Sorgenfalten ersetzt. Er sagte nichts, Liam fragte auch nicht nach. Es ging ihn nichts an. Die Fahrt zurück zur Ranch verlief absolut still. Haven packte das Lenkrad so fest, dass fast seine komplette Hand weiß war, als sie auf die Einfahrt zur Ranch bogen. Der Truck stand noch nicht ganz, da schaltete Haven den Motor ab, stieg aus und eilte mit großen Schritten zum Haus. Da es ihn ja sowieso nichts anging, was los war, begann Liam, den Truck abzuladen.

„Brauchst du Hilfe?", fragte Marios Partner, David, als Liam die Heckklappe herunterließ.

„Ja, danke", antwortete Liam erleichtert. Er war sich noch nicht sicher, wo genau alles hingehörte. David zeigte es ihm und zusammen machten sie sich an die Arbeit.

„War das Haven, der da so schnell ins Haus rannte?", erkundigte sich David, als sie beide vorsichtig Stacheldrahtballen in den Geräteschuppen trugen.

„Ja", antwortete Liam.

„Ich nehme mal an, dass er keine guten Nachrichten bekommen hat."

Liam nickte. „Ich weiß aber nicht, um was es geht. Geht mich eigentlich auch nichts an." Unabhängig davon, was er gesagt hatte, konnte Liam nicht verhindern, sich zu fragen, was los war. Als der Truck fast leer war, kam Haven schließlich wieder, bedankte sich kurz, warf eines der Quads an und raste quer über die Weide davon. Nachdem alles verstaut war, bedankte sich Liam bei David für dessen Hilfe und machte sich auf den Weg zum Stall. Dort hatte Wally sein Büro und er arbeitete die Liste der Aufgaben ab, die Wally ihm hinterlassen hatte.

Den Rest des Tages bekam Liam Haven nicht mehr zu Gesicht und Wally war beim gemeinsamen Mittagessen ungewöhnlich still. Liam wollte fragen, ob es irgendetwas gab, wobei er helfen könnte, hielt jedoch besser den Mund. In fast völliger Stille aß Liam zu Ende und ging dann wieder an seine Arbeit.

Am späten Nachmittag rollte er den Wasserschlauch unweit der Gehege aus, ließ Shahrazad auf das Übungsgelände und spritzte ihren Käfig aus. Zufällig hatte er vor Kurzem herausgefunden, dass Manny Wasser liebte. Als er fertig war, deutete Liam mit dem Schlauch auf Manny und sie spielten eine Weile „Fang das Wasser", bis Manny klatschnass war. Kurz drehte sich Liam um, da schüttelte sich Manny kräftig. Nun war Liam auch noch komplett durchnässt.

Bis er den Schlauch wieder vollständig aufgerollt hatte, war er durch die warme Sonne fast schon wieder trocken. Danach ging Liam ins Haus, um Wally zu fragen, ob es noch etwas zu erledigen gab. Als er die Tür hinter sich schloss, hörte er Wallys Stimme aus dem Büro. „Das verstehe ich, Dakota. Aber ich weiß einfach nicht, was ich tun soll. Ich bin immer noch ein Fremder hier. Niemand wird mir zuhören, auch wenn ich der Hälfte von ihnen über die Jahre so oft geholfen habe." Aus dem Kühlschrank holte sich Liam einen Eistee und schenkte sich ein Glas ein. „Haven ist genauso aufgebracht wie du. Vor ein paar Stunden ist er mit einem der Quads davongerast und noch nicht wieder zurückgekehrt. Ich möchte nicht derjenige sein, der ihm über den Weg läuft."

Liam setzte sich an den Tisch und versuchte so gut es ging, Wallys Telefonat auszublenden. Schnell trank er sein Glas leer, bevor er das Haus wieder verließ, um Wally etwas Ungestörtheit zu geben. Da er seine Aufgaben erledigt hatte, würde er einfach die anderen fragen, ob sie Hilfe bräuchten. Doch außer Wally war niemand da und Liam nahm an, dass es das Beste wäre, ihm aus dem Weg zu gehen. Er schlenderte zur Rückseite des Hauses, ging über den Rasen und setzte sich auf einen der Stühle, die unter einem jungen Baum standen. Sein Blick wanderte zu den Bergen, wo Troys Hütte lag. Von dem Gebäude konnte er allerdings nichts sehen, obwohl er dachte, die Lichtung zu erkennen. Ganz sicher war er sich jedoch nicht.

Da erschreckte ihn Phillips Stimme. „Gibt es dort oben etwas Interessantes?"

Liams Kopf wirbelte herum. „Nein, ich schau nur."

„Es ist okay, wenn du ihn magst, weißt du. Und es ist auch okay, wenn er weiß, dass du ihn magst. Das hier ist nicht die Highschool oder ein Ort, wo ihr euch erst mal abschätzen müsst. Das hier ist ein sicherer Ort und niemand wird euch belästigen", meinte Phillip. Liam zuckte nur mit den Schultern. „Du weißt, er ist schwul und wahrscheinlich auch an dir interessiert. Das hatte zumindest den Anschein, so wie er dich angesehen hat."

„Was soll ich dann also tun?", fragte Liam, glücklich, sich nichts eingebildet zu haben.

„Es ist wirklich okay, ihn zu fragen", grinste Phillip mit wackelnden Augenbrauen.

Liam fühlte sich wie ein Idiot, nicht selber daran gedacht zu haben. „Wolltest du eigentlich etwas Bestimmtes?", fragte Liam, um damit das Thema zu wechseln.

„Nette Überleitung", witzelte Phillip, bevor er fortfuhr: „Ich wollte fragen, ob du Haven gesehen hast. Er ist schon seit einer ganzen Weile weg. Ich habe versucht, ihn anzurufen, doch er nimmt nicht ab."

„Nachdem wir aus der Stadt zurückgekommen waren, ist er ziemlich verärgert wieder weggefahren. Wir waren auf der Bank, wo er mit dieser Tele-Edie gesprochen hat. Danach war er sehr wütend. Das Letzte, was ich von ihm gesehen habe, war, als er mit einem Quad davongerast war, nachdem er mit Wally geredet hatte. Das ist alles, was ich weiß. Ehrlich", fügte Liam noch hinzu, als er den besorgten Ausdruck auf Phillips Gesicht sah. Stumm nickte Phillip und ging, ließ Liam wieder alleine mit seinen Gedanken. Jeder hatte ihm wegen Troy und ihm einen Ratschlag gegeben, nicht, dass es wirklich ein „Troy und ihn" gab. Doch Liam fragte sich, ob es tatsächlich so einfach sein könnte. Er wusste, dass Troy schwul war, er würde ihn also nicht verprügeln oder Ähnliches tun. Entschlossen ging er wieder ins Haus. Wally war immer noch am Telefon. Statt ihn zu stören, legte er eine kurze Notiz auf den Küchentisch und ging. Liam hoffte, es war okay, doch da er niemanden fand, um zu fragen, hinterließ er auch im Geräteschuppen einen Zettel, bevor er sich eines der Quads nahm und die Einfahrt hinunterfuhr.

Liam fuhr die inzwischen vertraute Strecke die Straße hinab und dann den Berg hinauf zu Troys Hütte. Er sorgte dafür, recht viel Krach zu machen, bevor er die schmale Kurve nahm und am Rand der Lichtung schließlich parkte. Als er den Motor abstellte, merkte er, wie still es war. Die letzten Echos verstummten, doch nichts ersetzte sie. Erstaunt stieg Liam von seinem Gefährt und nahm den Helm ab. „Troy!", rief er, bekam jedoch keine Antwort. Langsam ging er zur Hütte. Die Tür war verschlossen, doch Troys Truck stand neben dem Gebäude. Er konnte also nicht weit sein. Liam beschloss, ein paar Minuten zu warten. „Troy?"

Aus ein paar Minuten wurden einige Minuten mehr und Liam vermutete, dass er genauso gut auch wieder fahren könnte. So ging er zurück zu seinem Quad, stieg auf und startete den Motor. Ein wenig enttäuscht drehte er um, entsann sich aber, dass Troy ihn ja gar nicht erwartete. Liam war klar, dass er von dem ahnungslosen Mann nicht erwarten konnte, auf ihn zu warten, falls er ihn besuchen wollte.

Langsam fuhr Liam an den Rand der Lichtung, bevor er die Talfahrt anging. Bei der ersten schmalen Kurve fiel ihm auf, dass das Unterholz am Wegrand aussah, als wäre es verwüstet worden. Liam konnte nicht sagen, was ihn dazu veranlasste, anzuhalten. Aber er tat es, spähte in das Unterholz und sah, das der Boden vom Pfad abfiel. Er sah auch, dass der Boden, der vom Pfad wegführte, zertrampelt war. „Troy!" Liam war sich nicht sicher, was hier vor sich ging. „Bist du da unten?"

Liam konnte weder etwas sehen noch etwas hören. Er wollte schon gehen, da vernahm er ein leises Rascheln. Da er glaubte, dass es bestimmt nur ein Tier im Dickicht war, wollte er schon wieder zu seinem Quad zurückgehen. Im nächsten Moment hörte er das Geräusch erneut von derselben Stelle kommend. Vorsichtig wagte er sich an den Rand des Abhangs und hielt sich an einem jungen Baum fest, um den Halt nicht zu verlieren. „Troy!", rief Liam und beugte sich langsam weiter runter. Üppige, grüne Blätter umgaben ihn und er versuchte, ruhig zu bleiben, während er immer tiefer in die Schlucht drang. Alle paar Meter blieb er stehen, um zu rufen und zu lauschen. Ein paar Mal hörte er das raschelnde Geräusch und ging weiter darauf zu. Liam rechnete damit, jeden Moment auf Troy zu stoßen, wie er verletzt, oder noch Schlimmeres, auf dem Boden lag. Da erklang das Rascheln erneut und Liam sah, dass sich zwei Äste in dem leichten Wind aneinander rieben. Nicht mehr.

Er fühlte sich wirklich wie ein Narr. Kopfschüttelnd drehte sich Liam um und machte sich an den Aufstieg. Dabei hielt er sich an allem fest, das ihm extra Halt geben konnte. Mit den Händen packte er einen Setzling und drückte sich mit den Beinen nach oben. Plötzlich hielt er den jungen Baum entwurzelt in der Hand. Verzweifelt versuchte Liam, nicht nach hinten zu fallen. Stattdessen fiel er nach vorne und rutschte den Hügel hinunter. Er versuchte, anzuhalten, jedoch wurde er mit jeder Sekunde schneller. Als Liams Füße auf einem Felsblock aufkamen, konnte er sich schließlich stoppen.

Keuchend und mit dem Gesicht nach unten blieb er liegen und machte eine Bestandsaufnahme. Scheinbar war alles in Ordnung, doch dann begann es, in seinem Bein zu pochen. Vorsichtig rollte sich Liam herum. Gott sei Dank sah er kein Blut. Sein Bein tat jedoch höllisch weh, als er es belastete. Auf geradem Untergrund könnte er wahrscheinlich laufen. Einen Berg hinaufzuklettern war allerdings unmöglich.

„Ist hier jemand?", rief Liam, obwohl er wusste, dass es nicht sehr wahrscheinlich war, dass ihn jemand hören würde. Troy war nicht hier, wie er vorhin ja herausgefunden hatte. Wenigstens hatte er zu Hause Nachrichten hinterlassen, wo er war. Irgendwann würde schon jemand nach ihm suchen und das Quad finden. Liam bewegte sich etwas, um es sich bequemer zu machen. Sein Bein pochte schmerzhaft, doch er schaffte es, sich hinzusetzen und seine

Beine auszustrecken. Als er ruhig dasaß, wurde das Pochen zu einem dumpfen Schmerz.

Liam verlor jegliches Zeitgefühl, während er nach jeglichen Geräuschen lauschte. Doch außer dem Wind, der durch die Bäume fuhr, hörte er nichts. Er schätzte, dass er Glück hatte, im Schatten zu sitzen und dass es nicht regnete. Sobald dieser Gedanke durch seinen Kopf schoss, blickte er gen Himmel, um sicherzugehen, es nicht irgendwie herbeigerufen zu haben. „Hallo?", rief jemand vom Pfad über ihm; das klang wie Troy, dachte Liam.

„Ich bin hier unten!", rief er zurück, froh, dass ihn jemand gefunden hatte.

„Liam, bist du das? Was machst du da unten?", wehte Troys Stimme durch die Bäume zu ihm.

„Das ist eine lange Geschichte." Liam fühlte sich wie ein absoluter Vollidiot. „Ich habe mir ein Bein verletzt und komme nicht mehr nach oben." Er änderte seine Position, um hochsehen zu können. Sofort fing sein Bein wieder unangenehm zu pochen an.

„Ich bin gleich wieder zurück", rief Troy und schon war alles wieder still. Geduldig wartete Liam und lauschte. Nach einer Weile hörte er, wie jemand den Berg hinunter kam. Das Unterholz knackte und er hörte Geschimpfe, das immer lauter wurde.

„Es tut mir leid, Troy", sagte Liam, als Troy näher kam.

„Warum bist du eigentlich hier runtergestiegen?", fragte Troy mit scharfem Unterton.

Liam wandte den Kopf zu Troy, der jetzt neben ihm stand. In der Hand hielt er ein Seil, das sich den Berg hinaufschlängelte. „Ich dachte, du wärst gestürzt." Er musste wirklich wie ein kompletter Idiot aussehen, das war Liam klar. Verlegen blickte er auf seine Beine. „Der obere Rand war abgerutscht und von unten habe ich ein Geräusch gehört. Ich habe gedacht, das wärst vielleicht du. Dann bin ich gestürzt und habe mein Bein so verletzt, dass ich nicht mehr hochklettern konnte." Liam warf einen Blick auf Troy, der ihn überrascht ansah.

„Du bist wegen mir da runtergestiegen?", hakte Troy nach und kniete sich neben Liam auf den Boden.

„Ich dachte, vielleicht bist du verletzt. Es hat wirklich wie ein Mensch geklungen, der versucht, mich auf sich aufmerksam zu machen. Ich hab gedacht, ich könnte dich retten, stattdessen sitze ich hier fest." Liam ärgerte sich über sich selbst. Er war so ein Idiot. Er hätte einfach nur Hilfe holen sollen.

„Das ist das Netteste, was jemand seit Langem für mich getan hat", sagte Troy mit einem breiten Lächeln. „Kannst du überhaupt aufstehen? Dann kann ich dir helfen, den Berg hochzukommen." Behutsam stand Liam auf und tat sein Bestes, auf dem abschüssigen Felsbrocken das Gleichgewicht zu halten. Ein wenig konnte er das Bein belasten, doch als er zu der Bergkuppe hochsah, fragte er sich, wie sie es bis zur Straße schaffen sollten. Um das meiste seines Gewichts zu tragen, schlang Troy einen Arm um Liams Hüfte. „Sei einfach vorsichtig. Weiter oberhalb ist der Fels nicht ganz so abschüssig. Wir gehen einfach in Richtung der Hütte, das sollte einfacher sein."

„Ich versuche es", willigte Liam ein. Das Gefühl von Troys Arm um ihn gefiel ihm.

Langsam bewegten sie sich auf dem Felsen vorwärts. Jeder Schritt mit seinem verletzten Bein war schmerzhaft, doch mit Troys Hilfe konnte Liam gehen. Troy gab mehr Seil und tatsächlich wurde der Fels flacher und sie konnten weiter aufwärts klettern. Es dauerte zwar eine Weile, aber zusammen erreichten sie schließlich den Weg zum Gipfel des Felsens. Liams Quad stand ein wenig abseits, deshalb setzte Troy ihn behutsam auf den Boden, bevor er es holte. „Steig vorsichtig hinter mich, dann fahre ich dich zur Hütte."

Liam hielt sich fest und stützte sich während der kurzen Fahrt auf seinem unverletzten Bein ab. Als Troy an der Hütte den Motor abstellte, half er Liam hinein und auf das Bett. „Lass mich dein Bein mal sehen", sagte Troy. Liam nickte und spürte kurz darauf warme Hände, die sich unter sein Hosenbein schoben. Er zitterte leicht und der Schmerz verschwand, als Troys sanfte Berührung dem Schmerz voranging. „Gebrochen ist anscheinend nichts. Aber du hast einen ziemlich hässlichen Bluterguss und dein Bein schwillt schon an. Ich sollte dich wahrscheinlich zur Ranch zurückfahren. Außerdem sollte sich das ein Arzt ansehen, um sicherzugehen, dass es nichts

Schlimmeres ist", meinte Troy. Liam bemerkte, dass Troy seine Hand nicht bewegte. Seine ganze Aufmerksamkeit konzentrierte sich auf den Punkt, an dem Troys Hand seine Haut berührte.

„Was?", fragte Liam nach, da er kein einziges Wort verstanden hatte.

„Lass uns zur Ranch zurückfahren", sagte Troy mit einem milden Lächeln. „Ich nehme dich im Truck mit und ich bin mir sicher, dass jemand das Quad abholen kann."

„Vermutlich", antwortete Liam, während Troy die Hand von seinem Bein nahm.

„Wolltest du mir eigentlich etwas Wichtiges sagen, weswegen du extra hier raufgekommen bist?", erkundigte sich Troy, half Liam aufzustehen und schlang seine starken Arme erneut um ihn.

Liam war sich nicht sicher, ob er darauf antworten sollte. Allerdings war er den ganzen Weg hierhergefahren und hatte sich dabei fast selbst umgebracht. Okay, das war vielleicht ein wenig übertrieben. Er hatte nur einfach absolut keine Ahnung, wie er fragen sollte, was ihm auf der Zunge lag. So wandte sich Liam Troy zu und küsste ihn. Der Kuss dauerte nicht lange und der geschockte, entgeisterte Ausdruck auf Troys Gesicht, als sich Liam zurückzog, sagte ihm alles. „Entschuldige", murmelte Liam und kam sich äußerst dumm vor. Was hatte er denn erwartet – ein einziger Kuss und Troy würde ihm seine ewige Liebe erklären?

„Hey, es gibt nichts, wofür du dich entschuldigen musst. Ich weiß nur nicht, warum du das getan hast", sagte Troy mit deutlicher Verwirrung in der Stimme. Schnell drehte sich Liam weg, da er Troys Zurückweisung nicht ertragen könnte.

„Ich mag dich und ich war mir nicht sicher, wie ich es dir hätte sagen sollen. Also dachte ich ..." Liam verstummte, zog sich aus Troys Armen zurück und humpelte zur Tür. „Ich weiß, es war dumm von mir. Ich hätte es nicht tun sollen."

„Hey, es war nicht dumm. Eigentlich war es sogar ganz schön."

„Warum verhältst du dich dann wie ein Arsch?", wollte Liam wissen und konnte etwas von seinem Schmerz in seiner eigenen Stimme hören. Um das Gleichgewicht nicht zu verlieren, lehnte sich

Liam gegen die Tür und wünschte sich, normal laufen zu können. Dann könnte er schnell von hier weg und zurück zur Ranch fahren.

„Das wollte ich nicht", entschuldigte sich Troy und trat auf Liam zu. „Aber du brauchst Hilfe, sonst verschlimmerst du dein Bein noch. Also, lass mich dir zum Truck helfen."

Wider besseres Wissen ließ sich Liam von Troy nach draußen führen und auf den Fahrersitz des Trucks helfen. Liams Augen folgten Troy, als dieser vorne um den Wagen herumging und selbst einstieg. „Du hast meine Frage noch nicht beantwortet", sagte Liam mit vor der Brust verschränkten Armen.

„Liam", begann Troy und Liam konnte deutlich den genervten Tonfall hören.

„Das hilft deinem gemeinen Verhalten nicht wirklich."

Seufzend startete Troy den Truck. „Ich kann mir wahrscheinlich einfach nicht vorstellen, was du in mir siehst. Wie du gesagt hast, ich verhalte mich wie ein Arschloch, und ich tendiere dazu, den Menschen in meinem Leben wehzutun. Ich wäre nicht wirklich gut für dich, wie für jeden anderen auch." Er setzte kurz zurück, bevor er auf der Lichtung wendete.

„Du hättest auch einfach sagen können, dass du mich nicht magst", meinte Liam, woraufhin der Truck scharf bremste und stehen blieb.

„Ich habe nie gesagt, dass ich dich nicht mag", entgegnete Troy, drehte den Kopf herum und blickte Liam an. „Ich mag dich und genau das ist das Problem. Ich sollte dich nicht mögen. Ich sollte niemanden auf diese Weise mögen, egal, wie sehr ich denjenigen mag." Tief atmete er durch. „Ich verdiene es einfach nicht, mit jemandem zusammen zu sein, den ich gern habe. Und wenn du mich magst, wirst du nur verletzt, wie die anderen auch." Liam konnte eine Träne sehen, die über Troys Gesicht lief. Schnell wischte er sie weg, bevor er sich wieder fasste. „Ich tue niemandem gut, Liam."

„Warum lässt du mich nicht entscheiden, was das Beste für mich ist?", meinte Liam schwach. Während sie weiter langsam den Berg hinunterfuhren, blieb Troy still. „Gut, wenn du nicht mit mir reden willst, in Ordnung."

„Es ist zu deinem Besten", erwiderte Troy halbherzig. „Abgesehen davon, was würde ein hinreißend süßer Kerl wie du mit solch strahlenden Augen überhaupt von einem Kerl wie mir wollen? Außer Kummer und Herzschmerz habe ich dir nichts zu bieten. Das verdienst du beides nicht."

„Woher weißt du, was du mir oder jemand anderem bieten kannst oder was wir brauchen oder wollen? Jemand hat dir wehgetan und dir geht es deswegen nicht gut. Das ist aber kein Grund, dich zu verschließen", konterte Liam.

Als sie am Fuß des Berges ankamen, trat Troy aufs Gas. „Liam, mich hat niemand verletzt; ich war derjenige, der so verletzend war. Ich hatte eine Frau und eine Tochter. Beiden habe ich sehr, sehr wehgetan."

„Aber ich dachte, du bist schwul …", begann Liam und riss die Augen auf, als er begriff, was Troy gesagt hatte. „Du warst verheiratet?" Troy nickte, während er weiterfuhr. „Und sie haben nicht gewusst, dass du schwul bist?" Troy schüttelte den Kopf.

„Sie wissen es jetzt, weil ich es ihnen gesagt habe. Meine Frau hat tagelang geweint und weder sie noch meine Tochter wollen mit mir reden. Nicht, dass ich es ihnen verübeln könnte. Jahrelang habe ich meine Frau angelogen." Troy bog in die Einfahrt der Ranch und hielt vor dem Haus. „Jetzt weißt du es. Ich habe ihnen wehgetan und würde auch dich nur verletzen. Du wärst besser dran, dir jemanden zu suchen, den du verdienst und der dich nicht enttäuscht." Liam sah, wie Troy eine Hand nach ihm ausstreckte und ganz sanft mit den Fingerspitzen seine Wange berührte. „Du bist wirklich wundervoll, weißt du das? Du hast deine Gesundheit riskiert, weil du dachtest, ich wäre verletzt. Aber du hast das für jemanden getan, der, wenn er in die Schlucht gefallen wäre, dort unten besser aufgehoben wäre." Während Troys Finger verschwanden, sah Liam, wie die Haustür geöffnet wurde. Wally kam herausgeeilt. Liam öffnete die Wagentür und stieg vorsichtig aus.

Eilig kam Wally auf ihn zu. Er musste wohl gesehen haben, dass Liam Schmerzen hatte, da er ihm ins Haus half. „Was ist passiert?", fragte er und blickte zum Truck zurück.

„Ich bin auf einem Berg ausgerutscht", antwortete Liam lapidar, sein Herz schmerzte irgendwie. Obwohl er gar nicht wusste, warum. Er hatte Troy erst vor ein paar Tagen kennengelernt und so viel Zeit hatten sie noch nicht miteinander verbracht. Als er jedoch hörte, wie Troys Truck wegfuhr, kam es Liam vor, als würde ihn möglicherweise etwas sehr Besonderes ebenfalls verlassen.

„Was hast du da denn gemacht?", hakte Wally nach. „Ich habe deine Nachrichten gelesen und mir Sorgen gemacht, als ich gesehen habe, wie er auf den Hof gefahren ist."

„Mir geht es gut, Wally. Ich habe mir nur mein Bein und meinen Stolz verletzt." Dass er sich auch den Kopf angeschlagen hatte, erzählte er Wally jedoch nicht. Er war ein Narr und hatte sich mitreißen lassen. Liam wusste, dass er das nicht hätte tun sollen.

Wally half ihm ins Haus und bettete ihn auf das Sofa. „Zieh deine Hose aus, dann kann ich mir dein Bein ansehen."

„Es wird schon nicht so schlimm sein", widersprach Liam. Damit handelte er sich allerdings nur einen strengen Blick ein, der nicht nachgiebiger wurde, bis Liam das tat, was Wally wollte. Langsam zog er sich die Jeans aus.

„Das ist ja ein wahnsinniger Bluterguss, der bestimmt bis zum Knochen geht." Liam spürte Wallys Hände auf seiner Haut, doch sie fühlten sich nicht annähernd so an wie Troys Hände. Sie waren einfach nur sanft und fürsorglich, nicht mehr. „Ich hole dir wegen der Schwellung eine Kühlkompresse und bringe dir etwas gegen die Schmerzen. Du hattest verdammtes Glück, dass du dir nichts gebrochen hast."

„Ich weiß", sagte Liam. „Danke für deine Hilfe."

„Wie bist du eigentlich die Schlucht heruntergefallen?", erkundigte sich Wally, als er zurückkam. Zischend atmete Liam ein, als die kalte Kompresse seine Haut berührte.

„Ich bin nicht gefallen, ich bin heruntergeklettert", erklärte Liam und stieß erneut dieses Zischen aus, als sich die Muskeln in seinem Bein von der Kälte zusammenzogen. „Ich habe gedacht, dass Troy sich verletzt hätte." Was noch vorgefallen war, erwähnte Liam nicht und Wally bohrte Gott sei Dank auch nicht weiter nach. Aber er schnaubte und sah Liam argwöhnisch an.

„Abendessen ist bald fertig", informierte Wally Liam, nachdem dieser es sich bequem gemacht hatte. Wally ging und Liam hörte, wie er in der Küche herumwerkelte. Er klapperte mit Töpfen und Pfannen und machte dabei so viel Lärm, dass selbst Tote wieder auferstehen könnten. Irgendetwas beschäftigte Wally, und Liam hatte das Gefühl, dass es dabei nicht um ihn ging – das hoffte er zumindest.

„Bist du sauer auf mich?", fragte Liam. Sofort hörte das Klappern auf.

„Nein, ganz und gar nicht", antwortete Wally, streckte den Kopf um die Ecke und zwang sich zu einem Lächeln. Genaueres sagte er nicht. Liam wollte zwar unbedingt wissen, was Wally so beschäftigte, doch die Schmerzen in seinem Bein und der Stich von Troys Zurückweisung beherrschten seine Gedanken.

4

„WAS WILLST du?", fragte Kevin argwöhnisch, als er Troys Anruf entgegennahm.

„Es ist auch schön, mit dir zu sprechen", meckerte Troy. Beinahe hätte er wieder aufgelegt, doch seine Verzweiflung und Irritation hielten ihn davon ab.

„In den letzten Monaten habe ich nichts von dir gehört. Jetzt rufst du auf einmal an – du willst garantiert irgendetwas." Kevin klang nicht wirklich sauer, eher verhalten. Troy musste zugeben, dass der Verdacht seines Bruders wohl berechtigt war. Das würde er jedoch niemandem gegenüber zugeben. „Wohnst du immer noch in der Hütte?"

„Ja", antwortete Troy.

„Wie viel Geld brauchst du?" Kevin klang fast schon gleichgültig.

„Deswegen habe ich nicht angerufen." Verdammt, vielleicht sollte er wirklich einfach auflegen und fertig.

„Warte mal. Du rufst an, um tatsächlich mit mir zu reden? Du willst gar nichts?" Kevins Tonfall machte ihn wirklich etwas wütend.

„Sei nicht so ein Klugscheißer", erwiderte Troy scharf und fragte sich, ob dieser Anruf eine gute Idee war. Allerdings kannte er niemanden, den er sonst hätte fragen können. „Ich rufe an, weil ich deine Hilfe brauche. Und bevor du fragst, nicht diese Art von Hilfe." *Gott, warum war das nur so schwer?* „Ich brauche einen Rat."

„Du willst meine Meinung?", fragte Kevin erstaunt. „Über was?"

„Ich weiß nichts über dieses schwule Zeug, du schon."

Kevin lachte. „Schwule Zeug? Oh komm schon Troy. Du willst dich immer noch nicht als Schwuler sehen, aber du bist es nun mal. Und wenn du das akzeptieren kannst, wirst du glücklicher sein.

Außerdem ist es kein Zeug, sondern ein Teil von dir selbst." Troy hörte Kevin tief seufzen. „Was brauchst du?"

„Ich habe jemanden kennengelernt. Er mag mich und ich weiß nicht, was ich tun soll", gestand Troy.

Eine ganze Zeit lang sagte Kevin kein Wort. „Was willst du denn tun?"

„Wie zur Hölle soll ich das wissen? Außerdem habe ich wahrscheinlich eh schon alles vermasselt."

„Warte!", sagte Kevin nachdrücklich. „Mal ganz langsam und erzähl mir genau, was los ist."

Troy atmete tief durch und erzählte von seinem ersten Treffen mit Liam und was alles danach passiert war.

„Okay", begann Kevin, als Troy fertig war, „du magst diesen Liam."

„Ja. Das habe ich dir ja schon gesagt."

„Und er hat sich für dich in Gefahr begeben, sich verletzt, als er diesen Abhang hinuntergeklettert war, weil er gedacht hatte, du könntest verletzt sein?" Dieses Mal ließ Kevin ihn nicht antworten. „Er hat dir auch gestanden, dass er dich mag und dich geküsst. Wo ist dein Problem? Du sagst, der Kerl sieht gut aus und ist ganz offensichtlich selbstlos. Er mag dich und statt mit ihm zusammen zu sein, rufst du mich an. Was hält dich zurück?"

Troy schluckte hart, sagte aber nichts. „Was, wenn ich nicht gut genug für ihn bin?" So, jetzt hatte er es tatsächlich ausgesprochen. Sein ganzes Leben, unabhängig davon, was er wirklich empfand, musste Troy zumindest so wirken, als hätte er alles unter Kontrolle. Und diese Maske fallen zu lassen, war schwerer als gedacht.

„Du bist für jeden gut genug. Ich weiß, die Jahre, in denen du dich versteckt hast und das Zerwürfnis mit Jeanie hat deinem Selbstwertgefühl und deinem Selbstbild wirklich geschadet. Doch das sollte nicht dein ganzes Leben diktieren. Du bist doch zu ihm und zu dir ehrlich, oder?"

„Natürlich."

„Dann musst du dir keine Sorgen machen. Du bist immer noch derselbe Mensch, der du immer warst. Du warst schon immer ein geselliger Mensch und nur, weil du schwul bist, heißt das nicht, dass sich das ändern muss. Der alte Troy, das bist immer noch du. Nur, dass du jetzt schwul bist und es dir eingestehen kannst."

„Aber was soll ich tun?"

„Was willst du tun? Magst du Liam?" Kevins vorherige Ungeduld und sein Misstrauen waren verschwunden und Troy konnte etwas in der Stimme seines Bruders hören, das er vorher selten gehört hatte – Mitgefühl.

„Ja, das tue ich." Troy konnte ein Lächeln nicht verhindern, als er sich an die Begeisterung und Kraft in Liams Stimme erinnerte, als er ihm die „Kätzchen" gezeigt hatte. „Er ist schon etwas."

„Da du mich ja um meinen Rat gebeten hast, gebe ich ihn dir. Ich denke, du schuldest Liam eine Entschuldigung, dann kannst du nur beten, dass er dir eine zweite Chance gibt."

„Ist das alles?", fragte Troy.

„Wenn du ihn magst, solltest du dich entscheiden, ob du ihn genug magst, um ehrlich zu ihm zu sein. Das hätte er verdient. Die Ehrlichkeit ist das Schwerste. Wenn du Liam wirklich magst, musst du ihm dein wahres Selbst zeigen. Jemanden zu lieben, bedeutet, ihn in dein Herz zu lassen."

„Aber was, wenn ich verletzt werde, oder ich ihm erneut wehtue?"

Kevin lachte. „Wann hast du dir das letzte Mal Gedanken darüber gemacht, jemandem wehzutun? Die ganzen Jahre, in denen du mit Jeanie zusammen warst, hat dich das nicht gekümmert."

„Das ist nicht fair!", rief Troy ins Telefon.

„Das ist es vielleicht nicht, aber es entspricht der Wahrheit. In der Vergangenheit hat es dich nicht gekümmert, anderen wehzutun. Aber du machst dir Sorgen darum, Liam zu verletzen. Er muss schon wirklich was Besonderes sein. Entweder das, oder mein Bruder ist plötzlich zu einem mitfühlenden, besorgten Menschen geworden." Kevins scherzender Tonfall hallte durch den Hörer.

„Lass uns nicht ganz so weit gehen", konterte Troy, woraufhin Kevin laut lachte.

„Aber mal ehrlich, du hast dich verändert und entschuldige, wenn ich etwas liebenswürdig klinge, aber ich denke, es ist besser so. Du verdienst es, glücklich zu sein. Das hast du schon immer. Also entschuldige dich bei diesem Liam – und zwar richtig, denn er hört sich echt wundervoll an. Übrigens, wie lange kennst du ihn eigentlich schon?"

„Etwas mehr als eine Woche, glaube ich." Troy erklärte, wie sie sich mit vorgehaltener Waffe kennengelernt hatten, was Kevin nur noch lauter lachen ließ.

„Damit ist es entschieden. Wenn der Kerl sagen kann, dass er dich mag, nachdem du mit einer Waffe auf ihn gezeigt hast, ist er wirklich etwas Besonderes. Und das musst du ihm auch sagen. Er verdient es, zu wissen, was du wirklich für ihn empfindest. Aber ich warne dich lieber vorher, es besteht die Möglichkeit, dass er dir sagt, du sollst verschwinden."

„Davor habe ich ja so Angst."

„Dann sei ein Mann und stell dich nicht so an. Wenn dir irgendetwas helfen kann, Liams Aufmerksamkeit zu gewinnen, dann ist es Ehrlichkeit. Wenn du ihn gern hast, musst du ihm das sagen und darfst dir keine Gedanken über deinen Stolz machen oder darüber, wie es dich aussehen lässt."

„Danke." Troy versuchte, locker zu klingen, doch der letzte Kommentar ging ihm unter die Haut.

„Keine Ursache. Du kannst gerne um Gnade winseln." Kevin lachte gelöst. „Und lass mich auf jeden Fall wissen, was weiter passiert." Danach legte Kevin auf und Troy schob sein Handy in die Hosentasche. Kevin hatte recht – er schuldete Liam tatsächlich eine Entschuldigung und auch Ehrlichkeit. Und was du heute kannst besorgen, das verschiebe nicht auf morgen. Er verließ die Hütte, stieg in den Truck und fuhr zurück zur Ranch. Hoffentlich wartete Wally nicht mit einer Schrotflinte auf ihn.

TROY PARKTE neben den anderen Trucks auf der Einfahrt und ging zur Tür. Die Hunde schienen mit irgendwelchen Knochen beschäftigt zu sein und unterbrachen ihr Knabbern kaum. Er stieg die Treppe hoch, klopfte an die Tür und wartete.

„Eigentlich sollte ich dich windelweich prügeln", sagte Wally sofort, als er die Tür öffnete. „Gerade, wenn ich denke, dass du gar nicht so übel bist, verwandelst du dich in ein vollkommenes Arschloch."

„Ich weiß", stimmte Troy ihm zu. Daraufhin weiteten sich Wallys Augen überrascht. „Ich habe leider keine Entschuldigung dafür, außer, dass ich ein kompletter Vollidiot bin. Glaubst du, ich kann mit Liam sprechen?"

Wallys Augenbrauen zogen sich zusammen. „Ich frage mal, ob er dich sehen will." Die Tür schloss sich wieder und Troy starrte das Holz an. Er wartete und wartete und wollte schon wieder gehen, als sich die Tür öffnete. Wally trat einen Schritt zur Seite und ließ Troy herein.

Liam lag auf dem Sofa. Sein Bein war hochgelagert mit einer Kühlkompresse gegen die Schwellung. Seine Augen waren schmerzerfüllt und Troy wusste, dass das nicht nur an den Schmerzen in seinem Bein lag. Er war hauptsächlich für die Traurigkeit in Liams Augen verantwortlich.

„Willst du, dass ich bleibe?", fragte Wally und erdolchte Troy beinahe mit seinem Blick.

„Nein, ist schon in Ordnung", antwortete Liam, als er sich vorsichtig in eine sitzende Position drehte. „Ich glaube nicht, dass mir Troy dieses Mal eine Pistole vors Gesicht hält." Einen Moment glaubte Troy, dass das Liams Versuch war, witzig zu sein. Jedoch begriff er, dass dem nicht so war. Liam erinnerte ihn an sein wiederholt schlechtes Benehmen. Dem hatte er nichts entgegenzusetzen. Wally ging, blieb aber unübersehbar in der Nähe. „Was willst du?"

Nervös trat Troy von einem Bein auf das andere und überlegte sich, wie er das, was er sagen wollte, richtig rüberbringen sollte. „Ich wollte mich vergewissern, dass es dir gut geht. Ich hätte dich vorher ins Haus begleiten sollen."

Liams Blick verhärtete sich. „Du hast mich gesehen. Mein Bein ist geschwollen und tut weh. Dann kannst du ja jetzt gehen."

Darauf wusste Troy nicht, was er sagen sollte und hätte sich beinahe zum Gehen umgedreht. Doch er war so weit gekommen, also würde er jetzt alles auf eine Karte setzen. „Es tut mir leid, Liam. Ich hätte dich nicht so wegstoßen sollen. Was du für mich tun wolltest, war wirklich etwas Besonderes und ich hätte mich nicht so aufführen sollen. Du verdienst es, besser behandelt zu werden." Troy war sich nicht sicher, ob er sich korrekt ausdrückte. „Mir hat es gefallen, als du mich geküsst hast und mir hat es auch gefallen, als ich dich in meinen Armen hatte."

„Warum hast du dich dann wie ein Arschloch benommen?"

„Ich schätze, weil ich Angst hatte", gab Troy zu.

„Du hattest Angst vor mir." In Liams Stimme lag eine deutliche Spur Skepsis.„Vor mir, dem du bei unserer ersten Begegnung eine Waffe vorgehalten hast?" Waren sie also wieder bei diesem Thema.

„Das lässt du mich nie mehr vergessen, oder?" Troy versuchte, es herunterzuspielen. Doch Liam wollte davon nichts wissen.

„Warum sollte ich?"

„Weil ich hierhergekommen bin, um mich bei dir zu entschuldigen und dir zu sagen, dass ich unrecht hatte. Ich hätte dich nicht wegstoßen sollen. Was ich dir erzählt habe, stimmt. Ich habe gedacht, ich wäre nicht gut genug für dich. Himmel, das tue ich immer noch. Doch ich begreife gerade, dass ich nicht wirklich viel Ahnung von dem Ganzen habe."

„Woher kommt dann dein Sinneswandel?" Troy meinte, gehört zu haben, wie Liams Stimme etwas auftaute.

„Ich habe mit meinem Bruder geredet und er hat mir auf den Kopf zugesagt, dass ich ein Idiot war. Das habe ich jedoch schon vorher herausgefunden. Ich denke, ich musste es einfach von jemandem hören und Kevin nimmt kein Blatt vor den Mund."

„Du hast schon erzählt, dass er der Schlaue ist." In Liams Worte steckte definitiv etwas Neckendes, was Troy ein wenig Hoffnung gab.

„Das habe ich, ja?" Troy lächelte schwach, ehe er vor dem Sofa auf die Knie ging. „Die Wahrheit ist, ich bin zurückgekommen, weil du ein liebenswerter Mensch bist, der sich in Gefahr gebracht hat, weil er dachte, dass ich verletzt sein könnte. Ich habe dich vielleicht nicht verdient, aber mit Sicherheit hätte ich dir nicht wehtun sollen." Troy nutzte die Gelegenheit und nahm Liams Hand in seine. „Es tut mir leid, dass ich gedacht habe, zu wissen, was das Beste für dich ist. Ich hätte wissen sollen, dass ich das nicht tue, da ich ja kaum weiß, was für mich das Beste ist." Er wusste nicht, was er erwarten sollte – noch nie hatte er jemandem eine solche Erklärung gemacht. Ein Leben lang hatte er sich versteckt und seine Gefühle verschwiegen. Das hatte ihn, was seine eigenen Gefühle und die von anderen anging, total verunsichert. Dann lächelte Liam ihn an. Zugegeben, es war nur ein schwaches und zögerndes Lächeln, doch Troy kam es so vor, als wäre seine Welt aus einem langen Tiefschlaf erwacht. Fast so, als hätte er sein ganzes Leben lang geschlafen und wurde nun durch die Sonne, Liams Lächeln, geweckt. „Ich mag dich wirklich, Liam, und es tut mir so leid, dass ich dir wehgetan habe."

Liam rutschte auf dem Sofa etwas zur Seite und klopfte leicht auf das Kissen. Troy stand auf und setzte sich vorsichtig auf die Kante, da er Liam nicht noch mehr wehtun wollte. „Du hast gesagt, du warst verheiratet."

Langsam nickte Troy. Ihm war klar, dass er Liam die Geschichte erzählen musste und am besten brachte er es so schnell wie möglich hinter sich. Kevin hatte ihm im Wesentlichen dazu geraten, ehrlich zu sein und mit dem Versteckspiel aufzuhören. „Meine erste Ehe mit Mary hielt nicht sehr lange. Etwa ein Jahr danach habe ich Jeanie kennengelernt. Letztendlich haben wir geheiratet. Das war vor sechs Jahren. Kurz darauf wurde sie mit Sofia schwanger."

„Wusstest du da schon, dass du schwul bist?"

„Mein Bruder Kevin ist schon seit Jahren geoutet, sogar schon in der Highschool. Und mir war klar, dass auch ich diese Gefühle für andere Jungs hatte. Aber ich hatte immer gehofft, dass das irgendwann vorbei gehen würde. Nachdem meine erste Ehe gescheitert war, hätte ich mein Leben gründlich überdenken sollen. Wenn ich jetzt zurücksehe, weiß ich, dass ich den Tatsachen nicht ins Auge sehen wollte. Ich wollte einfach normal sein, mehr als alles andere. Also habe ich diesen Teil von mir begraben, da ich ein ganz normales Leben haben wollte. Nach Sofias Geburt war es für eine lange Zeit leichter. Ich liebte sie mehr als alles andere. Ich lebte für sie und dafür, mich um sie zu kümmern."

„Klingt so, als wäre dein Leben perfekt gewesen und als hättest du alles gehabt, was du wolltest", sagte Liam leise. „Was ist passiert?"

„Ich lebte eine Lüge. Für ein paar Jahre war ich glücklich und zufrieden. Dann habe ich bei der Arbeit einen Mann kennengelernt. Wir wurden Freunde und schließlich mehr. Es hatte so unschuldig begonnen, doch er konnte in mein Innerstes sehen und wir fingen an, manchmal miteinander rumzumachen. Nach einiger Zeit wurde er in ein anderes Büro versetzt, doch ich hatte eine Kostprobe von dem bekommen, was mir immer schon gefehlt hatte." Auf das, was er getan hatte, war Troy ganz und gar nicht stolz. Beschämt blickte er auf den Boden. Er konnte dem herzlichen Mann einfach nicht mehr länger in die Augen sehen. „Vor sechs Monaten hat mein Bruder bei uns übernachtet und einige SMS von mir gelesen. Damit hat er mich dann konfrontiert. Schon lange war ich nicht mehr glücklich gewesen. Kevin machte mir bewusst, dass ich Jeanie nicht mehr länger anlügen konnte. Ein paar Tage habe ich abgewartet, bis Sofia bei einer Freundin war. Dann habe ich es ihr erzählt." Troy spürte einen Knoten im Hals. „Sie war am Boden zerstört, Liam", sagte er leise. Er bekam die Worte kaum heraus. „Stundenlang hat sie geweint und sie hat sich tagelang im Bett verkrochen, sich von der Welt zurückgezogen. Ich liebte sie, das habe ich wirklich, und ich habe ihr so wehgetan." Frustriert stand Troy auf, durchquerte das Zimmer und blickte durch das große Fenster in die Abenddämmerung. „An einem Tag habe ich den Menschen, der mir auf der Welt am wichtigsten war, beinahe zerstört. Sie hatte es verdient, es zu wissen, wirklich, doch meine Weigerung zu sehen, wer ich war und die Lügen, mit denen ich versucht habe, das alles zu vertuschen, setzten ihrem Schmerz nur noch mehr zu."

Troy hörte zu reden auf, sein Blick konnte sich auf nichts fokussieren, außer an die Erinnerung von Jeanies Gesichtsausdruck.

„Du hast das Richtige getan", sagte Liam leise hinter ihm.

„Hab ich das?" Troy drehte sich um. „Manchmal denke ich, es wäre gütiger gewesen, wenn ich nichts gesagt hätte, sie einfach weiter angelogen hätte. Und als ich nach der Scheidung gebeten hatte, wäre sie wahrscheinlich schneller darüber hinweggekommen, wenn mir eine Ausrede eingefallen wäre, die ihr nicht das Gefühl gegeben hätte, als wäre mir das gemeinsame Leben, das wir uns aufgebaut hatten, nichts wert. So hat sie sich nämlich gefühlt. Ich habe sie geliebt, immer, aber so, wie ich es ihr erzählt habe, habe ich sie nur noch mehr verletzt."

„Sie hätte es wahrscheinlich sowieso irgendwann herausgefunden. Und das hätte ihr auch wehgetan", bemerkte Liam treffsicher.

Troy zog die Schultern hoch. „Ich habe mein wahres Ich schon aus egoistischeren Gründen vertuscht. Um ihre Gefühle zu schonen, hätte ich das auch noch länger tun können. Aber ich war schon immer egoistisch und ichbezogen gewesen. Ich dachte, Ehrlichkeit wäre leichter wegzustecken. Jetzt weiß ich, dass ich mich wahrscheinlich geirrt habe." Die Zerstörung seiner Familie und die verletzten, schmerzerfüllten Gesichter stürmten quälend auf ihn ein. „Nachdem ich es Jeanie erzählt hatte, hatte sie darauf bestanden, dass ich aus unserem Haus ausziehe. Danach verschwamm alles. Bei der Scheidung habe ich ihr fast alles überlassen. Sie hatte es verdient, für Sofia. Von meinen Eltern habe ich einiges an Geld geerbt. Auch das habe ich alles ihr gegeben, damit sie genug Geld hat, um für Sofia zu sorgen."

„Hast du die beiden noch mal gesehen?"

„Nein. Jeanie besteht darauf, dass ich ihnen nicht zu nahe komme. Und ich habe ihnen schon zu sehr wehgetan, ich will ihnen nicht noch mehr Schmerzen bereiten. Das letzte Mal, als ich Sofia gesehen habe, hat sie sich lange geweigert, mit mir zu sprechen. Als sie endlich doch redete, sagte sie mir, dass sie mich hasst, weil Mami wegen mir die ganze Zeit weint." Troy spürte, wie Tränen über seine Wangen liefen. „Nichts in meinem Leben hat so geschmerzt als diese Worte. Ich habe sogar daran gedacht, mit allem Schluss zu machen, aber ich konnte nicht. Mein Leben ist komplett auseinandergebrochen und kurz nach der Scheidung habe ich auch noch meinen Job verloren. Nicht, dass ich es ihnen verübeln würde." Troy versuchte, nicht völlig zusammenzubrechen, als er den ganzen Schmerz, den er den Menschen bereitet hatte, denen er einmal so nahe gewesen war, noch einmal erlebte.

Um das alles zu einem Ende zu bringen, erzählte Troy eilig die letzte Sache. „Vor ein paar Monaten ist mein Onkel gestorben und hat meinem Bruder und mir sein Anwesen vermacht. Das beinhaltet auch die Hütte. Als ich endlich konnte, bin ich hierher gekommen. Jedem Menschen in meinem Leben habe ich wehgetan. Also habe ich mir gedacht, das Beste, was ich tun kann, wäre irgendwohin zu gehen, wo ich niemanden mehr verletzen kann. Und nicht einmal das habe ich hinbekommen, da ich dir wehgetan habe."

„Du warst wirklich zwei Mal verheiratet?", hakte Liam nach. „Und du hast tatsächlich eine Tochter?"

Lächelnd fischte Troy in seiner Hosentasche herum. „Ja." Er zog sein Handy hervor und zeigte Liam ein Foto. „Sie ist fast fünf Jahre alt und so klug und lustig." Troys Stimme drohte erneut zu versagen, als ihm klar wurde, wie lange er sie schon nicht mehr gesehen hatte. „Nach meinem Outing wollte Jeanie mich nicht mehr zu ihr lassen und ich habe nicht widersprochen. Ich dachte, es sei das Beste für Sofia. Doch von all den Fehlern, die ich gemacht habe, ist das der Größte. Ein paar Mal habe ich angerufen und Jeanie hat sie auch ans Telefon geholt, doch Sofia redet nicht viel. Ich weiß, sie fragt sich, was los ist. Ich habe keine Ahnung, was Jeanie ihr erzählt hat – sie weigert sich, mit mir zu sprechen. Das tut sie nur sehr unterkühlt und oberflächlich. Und dann holt sie immer Sofia ans Telefon."

„Wo ist Sofia jetzt? Ich meine, wo lebt sie?" Der mitleidige Ausdruck auf Liams Gesicht war für Troy fast zu viel. Deshalb wandte er sich wieder dem Fenster zu. Er hatte Liam das alles nicht für irgendwelche Sympathiepunkte erzählt. Obwohl er der Tatsache ins Auge sehen musste, dass die Geschichte ihn ziemlich bemitleidenswert aussehen ließ. Und offen gesagt fühlte er sich auch so.

„Sie und Jeanie wohnen immer noch in unserem Haus außerhalb von Baltimore. Unabhängig davon, wie es mit uns gelaufen ist, Jeanie ist eine tolle Mutter und sie war eine wundervolle Ehefrau. Ich hoffe, sie findet irgendwann jemanden, der sie glücklich macht. Sie hat es verdient." Troy ging wieder zum Sofa und musterte den Mix an Emotionen auf Liams Gesicht.

„Was denkst du, hast du verdient?", fragte Liam sanft.

„Verdient? Ich verdiene überhaupt nichts. Ich habe den beiden so sehr wehgetan und sollte dafür den Rest meines Lebens bezahlen." Troy wartete darauf, dass Liam ihm zustimmte. Dann könnte er einfach wieder in seinen Truck steigen und zu seiner Hütte zurückfahren, wissend, dass er Liam gegenüber wenigstens ehrlich gewesen war und ihm die Möglichkeit gegeben hatte, sich zu entscheiden.

„Bisschen viel Drama, oder?", fragte Liam und Troy sah abermals den Hauch eines Lächelns auf seinem Gesicht. „Ist das alles?"

Zögernd nickte Troy. Wie in Zeitlupe streckte Liam die Hand nach der von Troy aus und verschlang ihre Finger miteinander.

„Du versprichst mir, die Wahrheit zu sagen?", hakte Liam nach. Troy nickte erneut. Er hatte Liam ja schon die schlimmsten Dinge, die er in seinem Leben getan hatte, erzählt.

„Ich verspreche es. Aber ich sollte dir Zeit geben, um über all das nachzudenken." Troy wollte schon gehen, doch Liam ließ seine Hand nicht los. Stattdessen zog er ihn näher an sich heran.

„Das ist eine Menge zu verdauen", meinte Liam ernst, bevor er nervös auf seine Unterlippe biss.

„Ich weiß und ich möchte, dass du weißt, dass ich es dir nicht übel nehmen werde, wenn es dir zu viel ist. Ich bin einfach nur froh, dass du mir überhaupt zugehört hast." Kurz drückte Troy Liams Hand, dann ließ er los und ging zur Tür. Er drehte sich noch einmal um. Liam lag auf dem Sofa, eine Strähne seines dunklen Haares fiel ihm liebenswert in die Augen. Selbst für seine eigenen Ohren klang es sehr kitschig, aber er wollte sich unbedingt an Liam erinnern können, falls er ihn heute das letzte Mal gesehen haben sollte. Dann drehte er sich endgültig um und öffnete die Tür. Leise zog er sie zu, als er nach draußen trat, die Treppe hinunter ging und zu seinem Truck lief. Er war fast an seinem Wagen, da hörte er, wie die Haustür aufgerissen wurde und schnelle Schritte die Treppe herunter eilten.

„Hör mir mal genau zu", begann Wally hinter ihm, ohne darauf zu warten, dass sich Troy umdrehte. „Wenn du hier irgendeine Art Spiel abziehst, dann hörst du am besten sofort damit auf!" Wally schrie beinahe. „Dieser junge Mann da drin mag dich. Ich weiß beim besten Willen zwar nicht, warum, aber er tut es. Wegen dieser rührseligen Geschichte, die du ihm erzählt hast, liegt er gerade weinend auf dem Sofa. Ich hoffe für dich, dass jedes Wort davon stimmt und du bereit bist, es durchzuziehen, was Liam betrifft."

Abwehrend hob Troy eine Hand. „Ich habe ihn nie angelogen. Nicht ein einziges Mal. Er ist wahrscheinlich der einzige Mensch seit der Highschool, zu dem ich wirklich ehrlich war und dem ich die reine Wahrheit über mich erzählt habe."

Etwas von dem Feuer in Wallys Augen verschwand. „Das möchte ich dir auch geraten haben. Der Mann hat so viel Scheiße erlebt, das kannst du dir nicht vorstellen und einiges, was er mir erzählt hat, würde dir sogar die Haare zu Berge stehen lassen. Allerdings würde dich das wahrscheinlich endlich von deinem Selbstmitleidstrip herunterholen. Ja, du hattest eine harte Zeit, aber daran warst du selbst schuld und musst jetzt die Konsequenzen dafür tragen." Wally schien zu merken, wie er gerade klang, denn sein Gesicht wurde mit einem Mal etwas weicher. „Entschuldige, das war etwas zu anmaßend. Das kam total falsch rüber. Es ist nur so, dass Liam an seinem Schmerz nicht schuld hat und er das alles nicht verdient hat." Wally schien genug Dampf abgelassen zu haben, als ein weiterer Truck in die Einfahrt bog. Kaum, dass der Wagen richtig stand, stieg Haven aus und rannte auf Wally zu.

„In einer Woche gibt es eine außerordentliche Stadtratssitzung", erzählte Haven außer Atem. „Sie verschwenden wirklich keine Zeit, um die Sache durchzubringen." Erst jetzt schien er Troy zu bemerken und hörte auf, so überhastet zu reden.

„Ihr zwei habt was Wichtiges zu besprechen. Aber ich verspreche dir, Wally, ich habe nicht vor, Liam wehzutun."

„Das werden wir ja sehen", war Wallys einzige Reaktion, bevor er sich Haven zuwandte und die beiden ins Haus gingen. Haven redete schon wieder aufgeregt über Wasserrechte und

Umweltverschmutzung. Einen Moment fragte sich Troy, um was es eigentlich ging, doch die Gedanken an Liam schoben sich wieder in den Vordergrund. Er blickte zu dem großen Fenster und dachte an Liam, der auf dem Sofa lag. Seufzend stieg er in den Truck und fuhr zurück zu seiner Hütte.

Troy machte sich ein spätes Abendessen, bevor er es sich draußen in seinem rustikalen Stuhl gemütlich machte und den nächtlichen Geräuschen lauschte. Ein paar Mal konnte er das Rauschen des beträchtlichen Baches hören, der unterhalb des Berges, auf dem die Hütte stand, auf das Weideland traf. Wenn er die Augen schloss, konnte er fast den Punkt sehen, an dem er angeln gewesen war. Troy fragte sich, ob Liam gerne angeln ging. Egal, was er tat, seine Gedanken wanderten immer wieder zu Liam zurück und wie selbstlos er gewesen war, Troy retten zu wollen. Und Troy hatte ihn mit Schmerz belohnt. Falls Liam ihm noch eine zweite Chance geben würde, war Troy fest entschlossen, es wiedergutzumachen. Sich in seinem Stuhl zurücklehnend, kämpfte er nicht mehr länger gegen seine Gedanken an. Bilder von Liam, wie er verletzt auf dem Sofa lag, drängten sich in seinen Kopf, gefolgt von dem Ausdruck auf Liams Gesicht, als er ihm die Katzen gezeigt hatte. Der Mann war zweifelsohne schön, doch seine Schönheit strahlte von innen heraus. Und das war es, was Troy nicht aus dem Kopf bekam. Liams blaue Augen leuchteten nicht nur, weil sie so tief waren wie das Meer, sondern wegen des Mannes dahinter.

Der Himmel wurde immer dunkler, in den Bäumen flackerten Glühwürmchen. Wenn Liam sich nicht verletzt hätte, hätte er das hier so gerne mit ihm geteilt. Hatte er das denn verdient? Wahrscheinlich nicht, aber er wollte es, mehr als alles, an das er sich erinnern konnte. Außer seine Tochter wiedersehen zu dürfen. Seufzend ließ sich Troy von der Nacht einlullen, sein Kopf lehnte an der Rückenlehne des Stuhls. Er verlor jegliches Zeitgefühl und dämmerte ein. Ruckartig wachte er kurze Zeit später wieder auf. Die Luft wurde immer kühler. Zitternd stand er auf und ging hinein. Zuerst räumte er noch ein bisschen auf, dann kroch er ins Bett und schloss die Augen.

DAS NÄCHSTE, was Troy wahrnahm, waren Stimmen, die von draußen hereindrangen und das Licht, das durch die Fenster schien. Die Stimmen kannte er nicht. Also stieg er aus dem Bett, schlüpfte in seine Jeans und in ein Sweatshirt und zog sich die Schuhe an.

„Das sollte laut der Karte eigentlich gar nicht hier sein. Aber wir sind auf unserem Weg hier rauf an einem großen Bach vorbeigekommen, der unsere Wasserprobleme lösen könnte, falls uns der Stadtrat abweisen sollte", hörte Troy einen Mann sagen, ein anderer bat ihn, still zu sein. Als er die Tür öffnete, standen vor ihm zwei Männer, die aussahen, als wollten sie geraden anklopfen. Sie waren in Jeans und Hemd gekleidet und trugen neue Schuhe. Ganz offensichtlich arbeiteten sie normalerweise nicht außerhalb eines Büros und machten nur einen Ausflug ins Grüne. Einer der beiden hielt eine große Karte in der Hand.

„Kann ich Ihnen helfen?", fragte Troy argwöhnisch und fragte sich, ob er an seine Waffe hätte denken sollen.

„Anscheinend stimmt hier etwas nicht. Unsere Firma hat dieses Land von der Bundesregierung gepachtet und diese Hütte sollte eigentlich nicht hier sein." Die Männer machten einen richtig verwirrten Eindruck und der eine blickte wieder in seine Karte.

„Ich weiß nicht, was Sie dachten, gepachtet zu haben, aber die Hütte und das Land gehören meinem Bruder und mir", sagte Troy ruhig, seine Neugier war geweckt. „Würde es Ihnen etwas ausmachen, wenn ich einen Blick in die Karte werfe?" Der Mann ging um ihn herum und Troy konnte einen großen Bereich auf der Karte erkennen, der mit einem Rotstift eingekreist wurde. „Ist das der Bereich, den Sie gepachtet haben?"

„Ja."

Nickend deutete Troy auf die Straße, die zur Hütte führte. „Das ist die Straße, auf der sie hier raufgefahren sind. Und wie Sie sehen können, ist sie ein ganzes Stück außerhalb des Bereiches, den Sie gepachtet haben. Ich denke, Sie haben sich verfahren. Wenn Sie wieder zurückfahren und an der Hauptstraße abbiegen, müssen

Sie etwa vier Meilen in westlicher Richtung fahren, dann sollten Sie zu dieser Straße hier kommen. Die führt Sie zu dem Land, das sie markiert haben. Ich war zwar noch nie dort, aber ich denke, Sie finden den Weg von da aus. Wenn ich fragen darf, wofür haben Sie das Land denn gepachtet?" Troy hatte in der Karte sehen können, dass das Land, das sie eingekreist hatten, hauptsächlich aus Hügeln und kleinen Bergen bestand.

„Vielen Dank für Ihre Hilfe", sagte der Mann mit der Karte und wich Troys Frage bewusst aus.

Troy bedrängte die beiden nicht und sah zu, wie sie in ihren Truck stiegen, vorsichtig umdrehten und den Hügel hinunterfuhren. Anhand des Nummernschildes eines anderen Bundesstaates stellte Troy fest, dass es womöglich ein Leihwagen war. Doch die Bruchstücke der Unterhaltung, die er gehört hatte, genügten, um sich Gedanken zu machen. Als der Wagen außer Sichtweite war, ging Troy wieder hinein, frühstückte und machte sich an seine Arbeit. Seine Gedanken allerdings wechselten von dem merkwürdigen Verhalten seiner morgendlichen Besucher zu Liam. Als er mit den wenigen Arbeiten, die er erledigen musste, fertig war, hielt er es nicht mehr länger aus. Er stieg in den Truck und schlängelte sich den Pfad hinunter. Kurz darauf bog er in die Einfahrt der Ranch ein und stieg aus. Er war wirklich überrascht, Liam auf der Veranda stehen zu sehen. „Solltest du nicht eigentlich drin sein und dein Bein schonen?" Liam sah etwas wackelig aus und Troy machte sich schon Sorgen, er könnte stürzen.

„Ich konnte einfach nicht den ganzen Tag nur herumliegen", erklärte Liam, als Troy sich ihm näherte. „Mein Bein tut gar nicht mehr so weh wie gestern, allerdings leuchtet es in den verschiedensten Farben."

„Du solltest lieber reingehen, bevor Wally dich sieht."

Troy spürte Liams Grinsen tief in sich und er trat einen Schritt vorwärts. „Er ist schon irgendwie wie eine Glucke. Aber er ist mit Haven weggefahren. Die machen sich wegen irgendetwas richtige Sorgen. Ich habe gehört, wie Haven etwas von Wasserrechten und der Stadt gesagt hat. Um was es wirklich geht, weiß ich nicht. Wally war sehr nervös und Haven war mürrisch wie ein Bär." Troy sah, wie

Liam einen kurzen Blick zur Straße warf und schnell reinging, als ein Truck in die Einfahrt fuhr.

„War das Liam, der da gerade ins Haus ging?", fragte Wally, oder besser gesagt, drängte, als er auf die Veranda zuging. Troy blieb still und folgte Wally ins Haus. Liam lag wieder auf dem Sofa. Friedlich lehnte er sich zurück, doch Troy bemerkte den Schalk in seinen Augen. Wally bemerkte es ebenso, da er Liam tadelnd ansah, bevor er in der Küche verschwand. Da betrat Haven das Haus und folgte Wally.

„Wir können nicht zulassen, dass diese Leute damit durchkommen. Sie versuchen, den Rückhalt der Stadt zu kaufen", sagte Haven ungehalten.

Troy zuckte zusammen, als Havens Faust auf die Tischplatte krachte.

„Beruhige dich. Ich stimme dir ja zu, aber ich weiß nicht, was wir bis zur Stadtratssitzung tun können", entgegnete Wally mit ruhiger Stimme.

Troy ging ein Licht auf, als ihm etwas klar wurde.

„Um was geht es bei der Sitzung?", erkundigte er sich, obwohl er sich nicht sicher war, ob er dazwischenreden sollte.

„Irgendjemand hat einen Großteil des Landes gepachtet und die wollen, dass die Stadt ihnen etwas von ihren Wasserrechten verpachtet. Die Firma und der Stadtrat verhalten sich sehr geheimnisvoll über das, was sie wollen. Alles, was wir haben, sind Gerüchte, weil keiner, der etwas weiß, etwas Genaues sagt", erklärte Haven, während Wally eine Tasse Kaffee auf den Tisch stellte.

„Ich könnte vielleicht helfen." Troy erzählte von seinen morgendlichen Besuchern und von der Karte, die sie ihm gezeigt hatten. „Die Kerle verbringen offensichtlich mehr Zeit im Büro als draußen. Sie dachten, meine Hütte wäre auf dem Land, das sie gepachtet haben, und waren scheinbar sehr an dem Forellenbach interessiert, der mein Grundstück und eures umfließt." Troy saß neben Liam und die beiden lächelten sich abwechselnd an. Haven nahm sich seine Tasse und ging ins Wohnzimmer, wo er sich auf den Stuhl ihnen gegenüber setzte.

„Seid ihr zwei ...", fragte Haven und deutete mit einer Hand zwischen ihnen hin und her.

„Haven, bleib beim Thema", meinte Wally, ehe er sich Troy zuwandte. „Könntest du anhand der Karte sagen, was die wollten?"

„Ich glaube, es hat etwas mit Bergbau zu tun. Das Land, das sie gepachtet haben, ist relativ flach. Eine Straße führt direkt dorthin und ich vermute, dass sie nach etwas suchen. Für Landwirtschaft ist es nicht geeignet, das ist sicher, und für den Bergbau braucht man eine konstante Wasserquelle. Darum wollen sie wahrscheinlich die Rechte von der Stadt. Soweit ich es sehen konnte, war auf der Karte keine Wasserquelle außer dem Fluss eingezeichnet."

„Und all die Rechte sind aufgeteilt", warf Haven ein. „Wunderbar. Bergarbeiter werden kommen, unser Wasser stehlen, die Hügel aufreißen und das Land bis zum geht nicht mehr verschmutzen." Laut stöhnte er auf. „Zumindest wissen wir jetzt, womit wir es zu tun haben. Nicht, dass es uns wirklich hilft." Haven schimpfte weiter vor sich hin, bevor er seine leere Tasse in die Spüle stellte und den Flur hinunter verschwand. Troy konnte leise Stimmen von dort hören. Wally ging ebenfalls in die Küche und ließ Troy und Liam alleine. Troy beschloss, dass nun der Moment der Wahrheit gekommen war.

„Konntest du letzte Nacht gut schlafen?", fragte er. Er konnte sich gut vorstellen, dass Liam wahrscheinlich eine harte Nacht gehabt hatte.

„Nicht wirklich. Ich habe die ganze Zeit an dich gedacht und mich gefragt, was du gerade machst", gab Liam zu. Als sich ihre Blicke trafen, spürte Troy regelrecht die Intensität in Liams Augen.

„Ich saß draußen vor der Hütte und habe dasselbe über dich gedacht." Himmel, ihm war klar, dass sie wirklich ein wenig öde klangen, doch Troy machte das nichts aus. Es schien, als war Liam gewillt, ihn zu akzeptieren, obwohl er von seiner Vergangenheit und seinen Fehlern wusste. „Als ich die Glühwürmchen beobachtet habe, habe ich gehofft, dass es dir gut geht. Übrigens wollte ich dich fragen, ob du Lust hättest, mit mir angeln zu gehen. Am Fuß des Hügels habe ich diesen Bach gefunden. Dort war ich ein paar Mal angeln und ich habe mich gefragt, ob du mal mitkommen möchtest, wenn es deinem Bein wieder besser geht."

Eine Sekunde huschte ein Hauch Traurigkeit über Liams Gesicht, der aber sofort wieder verschwand. „Ich war früher oft beim Angeln. Seit ich von zu Hause weg bin, habe ich es nicht mehr gemacht." Troy musterte Liam, als dieser überlegte, ob er dazu noch etwas sagen sollte. „Ich würde sehr gerne mit dir angeln gehen. Vielleicht kann ich in ein paar Tagen besser stehen. Bis dahin sollte es meinem Bein besser gehen." Liam lächelte und Troy konnte sich einfach nicht mehr zurückhalten. Er rutschte rüber, wo Liam sein Bein hochlagerte und schob sich vorsichtig näher. Liam zog sich nicht zurück. Mit den Augen bat Troy um Erlaubnis, ehe er seine Lippen sanft auf Liams legte. Es war wahrscheinlich nicht der sanfteste oder raffinierteste Kuss, doch für Troy war es der beste Kuss der Welt.

„Das ist es, was mir gefehlt hat?", fragte Troy, als er sich so weit zurückzog, dass er Liams Lächeln sehen konnte, bevor er ihn erneut küsste. Troy musste wissen, ob der Funke, der an seiner Wirbelsäule entlanglief und das Verlangen, Liam näher an sich zu ziehen, nur ein Zufall war. Das war es nicht. Es fühlte sich fast so an, als würde jemand kleine elektrische Ströme durch seinen Körper schießen. Troy wollte nie wieder damit aufhören. „Wow", murmelte er, als sie den Kuss ein zweites Mal unterbrachen. Dieses Mal war er es, der wie ein Idiot grinste.

„So hat es sich für mich auch noch nie angefühlt", gab Liam zu, während sie sich einfach nur lächelnd ansahen.

„Okay, ihr Grinsekatzen. Ich muss arbeiten und Liam braucht seine Ruhe. Troy, komm heute zum Abendessen, dann könnt ihr zwei euch wieder sehnsüchtig anstarren", sagte Wally, der ins Zimmer eilte. „Die Schwester bringt Jefferson gleich raus, so könnt ihr euch gegenseitig Gesellschaft leisten. Ich habe noch ein paar Termine. Spätnachmittags werde ich wahrscheinlich wieder zurück sein."

Troy stahl sich noch einen letzten Kuss, bevor Wally ihn aus dem Haus scheuchte. Mit wild schlagendem Herzen und unbeschwerter Seele fuhr er den Hügel wieder hoch.

5

LIAM FIEL die Decke auf den Kopf. Seit zwei Tagen war jedes Mal, wenn er versuchte, auf die Beine zu kommen, Wally da, der ihn maßregelte. Troy besuchte ihn jeden Tag und Wally und er schienen so etwas wie einen Waffenstillstand ausgehandelt zu haben. Gähnend schob er die Bettdecke von sich, stand so leise wie möglich auf, ging ins Bad und testete sein Bein. Es tat immer noch weh und war durchaus noch etwas steif, doch der schlimmste Schmerz war weg. Liam war fest entschlossen, wieder zu arbeiten. Er hat es jetzt langsam genug angehen lassen. Dadurch hatte Wally seine Arbeiten erledigt, was Liam ganz und gar nicht recht war.

„Wo, denkst du, gehst du hin?", wollte Wally wissen, als Liam das Bad verließ.

„Ich ziehe mich jetzt an und mache mich an die Arbeit. Ich verspreche dir, dass ich es nicht übertreiben werde, aber ich muss etwas tun. Sonst vergessen mich die Katzen ja noch." Liam erwiderte Wallys strengen Blick, doch dieses Mal lenkte er nicht ein. „Außerdem lasse ich dich nicht weiter meine Arbeit machen."

Wallys Blick wurde plötzlich weicher. „Solange du dich zwischendurch ausruhst."

„Versprochen, Mama Wally", meinte Liam und duckte sich, als Wally ihm einen leichten Klaps gab.

„Dann komm und frühstücke etwas. Danach kannst du die Monster füttern", lachte Wally, bevor er in die Küche ging. Liam zog sich an und ging dann ebenfalls in die Küche. Sein Bein fühlte sich gut an. Nach dem Frühstück ging er zum Kühlschrank, holte das Fleisch für die Katzen und lief beschwingt durch die Hintertür nach draußen über den Hof zu den Gehegen.

„Habt ihr mich vermisst?", fragte Liam. Manny gähnte einmal und Liam legte das Futter in den Käfig. Shahrazad fauchte ihn an und die anderen waren eigentlich auch nur an ihrem Futter interessiert. „Ja, alles ist so wie immer."

„Du siehst aus, als ginge es dir wieder besser." Liam vernahm Troys Stimme und lächelte.

„Ich fühle mich auch besser", erwiderte Liam, während Troy weiter auf ihn zuging und direkt vor ihm stehen blieb.

„Ist das in Ordnung?", fragte Troy. Liam nickte, woraufhin Troy sich sofort zu ihm beugte und ihn küsste. Liams Hände waren von dem Futter ganz schmutzig, deshalb hielt er sie von Troy weg, selbst als der näher rückte. Zum ersten Mal berührten sich ihre Körper, zusammen mit ihren Lippen. Liams Körper prickelte überall. Als Manny ein lautes Brüllen ausstieß, das die Morgenluft zerriss, fuhren die beiden erschrocken auseinander. Troy fiel zu Boden. Liam starrte ihn belustigt an, bevor er laut loslachte.

„Entschuldige", lachte Liam. „Manny spielt nur den Beschützer." Er schmunzelte immer noch, als er Troy auf die Beine half. „Er mag es, Leute zu erschrecken." Liam musterte Manny und könnte schwören, einen selbstgefälligen Ausdruck auf dem Gesicht des Löwen zu erkennen. Dann wandte sich die große Katze wieder ihrem Fressen zu. „Ich muss sie nur noch mit Wasser versorgen, dann bin ich hier fertig. Leider habe ich noch andere Arbeiten zu erledigen." Liam tat es leid, dass er keine Zeit für Troy hatte. Doch die Arbeit, die er die letzten paar Tage liegen gelassen hatte, musste er aufholen.

„Ist schon okay. Haven hat mich gefragt, ob ich heute wegen der Stadtratssitzung herkommen kann. Er versucht immer noch, herauszufinden, was los ist. Er scheint von der Sache ja regelrecht besessen zu sein."

„Er will nur die Ranch beschützen, da alles hier auf das Wasser angewiesen ist. Es gibt nur eine begrenzte Menge und jeder will etwas davon. Die Ranch hat Anspruch darauf, weil der Fluss quer durch ihr Land fließt. Und du hast ein Recht darauf, wegen des Baches auf deinem Grundstück."

„Aber was ist mit den Leuten, die das Land gepachtet haben?", fragte Troy, während sie zurück zum Haus gingen.

„Wenn sie kein Wasser auf ihrem Land haben, haben sie auch keinen Anspruch darauf. Deshalb versuchen sie wahrscheinlich auch, die Stadt dazu zu bringen, einzuwilligen." Liam trat ins Haus, Troy folgte ihm. Haven saß am Tisch, Karten und Papiere belagerten die Tischplatte. „Ich habe Troy gerade das Wesentliche der Wasserrechte erklärt", informierte Liam Haven.

„Was ich aber nicht verstehe, ist, warum es dich so interessiert, ob die Stadt jemandem ihre Wasserrechte verpachtet", hakte Troy nach und setzte sich an den Tisch. Liam dachte schon, Haven würde Troy hier und jetzt erdrosseln. „Entschuldige", fügte Troy hinzu, „ich verstehe es nur nicht."

Haven zog eine Karte hervor und breitete sie vor ihnen aus. „Der Fluss fließt erst durch die Stadt, bevor er zu uns kommt. Jeder hier in der Gegend passt auf, was von ihm entnommen und was hineingeleitet wird. Die Stadt entnimmt dem Fluss Wasser und reinigt es, damit man es als Trinkwasser verwenden kann. Wenn sie allerdings der Bergbaufirma die Rechte geben, wird es weniger Wasser für diejenigen flussabwärts geben. Die meiste Zeit im Jahr wird das kein Problem sein, aber im Sommer bekommen wir genügend Wasser, während flussabwärts für die anderen Farmen kaum etwas übrig bleibt. Und wenn die Bergarbeiter mehr Wasser verwenden, werden einige Farmen austrocknen und wegsterben. Und das ist nur das Wasserproblem. Die Umweltverschmutzung und all die anderen Probleme, die der Bergbaubetrieb mit sich bringt, sind da noch nicht berücksichtigt. An manchen Orten wurde durch Bergbau das Land so stark verschmutzt, dass dort niemand mehr leben kann."

„Es gibt aber bekanntlich doch Vorschriften", meinte Troy.

„Natürlich gibt es die. Während des Tages werden die ja auch befolgt. Aber nachts kippen sie ihre Schadstoffe in denselben Fluss, von dem wir unser Wasser beziehen. Unser Leben hängt von dem Land und dem Wasser ab. Verlieren wir das, sind wir erledigt. Ich weiß, ich ziehe vielleicht voreilige Schlüsse, aber ich gehe lieber auf Nummer sicher." Damit widmete sich Haven wieder seinen Papieren und Liam sah zu, wie sich Troy und er weiter unterhielten.

„Ich verstehe, wie du dich fühlst. Wirklich", sagte Troy. „Aber ich verstehe nicht, was du tun kannst, bevor du überhaupt weißt, was sie vorhaben. Mir ist klar, dass du vorbereitet sein willst, aber du ziehst hier wahrscheinlich tatsächlich voreilige Schlüsse, die dir vielleicht später schaden könnten."

„Was schlägst du dann vor?", fragte Haven gereizt.

„Wie wäre es, wenn wir alle wieder an die Arbeit gehen?", meinte Wally. „Phillip ist da und arbeitet hart. Ich glaube, wir sollten dasselbe tun, sonst gibt es keine Ranch mehr, um die wir uns sorgen müssen."

Liam beschloss, Wallys Rat als Befehl zu sehen und verdrückte sich aus der Küche. Normalerweise würde er im Stall mithelfen, doch wenn er ehrlich war, tat sein Bein etwas weh und schmutzige Einstreu zu schleppen würde der Sache nicht wirklich helfen. „Liam, suchst du Arbeit?", fragte Mario, der gerade über den Hof schritt.

„Ich dachte, ich fange schon mal an, die Gehege der Katzen sauber zu machen. Aber so schlimm sahen sie heute morgen gar nicht aus. Was brauchst du?"

„Wir treiben einen Teil der Herde auf eine frische Weide. Denkst du, du kannst reiten?", erkundigte sich Mario. Liam lächelte schon, erinnerte sich dann aber daran, wo genau er verletzt war und schüttelte bedauernd den Kopf.

„Ich wünschte, ich könnte, aber ein Sattel würde zu sehr scheuern."

„Ist schon in Ordnung", entgegnete Mario rasch. „Ich war mir nicht sicher, ob du schon so weit bist. Wenn ich David mitnehme, könntest du die Pferde füttern und ihnen Wasser geben?"

„Das kann ich machen", antwortete Liam und war erleichtert, dass er helfen konnte. „Gibt es sonst noch etwas, um das ich mich kümmern kann, solange ihr weg seid? Ich könnte ja auch die Hunde versorgen."

Freundschaftlich schlug ihm Mario auf den Rücken. „Danke. Du bist uns eine wirklich große Hilfe." Liam saugte Marios Lob in sich auf, als dieser zurück zum Stall ging. Liam folgte ihm und fing mit seinen Aufgaben an. Die anderen Männer sattelten währenddessen ihre Pferde und ritten für den Rest des Tages davon. Liam nahm sich viel Zeit, um sicherzugehen, dass alle Pferde, die, die im Stall waren und auch die auf der Koppel, mit Wasser versorgt waren. Er nutzte sogar die Gelegenheit, einige der Wassertröge zu säubern und sie mit frischem Wasser aufzufüllen. Dann füllte er jeden Futtertrog auf. Als er damit fertig war, spürte er, wie sein Bein schmerzte. Ein paar Minuten setzte sich Liam auf einen Heuballen und ruhte sich aus, bevor er alles noch einmal kontrollierte. Dann sah er noch einmal nach den Katzen und nahm gleichzeitig den Wasserschlauch vom Haus mit nach draußen.

„Lass mich dir damit helfen", sagte Troy und nahm ihm den Schlauch ab. „Wally sollte darüber nachdenken, das Wasser direkt hierher zu leiten. Dann hättet ihr nicht mehr jeden Tag diese Arbeit." Nickend überließ Liam Troy den Schlauch, ging zum Haus, drehte das Wasser auf und kehrte zu den Käfigen zurück. Es war ein heißer Tag, die Sonne brannte nur so herunter. Liam spritzte jeden Käfig aus und begoss gleichzeitig die Katzen mit dem Wasser. Sogar Shahrazad schien ihm dafür dankbar zu sein. Als er mit allem fertig war, rannte Troy zum Haus zurück und drehte das Wasser ab. Liam öffnete das Gatter zu Mannys Gehege, woraufhin die große Katze sofort auf ihr Gelände sprang. Nachdem er das Gatter wieder geschlossen hatte, öffnete er das von Shahrazad, die unmittelbar einen Satz auf das Übungsgelände machte.

„Wie bekommst du sie eigentlich wieder zurück in ihr Gehege?"

„Fleisch. Sie verlässt das Gelände nur, wenn es Essen gibt. Sie ist wirklich ein fieses Biest. Wally hat erzählt, dass er an einem Geschäft mit einem Zoo dran ist, der sie für ein Zuchtprogramm haben möchte. Mir kann das nicht schnell genug gehen." Liam warf der Katze einen bösen Blick zu, die ihn daraufhin scharf anfauchte. „Ich denke, hier bin ich fertig." Schnell rollte er auf seinem Weg zum Haus den Wasserschlauch auf. „Eine Sache interessiert mich", meinte Liam, nachdem er den aufgewickelten Schlauch neben dem Wasserhahn aufgehängt hatte. „Als du verheiratet warst, warst du da glücklich?"

„Manchmal", antwortete Troy.

„Möchtest du denn wieder heiraten?", wollte Liam wissen.

„Nein", seufzte Troy. „Seit ich hier bin, habe ich über einiges nachgedacht und viel mit meinem Bruder geredet. Er war sehr verständnisvoll und hat mir viel geholfen. Als Kinder haben wir viel miteinander gestritten. Jetzt weiß ich, dass das vermutlich meine Schuld gewesen war, da ich inzwischen dahinterkomme, dass Kevin ein richtig toller Mensch ist."

„Hast du dich geschämt?", fragte Liam und schluckte. „Schwul zu sein, meine ich?"

Troy wand sich und trat von einem Fuß auf den anderen. Liams Frage war ihm offensichtlich unangenehm, aber diese Dinge musste er wissen. Liam hatte die ganze Nacht wach gelegen, über Troy nachgedacht und darüber, was er über seine Vergangenheit verraten hatte. Ihm war klar, dass es ihn viel Mut gekostet haben musste, ihm all diese Sachen zu erzählen.

„Ich denke, Scham beschreibt ziemlich gut, was ich empfunden habe", gab Troy zu. Liam musterte sein Gesicht und suchte nach einem Hinweis, wie er jetzt fühlte. Jedoch konnte er nichts erkennen.

„Empfindest du immer noch so?", fragte Liam verhalten. Irgendwie hatte er Angst vor der Antwort. Er hatte seine eigene Scham und den Selbsthass überwinden müssen. Er verstand also genau, wie Troy fühlte. Doch er war darüber hinweg und Liam gefiel es, der zu sein, der er war, ohne sich dafür bei jemandem entschuldigen zu müssen. In der kurzen Zeit, in der er hier auf der Ranch war, hatte er gespürt, wie seine Seele aufblühte und er war entschlossen, niemals mehr so wie früher zu fühlen.

„Ich weiß es nicht. Wenn ich mit dir zusammen bin, geht es mir wirklich richtig gut. Manchmal wünsche ich mir, ich wüsste, wie ich mich fühlen sollte."

„Ich glaube, du solltest glücklich und zufrieden sein. Und ich glaube, du solltest den Leuten sagen können, dass du schwul bist, wenn sie danach fragen." Liam bemerkte, wie Troy kurz zusammenzuckte. Dieser Vorschlag war wohl etwas zu heftig, um es zu begreifen. „Ich weiß selbst, wie schwer das ist. Ich musste es tun, damit die Scham und dieses magenschmerzende Gefühl, wenn mich andere Menschen angesehen haben, als wüssten sie es, endlich verschwanden."

Troy schluckte, sagte jedoch erst mal nichts. „Hast du noch etwas zu tun?"

„Erst wieder nach dem Abendessen", antwortete Liam. Troy lächelte.

„Ich habe meine Angelausrüstung im Wagen und ich wollte dich fragen, ob du Lust hast, mit mir angeln zu gehen?", fragte Troy zögernd.

„Ich sage Wally kurz Bescheid und treffe dich in ein paar Minuten an deinem Wagen." Sofort eilte Liam ins Haus. Im Büro fand er Wally, der zusammen mit Phillip über der Buchhaltung hing. Lächelnd wünschte ihm Wally viel Spaß, als Liam nach ein paar freien Stunden fragte und versprach, rechtzeitig für seine abendlichen Aufgaben zurück zu sein. Ein wenig nervös, aber auch in freudiger Erwartung auf ein paar Stunden mit Troy alleine, ging er zu dessen Truck und stieg ein. Während er sich anschnallte, musterte er Troy, der den Wagen startete. Die Fahrt dauerte nicht lange, doch Liam konnte nicht aufhören, Troy anzusehen. Das Lächeln auf seinem Gesicht schien sich dort permanent festgesetzt zu haben.

Am Ende des Weges, der zu Troys Hütte führte, hielt Troy an und sie stiegen beide aus. Von der Ladefläche nahm Troy einen Angelkasten und ein paar Angelruten, vom Rücksitz holte er etwas, das aussah wie ein alter Umzugskarton. „Könntest du das bitte nehmen?", fragte Troy und gab Liam den Angelkasten. „Der Pfad führt am Bach entlang. Er ist ein wenig überwuchert, also sei vorsichtig. Der Angelplatz ist nicht weit weg."

Mit Freude nahm Liam den Angelkasten und folgte Troy in die Schatten der kleinen Bäume, die den Bach säumten. Zum Glück standen nicht so viele Büsche herum, so konnten sie einigermaßen ungehindert weitergehen. Troy führte sie zu einer Lichtung in der Nähe des Wassers. Ein dicker Baumstamm überbrückte dort den Bach. „Das ist mein Lieblingsplatz", sagte Troy und legte die Angelruten und den Karton auf den Boden. „Ich habe auch etwas zu Essen eingepackt", fügte er stolz hinzu. „Die Box ist zwar nichts

Besonderes, aber ich hatte nichts anderes." Gekonnt bereitete er schließlich die Ruten vor, rutschte auf den Holzblock und stellte den Angelkasten neben sich auf einen flachen Platz. Liam tat es ihm gleich und reichte Troy die Ruten. Die Strömung war so stark, dass sie ihre Schnüre gar nicht auswerfen mussten. So legten sie einfach nur ihre Haken aus, den Rest würde die Strömung erledigen. Troy reichte ihm ein Sandwich, das Liam mit einer Hand auspackte und begann, zu essen. Währenddessen betrachtete er das Wasser, wie es unter ihrem dicken Ast durchrauschte.

Als er fertig gegessen hatte, gab er Troy die Verpackung zurück, gleichzeitig gab ihm Troy eine Flasche kaltes Wasser. „Hier ist es wirklich schön. So friedlich und ruhig."

Troy nickte und aß sein Sandwich auf, ehe er sich zu Liam rüberlehnte. Ein sanfter Kuss folgte, dessen Zärtlichkeit Liams Herz hüpfen ließ. In seinem Leben hatte er so etwas kaum erlebt und es war so schön, es von Troy zu bekommen. Zwischen den Zweigen schien die Sonne hindurch. Dort, wo die Strahlen auf das Wasser trafen, glitzerte es. Troy gab Liam kurz seine Angelrute, zog sich das Hemd aus und rückte auf dem Holzblock in eine sitzende Position. Dann gab Liam ihm die Rute wieder zurück.

Liam konnte seinen Blick nicht von Troy abwenden. Sicher, er war etwas älter, das sah man ihm aber wirklich nicht an. Seine Haut, auf der ein leichter Schweißfilm glänzte, schimmerte fast golden, jedes Mal, wenn der Wind die Blätter bewegte und die Sonne ihn anstrahlte. Liam war klar, dass es albern klang, aber Troy war wirklich schön, mit kleinen Brustwarzen, die sich in der kühlen Nachmittagsluft leicht aufgestellt hatten, und sanften, kaum sichtbaren Linien auf seinem Bauch. Troy musste mitbekommen haben, dass er ihn ansah, da er sich lächelnd zu ihm hinüberbeugte und den Kopf etwas neigte. Liam kam ihm auf halbem Weg entgegen. Er wünschte sich nur, dass seine Hände frei wären, damit er Troys weiche Haut erkunden könnte. Leise stöhnte Liam in ihren Kuss, der Laut vibrierte in seiner Kehle. Den Kuss vertiefend, presste sich Troy fester an ihn. Verzweifelt versuchte Liam, seine Beine auf dem Holzblock in eine bequemere Position zu schieben, da seine Hose immer enger wurde. Langsam wurde ihr Kuss sanfter, bis Troy sich ihm entzog. Ihre Blicke trafen sich. Liam stockte der Atem, als er sah, welche Emotionen sich in Troys Augen widerspiegelten. Noch nie hatte ihn jemand so angesehen. Manchmal hatte er nachts davon geträumt, wenigstens einmal in seinem Leben diesen Ausdruck bei irgendjemandem zu sehen. Er hatte davon geträumt, ihn bei seinem Vater zu sehen. Der Ausdruck, der sagte, dass er das Wichtigste für ihn war. Doch das hatte Liam nie gesehen. Stattdessen sah er es nun bei Troy. Zumindest dachte er das, denn nachdem er blinzelte, war es weg. Ernüchtert sah Liam weg und wandte seine Augen wieder dem Wasser zu. Er fühlte sich irgendwie wie ein Kind, das etwas gesehen hat, nur weil es sich wünschte, es wäre wahr.

„Wie ist eigentlich deine Familie so?", wollte Troy wissen, nachdem beide eine Weile nichts gesagt hatten.

„Meine Mutter hat uns verlassen, als ich zehn Jahre alt war. Ich kann mich kaum mehr daran erinnern, wie sie ausgesehen hat. Alles, was ich von ihr habe, ist ein altes Foto."

„Weißt du, warum sie gegangen ist?", fragte Troy. Seine Stimme war kaum mehr als ein Flüstern.

„Mein Vater hat mir immer gesagt, dass ich der Grund war", antwortete Liam heftig. „Und ich habe ihm geglaubt." Er drehte sich zu Troy. Der alte Schmerz und diese unglaubliche Wut drängten plötzlich an die Oberfläche. „Kannst du dir einen Vater vorstellen, der seinem elfjährigen Sohn erzählt, seine Mutter wäre wegen ihm einfach so gegangen?" Diese Geschichte schockierte Troy. „Tja, das hat er getan. Jahrelang habe ich mich schuldig gefühlt und alles getan, was ich konnte, damit mein Vater stolz auf mich sein konnte und mich so lieben konnte, dass er mich nicht auch noch verließ. Erst später begriff ich, dass meine Mutter womöglich abgehauen war, weil sie meinen …", Liam blickte gen Himmel, „scheiß Vater nicht mehr ertragen konnte!" Liam zitterte vor Wut und er zuckte instinktiv zurück, als er Troys Hand auf seinem Arm spürte. Sonst würde seine Wut noch so schnell fließen wie das Wasser unter ihm.

Liams Hemd klebte an ihm wie eine zweite Haut. Er setzte sich etwas bequemer hin, reichte Troy seine Angelrute und zog

98

sich das Hemd aus. Die kühle Luft fühlte sich wunderbar auf seiner Haut an. Das verschwitzte Teil legte er über den Holzblock, bevor er Troy seine Rute wieder abnahm. Überdeutlich spürte Liam Troys Blick. Er versuchte, nicht zurückzuschrecken und als Troy wieder etwas näher rückte und seine Schulter küsste, versuchte er, nicht zusammenzuzucken. Schnell holte er seine Angelschnur ein, kontrollierte sie und ließ sie wieder los, bevor er sie wieder in die Strömung warf. Bei dem Geräusch von Rindern ganz in der Nähe drehte sich Liam um. Zuerst dachte er, dass vielleicht einige Tiere ausgebrochen und in die Wälder gelaufen waren, doch alles blieb still. Als er es ein zweites Mal hörte, begriff er, dass der Wind das Geräusch einfach zu ihnen getragen hatte. Das entsetzte Keuchen hinter ihm schreckte ihn auf und er wäre beinahe rückwärts umgekippt, hätte ihn Troy nicht mit einer Hand festgehalten.

„Was ist mit dir passiert?" Troys sanfte Berührung auf seiner empfindsamen Haut sandte Schauer durch Liams Körper.

„Ein weiteres Geschenk von dem Arschloch", antwortete Liam, dessen Wut wieder zurückkehrte. „Mein Vater glaubte, dass es besser war, die Stange nicht zu schonen und das Kind nur ja nicht zu verhätscheln. Nachdem meine Mutter gegangen war, hatte er seine Wut wegen kleinster Verstöße an mir ausgelassen." Beschämt drehte sich Liam wieder um, sodass Troy die Male auf seinem Rücken nicht sah. Narben, die er für den Rest seines Lebens würde tragen müssen. So hatten es ihm die Ärzte gesagt. „Ich habe versucht, ihn zufriedenzustellen. Doch das hat alles nur noch schlimmer gemacht, da zu dem Schmerz noch die Enttäuschung kam. Nach einer Weile habe ich aufgehört, irgendetwas zu empfinden."

„Bist du deshalb gegangen? Nicht, dass ich es dir verübeln könnte."

„Nein. Ich bin gegangen, weil er herausgefunden hatte, dass ich schwul bin. Ich dachte, wenn er mich das nächste Mal anrührt, bin ich tot. Weit weg von zu Hause habe ich auf einer Ranch einen Job bekommen, den ich leider nur einen Tag lang hatte. Zu dem Zeitpunkt habe ich daran gar nicht gedacht, aber die haben mich so schnell gefeuert, dass ich jetzt glaube, dass mein Vater herausgefunden hat, wo ich war und sie angerufen hat." In ihm köchelte die Wut und er fing an, auf dem Holzblock hin und her zu rutschen. Wenn er woanders gewesen wäre, wäre er laufen gegangen oder hätte Ställe ausgemistet. Irgendetwas, um sich zu beschäftigen. Stattdessen saß er hier und hätte aus der Haut fahren können. „Danach habe ich mich nach Norden durchgeschlagen. Wally hat mich gefunden und mich schließlich hierher gebracht." Die Details sparte er sich; wirklich wichtig waren sie nicht.

„Wally hat schon gesagt, dass du es nicht leicht hattest. Weiß er, was du mir gerade erzählt hast?"

Liam blickte Troy an. „Das Meiste."

„Da ist noch mehr, oder?", fragte Troy leise. Liam starrte mit hängendem Kopf in das Wasser und wünschte sich, jemand anderer sein zu können und einfach vergessen zu können. „Was ist passiert?"

„Als sie mich von der Ranch geworfen haben, hatten sie zumindest den Anstand, mich für die Arbeit, die ich geleistet habe, zu bezahlen. Woanders habe ich keinen Job bekommen. Also bin ich getrampt und habe Dinge getan, um mitfahren zu können." Liams Stimme schwankte. „Dinge, die ich niemals getan hätte, wenn ich nicht so müde und hungrig gewesen wäre. Ich habe nicht gewusst, ob ich es noch einen weiteren Tag schaffen würde. Als ich hier ankam, konnte ich keinen Schritt mehr gehen. Mein Wasser war alle, ich bin in einen Graben gestürzt und habe gebetet, sterben zu können. Ich hatte kaum noch genügend Kraft, um zu atmen. So hat mich Wally gefunden. Er hat mir geholfen. Haven und er haben mir einen Job und ein Zuhause gegeben." Liam schluckte schwer. Nach einem Leben, das von Misshandlung und Leid geprägt war, konnte er sein Glück, das er hier gefunden hatte, immer noch nicht ganz fassen. „Er hat mich gerettet."

Danach war Troy eine ganz Zeit lang still. Und auch Liam starrte nur stumm ins Wasser. „Ich denke, das ist es, was Wally tut." Troys Bemerkung traf den Nagel auf den Kopf und Liam nickte kaum merklich. Das leise Geräusch seiner zuckenden Angelschnur riss Liam aus seinen Gedanken. Schnell packte er die Angelrute und begann, die Leine einzuholen. Durch diese plötzliche Aufregung verschwand der Schmerz aus seinen Gedanken.

„Ruhig, du musst den Fisch ruhig einholen", wies Troy ihn an.

Liam verlagerte sein Gewicht und kurbelte weiter die Leine ein. Sein Herz klopfte vor Aufregung, als die Forelle in Sicht kam. „Ich kann es nicht fassen! Ich habe tatsächlich einen gefangen!", schrie er und vergaß dabei alles außer den Fisch an seiner Angel. Troy trat über ihn hinweg und kehrte mit einem Netz zurück. Sobald der Fisch die Wasseroberfläche durchbrach, fing Troy ihn schwungvoll ein und trug das Netz zu Liam, der den Fisch stolz hochhob. „Das ist ein Prachtstück!", meinte Troy anerkennend. Liam stimmte zu.

„Eine Forelle!"

„Das ist sie wirklich. Dann lass uns das Baby hier mal in den Eimer legen." Troy holte einen großen Behälter, während Liam den Haken von dem Fisch löste und ihn dann hineinwarf. Ein paar Sekunden sahen sie ihm zu, wie er hin und her schwamm, ehe Troy ein Handtuch über den Eimer legte und ihn wegstellte. Danach setzten sie sich wieder auf den Holzblock. Liam beköderte seinen Haken noch einmal und warf die Leine wieder ins Wasser. Troy reichte ihm ein zweites Sandwich, das er mit einem Lächeln auf dem Gesicht aß. „Also, was hast du denn so gemacht, bevor du hierhergekommen bist?", fragte Liam und war dankbar, das Gespräch auf Troy lenken zu können.

„Ich habe für das Innenministerium in Washington gearbeitet. Ich war so ein durchschnittlicher, gewöhnlicher Bürokrat."

„Haben die das Land an die Bergbaufirma verpachtet?"

„Schon möglich. Ich habe in der Abteilung gearbeitet, die für den Etat der Nationalparks verantwortlich ist. Wie das mit der Landverpachtung für Bergarbeiten funktioniert, da kenne ich mich nicht so wirklich aus." Troy schien ein wenig nervös. „Wenn ich irgendwie helfen könnte, würde ich es tun."

Liam nickte. Er glaubte Troy und lächelte, als der sich zu ihm lehnte und ihn küsste. Nur ein paar Sekunden später wurden sie erneut von demselben Geräusch einer zuckenden Angelschnur unterbrochen. Allerdings war es dieses Mal Troys Leine. Sie mussten beide lachen, als Liam das Netz hielt und Troy den Fisch einholte. „Vielleicht sind es ja die Küsse", meinte Liam, während er den Fisch mit dem Netz einfing.

„Könnte sein", entgegnete Troy. Nachdem er Troys Fisch zu seinem eigenen gelegt hatte, setzte sich Liam wieder auf den Holzblock. Für den Rest des Nachmittags unterhielten sie sich angeregt miteinander. Da er Troy die schlimmen Sachen ja schon erzählt hatte, konnte Liam sich entspannen und erzählte ihm alle möglichen Geschichten. Troy tat dasselbe. Als sie ganze fünf Fische gefangen hatten, waren sie beide richtig zufrieden und konnten wahrhaft bestätigen, dass Küsse die magische Zutat waren.

Nachdem sie genügend Fische hatten, stiegen sie von dem Holzblock und packten ihre Sachen zusammen. Gerade wollte Liam sich sein Shirt wieder anziehen, da spürte er Troys Hände, die sanft über seine Brust streichelten. „Du bist wirklich unglaublich", hauchte Troy und als Liam das Shirt herunterzog, küsste Troy ihn. Ihre bisherigen Küsse waren sanft und zärtlich gewesen. Doch dieser war heftig und innig und sandte eine Welle der Leidenschaft durch Liams Körper. So intensiv, dass er dachte, seine Knie würden nachgeben.

Liam streckte seine Beine durch und zwang sie, nicht nachzugeben, als Troys Arme ihn näher an sich zogen. Er konnte kaum an etwas anderes denken, als an das Gefühl von Troys Lippen auf seinen und die Wärme, die durch sein Shirt drang. Liam erwiderte Troys Umarmung, streichelte über seinen Rücken und erkundete die weiche Haut. Fast sein ganzes Leben hatte er davon geträumt, von jemandem in den Armen gehalten zu werden, der ihn wirklich mochte. Der Kuss wurde sanfter und Liam spürte, wie sich Troys Lippen entfernten. Eine Hand streichelte über seine Wange. Wie ein trockener Schwamm sog Liam diese Zuwendungen in sich auf und fürchtete sich davor, die Augen zu öffnen, sonst würde er vielleicht doch noch aus diesem Traum erwachen. „Schämst du dich für mich? Für uns?", fragte Liam leise.

„Nein", antwortete Troy. Seine Stimme war sanft und heiser. „Allmählich begreife ich, dass meine eigenen Gefühle mich immer davon abgehalten haben, glücklich zu sein. Du machst mich glücklich, Liam."

Den schmerzvollen Unterton in Troys Stimme konnte Liam nicht ignorieren. Daher öffnete er die Augen und erwartete fast schon, aufzuwachen. Bevor er die Ursache jedoch herausfinden konnte, zog ihn Troy fest in seine Arme und presste ihre Körper aneinander. Liams Körper reagierte heftig, bis er begriff, dass an der Umarmung nichts Romantisches war. Troy klammerte sich mit allem, was er hatte, an ihn. „Es tut mir leid", flüsterte Troy in Liams Ohr und wollte sich schon zurückziehen. Doch Liam verstärkte seinen Griff.

„Schon okay", beruhigte Liam ihn.

„Nein, ist es nicht. Ich habe alles in meinem Leben vermasselt. Was, wenn ich auch das versaue?" Troys Augen füllten sich mit Angst. Da Liam nicht wusste, was er sagen sollte, blieb er still und ließ Troy das sagen, was er sagen musste. „Das könnte tatsächlich passieren."

„Da spricht die Scham aus dir und die musst du endlich loslassen", riet Liam leise. Er hatte absolut keine Ahnung, was er sagen sollte, da es einfach nur Worte wären, bis Troy es zulassen würde, diese tief sitzenden Gefühle hinter sich zu lassen. Liam wusste nur allzu gut, dass der Schmerz eines ganzen Lebens nicht über Nacht einfach so verschwand. Ein Leben voller Scham und Verleugnung wahrscheinlich ebenso wenig. Troys knochenbrechende Umarmung lockerte sich, er nahm den Kopf von Liams Schulter und ihre Blicke trafen sich.

„Was, wenn ich das nicht kann? Was, wenn ich dir deswegen wehtue?"

„Ich bin stark", antwortete Liam. Diese Worte lösten plötzlich etwas in ihm aus und er stellte fest, dass er das tatsächlich war. Er hatte große Schmerzen durchlebt und überlebt. Und das wollte er endlich hinter sich lassen und glücklich sein. „Ich bin bereit, meine Chance mit dir zu nutzen. Vielleicht solltest du das auch tun." Liam lächelte schwach, bevor er Troys Lippen in einem Kuss einfing, diesen vertiefte und die Führung übernahm. Troy ließ ihn gewähren. Bis jetzt hatten sie nicht mehr getan, als sich geküsst. Doch Liam wollte mehr. Und das nahm er sich auch, in dem er mit den Händen

Troys Rücken hinab fuhr. Schmerzlich zuckte sein Schwanz in seiner Hose, im selben Moment spürte er Troys Erektion an seiner Hüfte. In letzter Zeit waren Liams sexuelle Begegnungen eher außer Kontrolle geraten. Jetzt, hier mit Troy, fühlte sich Liam so stark, als er Troys leisem Flüstern zuhörte.

Während Liam ihn weiter küsste, fuhr Troy mit den Händen unter sein Shirt. Auch Liams Hände wanderten nun ungehindert über Troys Haut, streichelten seine Brust, berührten die kleinen, kecken Brustwarzen und trauten sich sogar, über seinen Bauch weiter nach unten zu gleiten. Troys Atmung ging nur noch stoßweise, woraufhin Liam den Kuss unterbrach und in Troys Augen blickte. Diese waren Lust verhangen und halb geschlossen. Sein leises Keuchen drang in Liams Ohr. Davon ermutigt, öffnete Liam die Schnalle an Troys Taille. Der Stoff der Jeans schien sich wie von selbst zu teilen. Noch einmal fuhr seine Hand über Troys Haut, dieses Mal ohne zu stoppen, glitt mit den Fingern unter den elastischen Bund der Shorts und berührte nur flüchtig Troys Länge.

„Liam, bitte quäl mich nicht so."

Nach dem, was er auf der Straße so getrieben hatte, war sich Liam nicht sicher, wie es sich anfühlen würde, wieder mit jemandem intim zu werden. Doch nichts lag ihm ferner, als dieser Gedanke. Stattdessen konzentrierte er sich auf Troy und wie sein Herz bei jeder einzelnen Berührung in seiner Brust pochte. Mit den Fingern umfasste er Troys Länge. Fasziniert beobachtete er, wie Troys Augen größer wurden, und hörte auf. „Ist das okay?", fragte er. Troy nickte nur.

„Ich kann nicht fassen, wie gut sich deine Hand anfühlt", keuchte Troy. Sofort verstärkte Liam seinen Griff. „Oh Gott!", rief Troy aus und Liam spürte, wie dessen Hüfte sich zu bewegen anfing. Im nächsten Moment teilte sich seine eigene Hose. Liam keuchte, als Troy seine Erektion von dem engen Stoff befreite. Die kühle Luft fühlte sich unglaublich auf seiner Haut an, doch Troys Finger waren noch besser. Liam hielt Troy fest und umgekehrt. Ganz so, als bräuchten sie den jeweils anderen, um nicht zu stürzen. Liam wusste, dass er nicht lange durchhalten würde und biss sich auf die Lippen, um zu versuchen, seinen nahezu augenblicklichen Höhepunkt aufzuhalten. Troys Hüfte bewegte sich im gleichen Rhythmus, in dem sich auch Liam bewegte. Troys Schwanz glitt durch seine Finger, gleichzeitig glitt seiner durch Troys Finger. Diese vereinten Empfindungen verstärkten seine Erregung. Durch den Schleier der Leidenschaft spürte Liam, wie Troys ganzer Körper zu beben anfing. „Liam, ich kann nicht …"

„Halte es nicht auf … Lass es einfach … zu", keuchte Liam. Kurz darauf spürte er Troy in seiner Hand heftig zucken, zur selben Zeit wie er selbst, und er tat sein Bestes, durch die Wellen der Erregung, die seinen zitternden Körper erfassten, aufrecht stehen zu bleiben. Liam presste seine Augen fest zusammen und ließ seinen Körper machen, bis er sein Gleichgewicht nicht mehr länger halten konnte und sich gegen Troy lehnte. Der hatte scheinbar dasselbe Problem und gemeinsam sanken sie auf den weichen Boden.

Nachdem er wieder zu Atem gekommen war, öffnete Liam im selben Moment wie Troy die Augen. Sie lächelten sich an, bis sie beide leise lachten, als sie bemerkten, dass sie mit ihren nackten Hintern im Dreck saßen und es keinen von ihnen störte. Es dauerte eine Weile, ehe sie wieder auf ihren Füßen standen und sich zurechtgemacht hatten. Doch beide grinsten wie Honigkuchenpferde, als sie sich wieder anzogen. Plötzlich wurden ihre Gesichter wieder ernster. Troy zog Liam in eine Umarmung und küsste ihn heftig, mit einer Leidenschaft, die Liam sagte, dass er sich weder für das, was sie getan hatten, schämte noch es bedauerte.

„Wir sollten zurück, damit du rechtzeitig für deine nachmittäglichen Arbeiten wieder auf der Ranch bist", meinte Troy. Sie packten ihre Sachen zusammen und trugen sie zum Truck. „Wie geht es deinem Bein?", erkundigte er sich, als sie alles verstaut hatten.

„Tut nur noch ein bisschen weh", log Liam. Sein Bein pochte heftig, er wollte jedoch nicht, dass Troy ein schlechtes Gewissen bekam. Liam hatte einen wundervollen Tag erlebt und er wollte nicht, dass das durch irgendetwas verdorben wurde. Wenn er wieder auf der Ranch war, würde er seine Arbeiten erledigen und sich eine Weile ausruhen. Er stieg in den Truck, streckte sein Bein aus und zusammen fuhren sie nach Hause. Auf beiden Gesichtern lag ein zufriedenes Lächeln, das erst verschwand, als Troy auf die Auffahrt fuhr und Liam einen ihm bekannten Truck entdeckte. „Was macht er denn hier?", fragte Liam, während eine Welle der Angst durch seinen Körper raste.

„Wer?", hakte Troy nach.

„Mein Vater", sagte Liam so ruhig wie möglich. In dem Moment trat sein Vater aus dem Stall und durch die Autoscheibe trafen sich ihre Blicke. Dieselbe Unsicherheit, die er seit seinen Kindertagen gespürt hatte, türmte sich in ihm auf. Der Truck hielt an. Liam bemerkte fast gar nicht, wie Troy telefonierte. Für ihn verengte sich die ganze Welt, bis es nur noch ihn und seinen Vater gab. Und diese Welt war voller Angst, Bedrohung und Unsicherheit. Fast glaubte er, wieder zehn Jahre alt zu sein. Liam hatte gedacht, weit genug weg zu sein, sodass sein Vater ihn niemals finden könnte. Offensichtlich war das jedoch nicht der Fall gewesen.

6

NACH DEM kurzen Telefonat mit Wally steckte Troy sein Handy wieder weg. Er wusste nicht, was er sonst hätte tun sollen. Doch nach den Geschichten, die ihm Liam erzählt hatte, tauchte der Mann einfach so ohne Vorwarnung hier auf. In dessen Augen lag ein Ausdruck, den Troy nur als böse bezeichnen konnte. Liams Vater versprach nichts Gutes, vermutete Troy. Davon konnte Liam wohl ein Lied singen. Troy musterte Liam, der, ohne sich zu rühren, seinen Vater anstarrte.

„Wally ist auf dem Weg hierher", sagte Troy. „Bleib einfach da, wo du bist. Und wenn er irgendetwas vorhat, können wir schnell von hier verschwinden."

„Nein, ist schon gut", meinte Liam gedämpft und öffnete langsam die Wagentür. Troy glaubte nicht, dass das so eine gute Idee war, doch der Mann war Liams Vater und womöglich kannte sein eigener Sohn ihn am besten. Troy stieg ebenfalls aus, schlug die Tür hinter sich zu und folgte Liam, der auf den Stall zuging. „Was machst du hier, Vater?" Troy fiel auf, wie Liam das Wort „Vater" fast schon ausspuckte, als würde er es verfluchen.

„Du bist mein Sohn und ich habe mir Sorgen um dich gemacht", antwortete der Mann in einem solch einfühlsamen Ton, der Troy schockierte.

„Du hast dir keine Sorgen um mich gemacht, seit ich zehn Jahre alt war. Warum jetzt? Außerdem ist der Weg hierher ein wenig lang, nur um mir das zu sagen. Was willst du wirklich?", beharrte Liam fest. Troy bemerkte allerdings, wie sein Bein leicht zitterte.

„Dass du mit dieser Albernheit aufhörst und zurück nach Hause kommst, um auf der Ranch zu arbeiten", stieß Liams Vater zwischen zusammengebissenen Zähnen hervor. *Da* war also der Tonfall, den Troy von ihm erwartet hatte. Fordernd und behauptend. Liam drehte sich zu Troy um und sah ihn an. Der trat einen Schritt näher. „Das ist auch so eine Sache. Du hast ja gesehen, wie schwer es ist, auf eigenen Beinen zu stehen. Vielleicht bist du jetzt bereit, diese lächerliche schwule Idee aufzugeben und dich wie jeder andere gottesfürchtige, normale Mann niederzulassen."

Das Geräusch von breiten Truckreifen ließ alle aufschauen. Mit quietschenden Reifen kam Wally zum Stehen, stieg aus und kam mit großen Schritten zu ihnen herüber. „Sie haben fünf Minuten, um von dieser Ranch zu verschwinden." Wally war anzumerken, dass er kochte.

Schnaubend trat Liams Vater näher, doch Liam fuhr dazwischen. „Ist schon gut, Wally. Er wollte gerade gehen und wird auch nicht mehr wiederkommen. Ich bin nicht mehr länger sein Prügelknabe und habe auch nicht die Absicht, jemals wieder auf die Ranch zurückzukehren und dort wie ein Sklave zu arbeiten." Dann wandte er sich seinem Vater zu. „Ich brauche dich nicht mehr und du bist hier nicht willkommen." Liam wirkte so souverän. Doch Troy wusste, dass das, was er da gerade erlebte, echter Mut gepaart mit ein wenig Tapferkeit war.

„Jetzt hör mir mal genau zu." Liams Vater langte nach seinem Arm. Sofort trat Liam außer Reichweite.

„Nein, du hörst mir zu. Ich weiß, dass du wegen mehr hier bist, als mich zu sehen und mir einen Job auf der Ranch anzubieten. Du bist zu egoistisch, um nur dafür diesen weiten Weg zu fahren. Ich weiß, dass du irgendetwas von mir willst und du wirst es nicht bekommen." Liam bot seinem Vater erstaunlich gut die Stirn. Als dieser versuchte, ihn einzuschüchtern, stellte sich Troy direkt hinter Liam. „Was willst du wirklich?"

Eine Vielzahl an Emotionen huschte in kürzester Zeit über das Gesicht von Liams Vater. Troy hatte diesen Mann noch nie zuvor gesehen. Im Laufe der Jahre hatte er allerdings mit genügend Menschen wie ihm zu tun gehabt. Himmel, er selbst war so wie er, oder war es gewesen. Immer, wenn er nicht das bekommen hatte, was er wollte, hatte er seinen Bruder und sogar seine Eltern so lange schikaniert, bis sie nachgegeben hatten. Troy starrte Liams Vater an, dann sah er zu Liam, der so entschlossen wirkte, wie er ihn noch nie gesehen hatte.

„Ich habe ein Angebot für die Ranch bekommen und der Anwalt meint, dass ich dafür deine Unterschrift brauche."

„Du kannst mir die Unterlagen zuschicken, dann sehe ich sie mir an. Das ist das einzige, was ich für dich noch tun werde und weitaus mehr, als du verdient hast", sagte Liam.

Da trat Wally vor. Der kleinere Mann zwang Liams Vater, der um einiges größer war, mit einem Blick nieder. „Und nun schlage ich vor, dass Sie verschwinden."

„Was, wenn ich das aber gar nicht will, kleiner Mann?" Wally machte einen Schritt auf Liams Vater zu, und bevor Troy wusste, was passierte, saß der größere Mann mit dem Hintern im Dreck und rieb sich den Kiefer.

„Ich habe gesagt, Sie sollen gehen. Das nächste Mal lasse ich Sie von meinem Land entfernen", knurrte Wally mit finsterem Blick. „Sie werden weder mir noch den anderen Leuten auf dieser Ranch drohen. Das schließt ihren Sohn mit ein." Wally starrte Liams Vater weiter an, als dieser sich vom Boden aufrappelte. Einen weiten Bogen um Wally machend, ging er zu seinem Truck.

„Wissen Sie, dass Liam eine Schwuchtel ist? Sind Sie sich wirklich sicher, dass sie jemanden von seiner Sorte hier haben wollen?", knurrte Liams Vater.

„Seine Sorte? Sie meinen wohl *meine* Sorte. Sie wurden gerade von einer Schwuchtel – die nur halb so groß ist wie Sie – in den Arsch getreten. Und ich würde es sofort wieder tun. Ich sage es jetzt also zum letzten Mal: Schwingen Sie Ihren widerlichen, fetten Arsch von meiner Ranch." Wally trat auf den Truck zu und endlich stieg Liams Vater ein. Aus dem Fenster reichte er Liam einen Umschlag, den ihm Liam aus der Hand riss. Kurz darauf raste er, eine Staubwolke aufwirbelnd, die Auffahrt herunter und auf die Straße.

Sobald sein Vater nicht mehr zu sehen war, schien Liam in sich zusammenzufallen. „Danke, Wally."

„Nichts zu danken. Wenn nur die Hälfte von dem, was du mir erzählt hast, stimmt, wäre es mir ein großes Vergnügen gewesen, ihn in die ewigen Jagdgründe zu schicken." Wally klopfte sich den Staub von der Hose und wandte seinen Blick von dem davonfahrenden Truck Liam zu. „Und du, Mister, glaub ja nicht, dass ich nicht gesehen habe, wie du humpelst. Dir tut dein Bein immer noch weh. Geh ins Haus und leg dich auf das Sofa." Mama Wally war ganz in seinem Element und Troy musste sich zurückhalten, nicht loszulachen, bis sich Wally an ihn wandte. „Du solltest besser aufpassen", schimpfte Wally. Als Troy ihm jedoch den Eimer mit den Fischen hinhielt, besserte sich Wallys Laune deutlich.

„Ich dachte, ihr hättet vielleicht gerne Fisch zum Abendessen", meinte Troy als Wiedergutmachung.

„Du hast sie gefangen, also nimmst du sie auch aus", sagte Wally, als er auf das Haus zusteuerte. „Den Abfall wirf bitte nicht weg. Den können wir an die Katzen verfüttern. Die lieben das", fügte er mit einem halben Lächeln hinzu, bevor er Liam ins Haus scheuchte.

Draußen nahm Troy die Fische aus. Die Innereien und das andere Zeug ließ er in dem Eimer. Als er die ausgenommenen Fische ins Haus trug, entschuldigte sich Wally und ging. Wahrscheinlich um den Katzen ihre Leckereien zu bringen. Wieder zurück, bereitete er die Fische für das Abendessen zu, während sich Troy zu Liam und Jefferson ins Wohnzimmer setzte. Liam war gerade dabei, sich die Unterlagen anzusehen. „Ich verstehe davon absolut gar nichts."

„Wir finden einen Anwalt. Der kann sich das ansehen", schlug Troy vor und Liam legte die Papiere seufzend zur Seite. Das Haus war ungewöhnlich still. „Wo sind Haven und Phillip?", fragte Troy.

„Ich habe Haven gesagt, dass er seine Anti-Bergbau-Kampagne in sein eigenes Haus verlegen soll. Nicht, dass er bis zu der Stadtratssitzung in ein paar Tagen viel tun könnte." Troy glaubte, in Wallys Stimme einen Anflug von Sorge zu hören. Verübeln konnte er es ihm nicht – die Sache könnte das Leben auf der Ranch komplett verändern und dessen Existenz bedrohen, wenn Haven recht haben sollte. Und Troy hatte keinen Grund, ihm nicht zu glauben.

„Was habt ihr vor?", fragte Troy und rechnete eigentlich mit einer Antwort von Wally.

„Kämpfen", antwortete Jefferson aus seinem Rollstuhl. „Wir werden mit allem was wir haben kämpfen."

Troy hatte keine Ahnung, was er dazu sagen sollte. Sein eigenes Land war zwar nicht davon betroffen, aber Liams Zuhause. Und das genügte, um seinen Ärger anzufachen. „Mach dir keine Sorgen", fuhr Jefferson fort, „wir wissen, wie man kämpft. Das haben wir früher schon getan und wir werden es auch wieder tun." Danach blieb Jefferson eine ganze Weile still. Fast schon konnte Troy dessen Blicke auf sich spüren.

„Kann ich Ihnen etwas bringen?", fragte Troy Jefferson. Doch dieser schien die Frage zu ignorieren und schloss die Augen. Schulterzuckend wandte sich Troy Liam zu. Auch er hatte die Augen geschlossen. „Brauchst du irgendwas?"

„Nein", antwortete Liam, nahm Troys Hand in seine und hielt sie fest, bevor ihm die Augen wieder zufielen. „Wann hast du deine Tochter das letzte Mal gesehen?", wollte Liam wissen. „Wahrscheinlich lässt mich der „Besuch" meines Vaters über deine Familie nachdenken."

„Vor vier Monaten, glaube ich." Bei dieser Erinnerung schluckte Troy hart.

„Du solltest sie besuchen", sagte Liam und klang sehr müde. „Sie hat es verdient, ihren Vater kennenzulernen." Weiter sagte er nichts mehr. Troy hoffte, dass er eingeschlafen war.

„Er hat recht", fügte Jefferson hinzu. „Ich habe keine Ahnung, was du glaubst, getan zu haben. Aber es kann mit Sicherheit nicht so schlimm sein, dich dafür von deinem Kind fernzuhalten." Troy öffnete den Mund für eine Erklärung, schloss ihn jedoch wieder. Das würde sowieso niemand verstehen können. „Wir kennen deine Situation nicht, aber dieses kleine Mädchen verdient es, zu wissen, dass du sie liebst. Und wenn du dich von ihr fernhältst, verletzt du sie nur noch mehr."

„Sie hat gesagt, dass sie mich hasst", sagte Troy leise.

„Die Grenze zwischen Liebe und Hass ist oft so dünn wie ein Haar", merkte Jefferson an. „Sie hat es verdient, dich kennenzulernen. Dann kann sie selbst entscheiden, was sie will. Sie kann noch nicht sehr groß sein. Du bist selbst ja fast noch ein Kind. Du hast also noch viel Zeit", sagte er, bevor er den Kopf gegen die Kopfstütze lehnte und seine Augen erneut schloss.

Da nun beide eingeschlafen waren, stand Troy leise auf und ging in die Küche. „Ich sollte jetzt nach Hause fahren", meinte er zu Wally.

„Das wirst du nicht tun. Liam und du habt das Abendessen besorgt, also kannst du auch hier bleiben und es essen." Wally wendete den Fisch in Mehl, um ihn kurz in heißem Fett anzubraten. „Liam wäre sehr enttäuscht, wenn du nicht da wärst."

„Du bist wirklich wie eine Glucke, oder?", witzelte Troy.

Wally hörte mit seiner Arbeit auf und drehte sich zu Troy um. „Wenn es um ihn geht, ja. Er hatte es bisher in seinem Leben nicht leicht gehabt, trotzdem ist er aufgeschlossen und hat für jeden ein Lächeln übrig, ohne ein schlechtes Wort. Und vergiss nicht, dass er sich in Gefahr gebracht hat, weil er dachte, du wärst verletzt. Das würde er für jeden auf der Ranch hier tun, das weiß ich. Ich kenne ihn vielleicht noch nicht lange, aber ich weiß, dass er ein gutes Herz hat. Und wenn du es brechen solltest, musst du dich bei mir verantworten. Doch wenn du es fürsorglich behandelst, könnte dieser junge Mann das größte Geschenk sein, das du in deinem Leben bekommen hast." Damit wandte sich Wally wieder dem Essen zu. „Entschuldige, dass ich wie ein Moralapostel klinge. Man könnte glatt meinen, es wäre Sonntag."

Sanft lächelnd spähte Troy um die Ecke und beobachtete Liams schlafende Gestalt auf dem Sofa. Sein Bein war hochgelagert. „Ich hatte nie vor, jemandem wehzutun", sagte Troy leise, mehr zu sich selbst.

„Das wollen die meisten Menschen nicht", erwiderte Wally, während er weiter am Herd herumwerkelte. Er mehlte die Fische fertig ein, legte sie zur Seite, öffnete den Kühlschrank und bereitete den Salat vor. „Jefferson ist ein kluger Mann", bemerkte Wally und schloss die Kühlschranktür. Troy drehte sich nicht um. Ihm war klar, dass Jefferson womöglich recht hatte, wusste jedoch nicht, ob er bereit war, seiner Familie wieder unter die Augen zu treten. „Es könnte wahrscheinlich nicht schaden, sie anzurufen."

„Sofia redet nie mit mir", meinte Troy und versuchte, sich seinen Schmerz nicht zu sehr anmerken zu lassen. Das Geräusch von am Boden entlangkratzenden Stuhlbeinen veranlasste ihn, sich umzudrehen. Wally saß am Tisch und blickte ihn an, als würde er auf etwas warten. Seufzend setzte sich Troy zu ihm und erzählte Wally dasselbe, was er Liam schon erzählt hatte. Er hasste es zwar, diese Geschichte zu erzählen, musste allerdings zugeben, dass er sich besser fühlte, als er fertig war. Weder Wally noch Liam hatten ihn verurteilt.

„Wenn du meine Meinung wissen willst", sagte Wally, als Troy fertig war, „solltest du mit Jeanie anfangen. Ihr beide müsst endlich Frieden schließen. Du sagst, du hast sie geliebt. Wahrscheinlich muss sie das einfach nur hören und auch, dass eure Ehe keine Lüge war."

„Das alles habe ich ihr schon gesagt", widersprach Troy.

„Ja. Doch durch ihren Schmerz konnte oder wollte sie das nicht hören." Wally stand auf und kümmerte sich um den Salat. „Denk mal darüber nach." Er begann, eine Tomate klein zu schneiden. Troy rechnete damit, dass er noch etwas sagen würde, doch das tat er nicht. Ein paar Minuten später ging er zurück ins Wohnzimmer, setzte sich ruhig zwischen die beiden schlafenden Männer und betrachtete Liam. Er sah so süß, beinahe engelsgleich aus, wenn er schlief.

„Wie lange sitzt du schon hier?", fragte Liam. Träge öffneten sich seine blauen Augen.

„Noch nicht lange", antwortete Troy und setzte sich auf die Sofakante. „Wie geht es deinem Bein?"

„Besser. Der Schmerz verschwindet langsam. Ich denke, ich muss es einfach nur ein bisschen schonen." Liam setzte sich auf, doch Troy legte ihm eine Hand auf die Schulter und drückte ihn sanft wieder zurück.

„Ganz ruhig", beschwichtigte Troy.

Liam nickte. „Ich denke die ganze Zeit an meinen Vater. Wenn er den ganzen Weg hierhergefahren ist, glaube ich nicht, dass er einfach so die Stadt wieder verlässt. Er wird auf jeden Fall Ärger machen."

„Was immer er auch versucht, wir schaffen das schon", sagte Jefferson. Seine Stimme war etwas undeutlich, aber verständlich. „Mach dir darüber keine Sorgen, junger Mann."

Stillschweigend stimmte Troy ihm zu. Wenn jemand Liam beschützen konnte, dann war es Wally.

Auf Liams Gesicht zeigte sich ein strahlendes Lächeln. Verwundert neigte Troy seinen Kopf. „Ich erinnere mich nur gerade an das Gesicht meines Vaters, als Wally sich mit ihm angelegt hat. Ich hätte beinahe damit gerechnet, dass er sich am Hintern kratzt und darüber nachdenkt, was zur Hölle gerade passiert war." Liam begann zu lachen. „Hast du sein Gesicht gesehen, als Wally ihm gesagt hatte, dass er schwul ist? Ich dachte, der macht sich gleich in die Hose", lachte er. Troy stimmte in das Lachen mit ein. So lustig fand er es gar nicht, doch für Liam war es wahrscheinlich ein Grund zu feiern, seinen ausfallend werdenden Vater in die Schranken verwiesen zu sehen.

„Ich hätte nicht gedacht, dass Wally so drauf sein kann", bemerkte Troy. Ihm wurde klar, dass er wegen Wallys Größe einfach nicht davon ausgegangen war – derselbe Fehler, den Liams Vater gemacht hatte.

„Das war nicht das erste Mal", sagte Wally, dessen Stimme von der Küche zu ihnen wehte. „Und ich muss leider sagen, dass es womöglich auch nicht das letzte Mal war." Deutlich konnte Troy das Brutzeln hören, als Wally den Fisch in die Pfanne legte. Im nächsten Moment wurde die Haustür geöffnet und Troy entdeckte Dakota, der leise das Haus betrat. Troy wollte ihn schon begrüßen, doch Dakota legte einen Finger an die Lippen und deutete mit dem Kopf zur Küche. Wie auf Zehenspitzen ging Dakota durchs Haus. Im nächsten Moment hörte Troy Wally vor Freude quietschen, gefolgt von einem Aufschrei und schließlich Stille. Troy konnte sich lebhaft vorstellen, was diese Stille zu bedeuten hatte.

Erst nach einer ganzen Weile kam Dakota ins Wohnzimmer zurück und begrüßte seinen Vater, bevor er jedem von ihnen die

Hand reichte. Als Liam ihm die Hand gab, wurde Troy unter Dakotas verwundertem Blick leicht nervös. „Ihr beiden konntet eure Differenzen bereinigen, nehme ich an." Grinsend nickte Liam, Troy ebenfalls.

„Warum bist du jetzt schon zu Hause, Sohn?", fragte Jefferson.

„Ich habe jemanden gefunden, der für ein paar Tage meine Schichten übernimmt, da ich für diese Stadtratssitzung hier sein wollte", erklärte Dakota seinem Vater, bevor er sich setzte. Gerade, als er es sich bequem gemacht hatte, rief Wally sie zum Abendessen.

Dakota fuhr seinen Vater an den Tisch und setzte sich dann neben Wally. Troy saß neben Liam. „Wo hast du den Fisch her?", wollte Dakota wissen. „Der sieht fantastisch aus."

„Liam und Troy haben sie gefangen", antwortete Wally. „Die anderen zwei habe ich für dich eingefroren", sagte er an Troy gewandt und reichte die Platte weiter. Die Forellen waren nicht besonders groß, schmeckten allerdings unglaublich gut und jeder aß seine Portion. Liam und Wally wechselten sich ab, um Dakota auf den neuesten Stand zu bringen, was so auf der Ranch passiert war. Liam freute sich besonders darüber, ihm von der Begegnung mit seinem Vater zu erzählen.

„Wenn du magst, kann ich die Unterlagen meinem Anwalt übergeben", schlug Dakota vor und Liam versprach, sie ihm nach dem Essen zu geben.

„Das alles ist nur unverständliches Geschwafel für mich", erklärte Liam, der sichtlich erleichtert war. „Ich weiß einfach, dass mein Vater irgendetwas Krummes abzieht. Ich weiß nur noch nicht was."

„Das werden wir schon noch herausfinden", sagte Wally, nachdem er heruntergeschluckt hatte. „Mach dir darüber keine Sorgen." Dass Dakota wieder zurück war, hatte sich anscheinend schnell herumgesprochen, da ein steter Strom an Arbeitern und Freunden durchs Haus wanderte und Umarmungen ausgetauscht und Hände geschüttelt wurden. Troy half Wally den Tisch abzuräumen, setzte sich dann neben Liam ins Wohnzimmer und schwelgte in dessen Körperwärme und dem leicht herben Duft, der ab und an in seine Nase stieg und ihn schier verrückt machte.

„Ich muss gleich noch die Katzen füttern", meinte Liam und erhob sich vom Sofa. Troy konnte schwören, dass er Wally auffordernd ansah, etwas zu sagen.

„Ich helfe dir", bot Troy ihm an und folgte Liam nach draußen. Es dauerte nicht lange, bevor die Katzen geräuschvoll ihr Abendessen fraßen. Gemeinsam gingen sie danach wieder zurück ins Haus. Troy bemerkte ein leichtes Humpeln, trotzdem wurde Liam nicht langsamer. „Ich sollte jetzt vermutlich nach Hause fahren", meinte er, als sie an der Hintertür ankamen.

Sofort legte sich Liams Hand zögernd auf Troys Arm. „Bleib."

Troy blieb stehen und spähte durch das Fenster ins Haus. Er sah Wally in der Küche arbeiten und Dakota, der hinter ihn trat. Was genau sich abspielte, konnte Troy nicht erkennen, doch das Lächeln auf Wallys Gesicht ließ keine Zweifel aufkommen, wie glücklich er war, Dakota bei sich zu haben. Als Wally sich umdrehte und Dakota ihn zu sich zog, wandte sich Troy ab. Das wurde nun definitiv zu privat. Allerdings war es das liebevollste Bild, das er jemals gesehen hatte.

Liams Augen strahlten ihn an, als er näher trat. „Ich möchte das, was die beiden haben", flüsterte er, schlang seine Arme um Troys Taille und lehnte den Kopf gegen dessen Schulter. Die Angst, die in Troy aufwallte, schluckte er einfach herunter. Mehr als alles andere wünschte er, Liam genau das geben zu können. Er war sich aber nicht sicher, ob er dazu wirklich fähig war. Liam schien seine Gedanken zu erraten. „Hör auf, dir wegen der Vergangenheit Sorgen zu machen und tu was dagegen. Ich kann meine nicht ändern und du deine nicht. Wir können nur versuchen, damit zu leben und es wieder in Ordnung bringen, soweit wir können."

„Jetzt klingst du wie Wally", bemerkte Troy.

„Das nehme ich dann mal als Kompliment", witzelte Liam und blickte Troy erwartungsvoll an. Ein solches Angebot konnte Troy unmöglich ausschlagen. Ein zärtlicher Kuss folgte, den Liam sofort vertiefte und die Arme um Troys Nacken schlang. Troy lernte schnell, dass Liam genau wusste, was er wollte und sich nicht zierte, danach zu fragen und es sich auch zu nehmen. Nicht, dass irgendetwas falsch wäre an einem Mann, der wusste, was er wollte. Besonders, wenn dabei Lippen im Spiel waren, die ihn erzittern ließen, und eine Zunge, die Dinge tun konnte, die sein Herz wild schlagen ließ. Troys Hose wurde merklich enger, als er den Kuss ebenso enthusiastisch erwiderte. „Bleib bei mir, Troy."

„Bist du dir sicher, dass es Wally und Dakota nichts ausmachen würde?", fragte Troy nach. Im selben Moment gingen die meisten Lichter im Haus aus.

„Irgendwie bezweifle ich, dass sie heute Nacht Augen für etwas anderes haben außer füreinander", antwortete Liam und zog Troy mit sich zur Haustür. Der Hof lag ruhig und verlassen da. In den Armen des jeweils anderen saßen sie zusammen auf der Armlehne der Verandabank. Troy versuchte den Impuls, wegzurennen und sich zu verstecken, zu unterdrücken. Erst, als er erneut in Liams Augen blickte, verschwand dieses Verlangen. Eine Weile saßen sie schweigend so da, dann stand Liam auf, nahm Troys Hand und führte ihn durch das beinahe stille Haus in sein Zimmer. Die Tür verschloss er hinter ihnen.

Troy starrte in Liams Augen. Noch nie war er so nervös gewesen. Langsam trat Liam auf ihn zu und legte eine Hand genau über sein Herz, was Troys Pulsschlag in die Höhe katapultierte. Wie in Zeitlupe kam Liam immer näher, hielt ihn fest und küsste ihn. Troy hatte schon mit vielen Männern Sex gehabt – unpersönlichen Sex, ohne Namen auszutauschen. Darauf war er nicht wirklich stolz, aber er hatte es getan. Und niemals zuvor hatte es sich so angefühlt. Der übliche Rausch und die Wellen der Erregung waren zwar da, aber da war noch mehr. Etwas, das Troy mit noch niemandem gespürt hatte. Nicht einmal mit Jeanie – eine Verbindung, die er nicht wirklich beschreiben konnte. Einen Sekundenbruchteil versuchte er, es zu benennen und zu ergründen. Allerdings hatte Liam andere Ideen und die beinhalteten eine Zunge, die seinen Mund zu besitzen schien. Liams Gewicht presste sich fester an ihn. Troy ging langsam rückwärts, bis er die Matratze in den Kniekehlen spürte, und sich nach hinten fallen ließ. Ein wenig federte er auf und ab. Liam lag auf ihm, presste ihn heftig küssend in die Matratze.

Liam fühlte sich wie ein unter Strom stehender Draht, energiegeladen und verlangend, als er sich auf die erregendste Weise auf Troy rekelte. Dieser konnte sich nicht daran erinnern, jemals eine solche Wirkung auf jemanden gehabt zu haben. Doch nichts auf der Welt törnte ihn so sehr an. Langsam glitten Liams Hände unter Troys Shirt und streichelten seine Haut. Genießerisch seufzte Troy in den Kuss. Als Liam eine von Troys Brustwarzen mit den Fingerspitzen berührte, zuckte dieser kurz zusammen und keuchte auf. Daraufhin entfernten sich Liams Lippen, bevor er Troys Shirt nach oben schob und an einer der harten Knospen saugte. Erregt wand sich Troy auf dem Bett und presste seine Brust vor. Ohne zu zögern, kam Liam diesem Wunsch nach. Kleine Küsse und Bisse brannten sich einen Weg über die Haut, die sich rasend schnell erhitzte. Scheinbar hatte Troys Hüfte ein Eigenleben, denn sie stieß heftig nach oben, als sich sein Verlangen rasant steigerte. Dann hob Liam den Kopf und sie küssten sich erneut, tief und heftig. Unter Liams Attacke auf seine immer noch empfindlichen Brustwarzen wimmerte Troy leise.

„Liam!", schrie Troy plötzlich auf. Erneut hatte Liam seine Lippen um eine Warze gelegt und machte diese kreisenden Bewegungen mit seiner Zunge, die Troy völlig verrückt machten. Einen flüchtigen Moment fragte sich Troy, wo Liam diese Sachen gelernt hatte. Doch dann spürte er geschickte Finger an seinem Gürtel. Die Schnalle wurde geöffnet und so lange am Bund seiner Jeans gezerrt, bis sich der Stoff teilte, ob er nun wollte oder nicht. „Du bringst mich noch um", stöhnte Troy leise.

Leise lachte Liam auf. „Nicht, wenn ich es verhindern kann." Wieder verschlang Liam seinen Mund und Troy stöhnte in den Kuss, als Liam den Griff um seine Länge verstärkte. Verzweifelt versuchte Troy zuzustoßen, doch Liam hielt ihn nur noch fester und erhöhte damit sein Verlangen und seine Lust.

Frustriert brummte Troy, als Liam ihn losließ, um ihm das Shirt über den Kopf zu ziehen. Er zog es ihm aber nicht ganz aus, sondern stoppte bei den Armen. „Lass es so", wies Liam ihn an. Troys Augen weiteten sich überrascht, doch Verlangen und Leidenschaft hatten ihn schon so übermannt, dass er einfach tat, was Liam wollte. Sein Atem ging flach und schnell, als er spürte, wie Liams Gewicht vom Bett verschwand. Zuerst zog ihm Liam die Schuhe, dann die Hose aus. Er fühlte sich vollkommen verrucht und schamlos, so nackt und hart dazuliegen, während Liam immer noch vollständig bekleidet war und ihn mit einem Blick ansah, als wäre er eine Art Buffet.

„Beinahe seit dem Tag, an dem wir uns kennenlernten, wollte ich dich so sehen." Gnädigerweise ließ Liam die Sache mit der Waffe aus, auch wenn Troys Kanone scheinbar jede Sekunde explodieren wollte. „Du bist ein sehr attraktiver Mann, Troy."

„Du auch", erwiderte Troy. Schweigend rekelte er sich auf dem Bett und forderte Liam damit auf, ihn zu berühren. Allerdings schien der Mann ihn warten lassen zu wollen.

„Entspann dich einfach und bleib locker", sagte Liam sanft. „Vorfreude ist doch die schönste Freude."

„Wo hast du das denn gelernt?", wollte Troy wissen und fragte sich, bei wem er sich für dieses Prachtstück bedanken musste.

„Ich habe eine lebhafte Fantasie und ich wollte schon immer einen stattlichen Mann nackt vor mir haben. Nur für mich. Das ist eines der Dinge, die ich immer hinter meinen geschlossenen Augen gesehen habe. Jemanden, der mir gehört, der bis aufs äußerste erregt nur auf mich wartet."

Verdammt, das war wahrscheinlich das Heißeste, was Troy je von jemandem gehört hatte und er stöhnte laut, als Liam sich noch weiter vom Bett entfernte. Er war versucht, das Shirt einfach von seinen Armen zu streifen – es wäre so einfach – doch er wollte Liam gefallen, und wenn es ihn glücklich machte, machte es auch Troy glücklich. Himmel, wenn er ehrlich war, verspürte Troy gerade ein verdammt pulsierendes Glück.

Mit glasigen Augen sah Troy Liam dabei zu, wie er sich das Shirt und die Schuhe auszog. Das war kein Striptease, ganz und gar nicht. Das war ein Texaner, der sich entkleidete, und Troy genoss die Aussicht ungemein. Als Liams Hose zu Boden fiel und er wie Gott ihn schuf vor ihm stand, lief Troy das Wasser im Mund zusammen. „Rutsch etwas nach oben, aber lass deine Hände in dem Shirt", sagte Liam.

„Dir gefällt es wohl, dass ich dir so ausgeliefert bin, oder?", fragte Troy und war ein wenig überrascht, wie sehr ihn das anmachte. *Wer hätte das gedacht?*

Grinsend nickte Liam und wartete, bis Troy richtig lag. Dann krabbelte er anmutig wie die Katzen, die er versorgte, auf das Bett. „Und ob." Sanft streichelte Liam über Troys Oberschenkel, fuhr über seine Brustwarzen und berührte flüchtig Troys Länge. „Ich liebe die Geräusche, die du machst und wie du unter meinen Händen erzitterst." Liam kam immer näher und legte sich zwischen Troys Beine, die dieser bereitwillig für ihn spreizte. Seine Waden berührten Troys Unterschenkel, während seine Hände nur ganz leicht dessen inzwischen überempfindliche Brustwarzen berührten. Liams Lippen waren so nah an seinen, dass Troy deren Hitze spüren konnte.

„Du hast wirklich genau darüber nachgedacht, stimmt's?", fragte Troy lächelnd, bevor Liam ihn erneut küsste.

„Ja. Jahrelang habe ich mir das hier genau so vorgestellt." Auf Liams Gesicht war kein Lächeln zu sehen. Sein Blick brannte sich in Troy. Was immer er auch gerade sagen wollte, war wie weggewischt. Liam sah aus, als wäre Troy so etwas wie der Heilige Gral und Troy wollte auf keinen Fall, dass dieser Blick irgendwann einmal verschwand. Scheiß drauf, dachte er sich, befreite seine Hände von dem Shirt und zog Liam dicht an sich. So fest er konnte, presste er den Mann gegen seinen Körper. Er wollte so viel Haut-an-Haut-Kontakt wie möglich.

Laut seufzte Troy auf, als sein Schwanz an Liams Hüfte entlangglitt und er ihn an seiner Haut spürte. Er konnte sich nicht daran erinnern, wann er das letzte Mal so berührt worden war. Selbst mit Jeanie hatte ihm diese Art von Intimität in ihrer Ehe seit geraumer Zeit gefehlt. Troy wusste, warum, was allerdings sein Verlangen danach nicht schmälerte. Liebevoll legte er seine Hände an Liams Wangen und brachte ihre Lippen zu einem Kuss zusammen, der ihn schwindelte.

Unruhig stieß Troy seine Hüfte nach oben, Liam erwiderte die Bewegung. Ihre Küsse wurden immer intensiver, während ihre Körper sich aneinander rieben. Zärtlich wanderten Troys Hände über Liams Rücken. Die Narben, von dessen Existenz er wusste, spürte er unter seinen Fingerspitzen. Sofort erstarrte Liam. „Du musst dich für nichts schämen", sagte Troy, um Liam aufzurichten. „Sie sind wie eine Kriegstrophäe und du solltest sie mit Stolz tragen. Du hast jede einzelne von ihnen tapfer erduldet." Troy gab Liam keine Chance zu antworten, sondern küsste ihn erneut und ließ seine Hände weiter nach unten wandern, bevor er Liams Hintern sanft packte.

Mit seinen Händen als Stütze presste Troy ihre Körper noch enger zusammen und stieß kräftiger zu, um noch mehr Reibung zu erzeugen. Stöhnend löste Liam den Kuss und drückte den Rücken durch, als er sich an Troy rieb. Zusammen mit seinem Rhythmus wurde sein Atem immer abgehackter. Troy spürte, wie sich sein Höhepunkt langsam aufbaute, trotzdem wollte er sich für Liam zurückhalten. Mehr als alles andere wollte Troy ihn sehen, sein Gesicht sehen, wenn er kam. Durch bloße Willenskraft behielt Troy ein Mindestmaß an Kontrolle, bis er Liams leise Schreie hörte und sah, wie er mit offenem Mund den Kopf zurückwarf. In der nächsten Sekunde spürte er Liams Erlösung. Durch all diese Empfindungen verlor Troy den letzten Rest seiner Selbstkontrolle und er folgte Liam in einen Orgasmus, der seine Sicht trübte.

„Troy", flüsterte Liam, streichelte dessen Rücken und atmete tief durch, während sie beide sich langsam von ihrer Lust erholten.

Glücklich lächelte Liam Troy an, bevor sie sich träge küssten. Langsam rollte sich Liam von Troys Körper, verließ leise das Zimmer und kam kurz darauf mit einem Waschlappen zurück, mit dem sie sich gegenseitig säuberten. Danach öffnete Liam das Fenster, um ein wenig frische Luft hereinzulassen. Gleichzeitig wehten die nächtlichen Geräusche auf der Ranch herein, das leise Wiehern der Pferde, die tiefen Laute der Rinder und das Zirpen von Millionen Grillen. Liam kroch wieder ins Bett, kuschelte sich an Troy und lehnte sich über ihn, um die kleine Lampe auf dem Nachttisch auszuknipsen.

Sofort hüllte die Dunkelheit sie ein. Mit geschlossenen Augen lauschte Troy den Geräuschen von draußen und Liams leisem Atem, während er sachte über Liams Arm streichelte. Zu seiner Überraschung spürte er in sich eine tiefe Zufriedenheit. Ein Gefühl, an das er sich kaum erinnern konnte. Fast hatte er Angst, die Augen zu schließen, denn dann würde umso schneller der Morgen kommen und die Welt würde sich zwischen sie drängen. Liam streichelte über seine Wange und er lehnte sich in die Berührung, was diese sanfte Liebkosung nur intensivierte. Er brauchte das von Liam fast so sehr wie den nächsten Atemzug.

„Schlaf jetzt", flüsterte Liam. Das Lächeln in seiner Stimme konnte Troy deutlich hören.

„Ich kann nicht", erwiderte Troy und küsste Liam sanft auf die Wange. „Ich möchte keine Minute mit dir missen." Darauf bekam er keine Antwort, doch er spürte, wie Liam sich an ihn schmiegte. Dessen Arm, der um seine Brust geschlungen war, hielt ihn noch ein wenig fester. Letztendlich fiel Troy doch in einen leichten Schlaf.

Die Geräusche draußen veränderten sich, wodurch er eine Zeit lang später wach wurde. Anfangs dachte Troy, dass es nur die normalen morgendlichen Geräusche der Ranch waren. Doch donnernde Hufe waren einfach nicht richtig. Darum weckte er Liam behutsam. „Stimmt da draußen irgendetwas nicht?", fragte Troy. Liam setzte sich auf und blieb einen Moment still. Dann sprang er aus dem Bett. Troy schaltete das Licht ein und sah gerade noch, wie Liams Hintern in einer Jeans verschwand. „Was ist los?"

„Die Pferde sind los!", rief Liam mit einem Hauch Angst in seiner Stimme. Hastig schlüpfte er in sein Hemd und zwängte sich in seine Schuhe, als auch Troy begann, sich anzuziehen. Plötzlich wurde die Schlafzimmertür aufgerissen. Wally eilte herein, sah, wie sie sich gerade anzogen und schloss sie wieder. Auf dem Gang hörte Troy weitere Schritte und schon war Liam draußen. In Windeseile warf sich Troy in seine restlichen Klamotten und hetzte durch das stille Haus und raus auf den betriebsamen Hof.

„Was ist passiert?", fragte er die erste Person, der er über den Weg lief.

„Jede Tür war geöffnet, Boxen, Koppeln, alles Mögliche. Selbst die Gatter zu den Weiden waren offen. Doch wie es aussieht, haben die Rinder sie noch nicht gefunden", antwortete Mario, der nur in Jeans und Schuhen bekleidet über den Hof rannte. „Könntest du im Stall helfen? Wir haben schon Leute draußen, um die Pferde zusammenzutreiben. Und wir müssen sie wieder beruhigen."

Troy nickte und eilte zum Stall, als Dakota mit einem Pferd über den Hof kam. „Welche Box?", fragte Troy.

„Die Zweite von rechts", antwortete Dakota. Troy ging hinein, öffnete die Tür, auf die Dakota hingewiesen hatte, und schloss sie hinter dem Pferd wieder. „Danke", sagte Dakota hastig und war schon wieder auf dem Weg nach draußen. Weitere Leute kamen und führten Pferde herein und Troy hielt ihnen die Boxentüren auf.

„Leckereien sind hier", erklärte Liam, als er hereinkam und zeigte auf einen Beutel neben der Futterstation. „Gib ihnen jeweils eines davon; es wird ihnen helfen, sich zu beruhigen."

„Das mache ich", erwiderte Troy. Schon war Liam wieder weg. Der Strom an Pferden wurde weniger, doch einige der Boxen waren immer noch leer. Nach einer halben Stunde hörte er außerhalb der Tür Hufgetrappel und Wally kam herein. „Wo sind denn alle?"

Wally führte das riesige Pferd in die Box und Troy schloss die Tür. „Wir haben sie etwas abseits gefunden. Das hier war in der Nähe der Ostweide, neben der Hauptstraße. Wir können von Glück reden, wenn keines von ihnen von einem Auto angefahren wurde", erklärte Wally wütend. Troy wusste, dass nicht er der Grund für seine Wut war, und ließ es auf sich beruhen, als Wally aus dem Stall stürmte. Kurz darauf kam Mario herein, zusammen mit Liam. Beide führten jeweils ein Pferd.

„Es fehlen immer noch vier", meinte Mario mit besorgter Stimme. „Am besten fahren wir mit einem Quad raus. Inzwischen können sie weiß Gott wo sein." Troy schloss die Boxentüren und gab jedem Pferd ein Leckerli. Mit leiser Stimme sprach er mit ihnen, so, wie er es bei Liam gesehen hatte, wenn er die riesigen Katzen beruhigte. Ein paar Minuten später kam Dakota mit einem weiteren Pferd herein, das sie in eine Box sperrten.

„Komm mit, ich könnte deine Hilfe gebrauchen", trug ihm Dakota auf. Dessen Stimme und Körper waren vor Anspannung ganz stramm. „Wir nehmen ein Quad, vielleicht können wir so die noch fehlenden Pferde auffinden. Wir müssen zu zweit fahren, damit ich das Pferd, wenn wir eines finden sollten, zurückbringen kann." Mit großen Schritten ging Dakota zum Geräteschuppen. Troy musste sich beeilen, um ihm hinterherzukommen. Beide sprangen sie auf eines der Quads. „Halt dich fest", rief Dakota. Troy gehorchte, ehe der Mann wie ein geölter Blitz losfuhr.

Troy hielt sich mit aller Macht fest, als sie über die Straße donnerten. Im Osten begann es bereits zu dämmern, da entdeckte er am Straßenrand etwas, das aussah wie ein Pferd. Er tippte Dakota auf die Schulter und zeigte in die Richtung. Gott sei Dank wurde Dakota langsamer und hielt ein Stück von dem Pferd entfernt an. Er schaltete den Motor ab und näherte sich langsam dem Tier, das aussah, als würde es sofort flüchten wollen. Doch Dakota bekam es am Halfter zu fassen und bedeutete Troy, zurück zum Stall zu fahren.

Troy wendete das Quad, fuhr zurück und parkte das Fahrzeug in den Schuppen. Da sah er, wie sich die anderen versammelt hatten. „Dakota führt gerade ein Pferd hier her zurück", erzählte Troy Wally, der ungeheuer erleichtert aussah.

„Scheinbar ist es das Letzte von ihnen", sagte Wally, bevor er sich den Männern zuwandte. „Ich hasse es zu fragen, aber wir sollten besser die Zäune überprüfen, für den Fall, dass der Bastard, der das getan hat, nicht einfach nur die Gatter geöffnet hat." Troy sah zu Liam. Nervös trat dieser von einem Bein auf das andere und er begriff, dass Liam dasselbe dachte wie er: Das war alles andere als ein Zufall.

„Ich füttere die Katzen", sagte Liam zu Wally, der zustimmend nickte. Troy folgte ihm zur Rückseite des Hauses. Dabei bemerkte er erneut Liams Humpeln. So gut er konnte, half er Liam beim Essen zubereiten, überließ ihm jedoch die tatsächliche Fütterung. Als er damit fertig war und die Katzen aus dem Übungsgehege wieder in ihren eigenen Käfigen waren, gingen sie zum Haus zurück.

„Ich sollte nach Hause und dort nach dem Rechten sehen. Ich weiß, dass du noch was zu tun hast", sagte Troy vor der Hintertür. „Und ich sehe, dass dein Bein schmerzt."

„Das tut es, aber es ist nicht so schlimm. Durch das Gerempel pocht es ein wenig und ich habe Wally schon versprochen, dass ich heute Morgen langsamer mache", erwiderte Liam. Troy lehnte sich zu ihm, küsste ihn zärtlich und sah zu, wie Liam hinein ging. Danach stieg er in seinen Truck und fuhr zu seiner Hütte.

Dort angekommen parkte er den Wagen, stieg aus und trat auf die Hütte zu. Alles schien so zu sein, wie er es verlassen hatte und auch wieder nicht. Nachdem er sich etwas zu Essen gemacht hatte, setzte er sich an den kleinen Tisch. Beinahe rechnete er damit, zu hören, wie Wally von seinen Patienten erzählte oder wie Haven über die bevorstehende Stadtratssitzung herzog und sich laut fragte, was passieren würde. Die Hütte war einfach zu still. Anfangs, als Troy hierherkam, dachte er, genau das zu wollen. Allerdings fehlten ihm die Gespräche und er vermisste Liam und fragte sich, ob er sich bereits hingelegt hatte und sein Bein schonte, damit es heilen konnte.

Plötzlich klingelte das Handy. Erschrocken zuckte Troy zusammen, zog es aus der Hosentasche und nahm ab, ohne auf das Display zu sehen.

„Troy?" Sofort erkannte er Jeanies Stimme.

„Hallo Jeanie", antwortete Troy vorsichtig. „Ist etwas passiert? Sofia geht es doch gut, oder?" Eine Million beängstigender Sachen raste durch seinen Kopf.

„Sofia geht es gut. Sie vermisst dich." Jeanie klang so zögernd, was sehr untypisch für sie war. Sie war immer eine selbstsichere Frau gewesen. Troy wusste, dass er der Grund für die Unsicherheiten in ihrem Leben war.

„Das letzte Mal, als ich mit ihr telefoniert habe, hat sie mir gesagt, dass sie mich hasst." Troy musste schwer schlucken, als ihm die Worte seiner Tochter wieder in den Sinn kamen.

„Sie ist fünf Jahre alt und ich war traurig, deshalb war auch sie traurig", erwiderte Jeanie verteidigend. „Aber darüber will ich nicht reden. Ich rufe aus einem bestimmten Grund an, da ich etwas loswerden will. Du hast mir so sehr wehgetan, Troy. Aber ich denke, ich verstehe so langsam. Ob ich schon bereit dafür bin, dir zu verzeihen, weiß ich nicht. Ich bin dir aber auch nicht mehr böse." Sie verstummte und Troy versuchte sich selbst davon abzuhalten, von ihren Worten zu sehr ergriffen zu sein. Ganz deutlich waren sie eine Einleitung für etwas anderes. Geduldig wartete er, da er wusste, dass sie weitersprechen würde, wenn sie so weit war. „Ich denke, ich muss mit dir persönlich sprechen."

„Willst du, dass ich zu dir komme?", fragte Troy beinahe sofort.

„Nein. Ich glaube, es ist das Beste, wenn Sofia und ich dich besuchen kommen. Wenn du herkommen würdest, hätte ich Angst, dass sie denkt, du kommst wieder nach Hause und dass alles wieder so wie früher wird. Wir beide wissen, dass das nicht passieren wird. Ich denke einfach, wenn sie dich an einem anderen Ort mit anderen Menschen sieht, ist das unwahrscheinlicher." Das war Jeanie – sie dachte immer an ihre Tochter.

„Das ist in Ordnung. Wann kommt ihr?"

„Je früher desto besser. Wahrscheinlich in ein paar Tagen. Von Kevin habe ich den Namen der Stadt bekommen und ich habe ein Zimmer in einem kleinen Hotel gebucht. Aber ich denke, dass es Sofia guttun wird, ein paar Nächte mit dir zu verbringen. Sie muss wissen, dass du sie liebst." In diesem Augenblick hatte sich Troy kaum mehr unter Kontrolle. Natürlich liebte er seine Tochter. Zu denken, dass sie das nicht wusste, schmerzte ihn von Neuem. Und es tat deshalb so weh, weil ihm klar war, dass nur er daran Schuld hatte. Die Zweifel und die Schuld, die er für ein paar Tage vergessen konnte, kamen mit solch einer Wucht zurück, die ihn beinahe lähmte.

„Ich liebe sie", sagte Troy schwach.

„Das weiß ich. Ich wollte dir damit nicht unterstellen, dass du sie nicht liebst. Ich habe nicht den geringsten Zweifel, dass du es tust. Sie muss es nur einfach wieder sehen und deine Liebe spüren. Ich weiß, dass es schwer werden wird für dich, und auch für mich. Aber wir müssen beide ein paar Dinge verarbeiten und wir brauchen einen Abschluss … Ich brauche einen Abschluss." In Jeanies Stimme lag etwas, das Troy aufhorchen ließ. „Ich muss das alles hinter mir lassen können."

„Hast du jemanden kennengelernt?", fragte Troy etwas zu schnell.

„Ich bin … Ich …", stammelte Jeanie. „Ich weiß es nicht."

„Ich hoffe für dich, dass es klappt …" Troy verstummte. Einerseits, weil er nicht wusste, was er sonst noch sagen sollte, andererseits, weil er nicht wusste, ob er ihr von Liam erzählen sollte. Doch Jeanie kannte ihn einfach zu gut.

„Bei dir?"

„Ich denke schon", antwortete Troy ehrlich und wartete auf Jeanies Reaktion.

„Ist es etwas Ernstes?", fragte sie zögernd.

„Momentan bin ich mir über gar nichts im Klaren. Ich mag Liam, das weiß ich. Doch es ist alles immer noch so verfahren und verwirrend. Vielleicht brauchen wir wirklich einen Abschluss, wie du gesagt hast." Troy hatte keine Ahnung, was er noch sagen sollte. Jeanie anscheinend auch nicht, da sie beide schwiegen und darauf warteten, dass der andere das Wort ergriff. Rasch legte sich ein langes Schweigen über sie. „Wir sehen uns dann in ein paar Tagen", sagte Troy schließlich und durchbrach mit zu erwartenden Phrasen die Stille. „Ruf mich an, wenn ihr hier seid, dann kann ich euch zur Hütte bringen." Jeanie stimmte zu und legte auf. Troy starrte perplex die Wand an, bevor er aufsprang. Wenn Jeanie und Sofia zu ihm kommen würden, hatte er noch vieles zu erledigen und viel an nervöser Energie abzubauen.

7

L IAM WUSSTE nicht, ob das alles so gut war. Gestern hatte ihm Troy gesagt, dass ihn seine Ex-Frau und seine Tochter besuchen kommen würden und er hatte wirklich keine Ahnung, was er davon halten sollte. Troy hatte sich alle Mühe gegeben, ihm zu versichern, dass Jeanie und er einen richtigen Abschluss brauchten. Liam glaubte ihm. Er wusste, wie schuldig sich Troy wegen der ganzen Situation mit ihnen fühlte und er hoffte einfach, dass es Troy vielleicht helfen könnte. Doch darum sollte er sich morgen Sorgen machen, wenn die beiden ankommen würden. Gerade hatte er ganz andere Probleme. Heute Abend war die Stadtratssitzung und Wally hatte gesagt, dass er jeden, dem es möglich war, von der Ranch dabei haben wollte.

Haven hatte auf der Ranch gearbeitet und sich fast zu Tode gesorgt. Ein paar Mal hatte Liam gesehen, wie Phillip seinen Partner während eines Arbeitstages nach Hause geschleppt hatte. Wenn Haven dann wieder zurückkehrte, schien er jedes Mal entspannter. „Einige der Arbeiter schauen hier nach dem Rechten", erklärte Dakota am Ende des Tages. „Grace kommt vorbei und bleibt bei Vater, der Rest von uns geht zu dieser Sitzung."

„Bist du sicher, dass ich mit soll?", fragte Liam. „Ich bin ja erst seit ein paar Wochen hier."

„Du bist Teil dieser Gemeinde und der Ranch. Wir würden uns daher freuen, wenn du mitkommst. Die Sache bei solchen Sitzungen ist die, dass es dabei immer auf die Anzahl ankommt. Je mehr Menschen kommen und ihre Meinung vertreten, desto besser wird es gehört. Du musst ja nichts sagen; es hilft schon, wenn du anwesend bist."

„In Ordnung. Aber was, wenn es Schwierigkeiten gibt?" Liam wurde das Gefühl einfach nicht los, dass sein Vater all die Türen der Ranch geöffnet hatte. Was, wenn er das nächste Mal etwas Schlimmeres machte?

„Dann werden sie schon anrufen und wir fahren sofort wieder zurück. Die Sitzung fängt um sieben an und wir fahren mit mehr als einem Auto. Wenn von uns also jemand zurück muss, kann er fahren." Dakota schenkte ihm ein warmes Lächeln. „Mach dir keine Sorgen."

Liam nickte, eilte ins Haus, um sich fertigzumachen. Im Bad zog er sich aus und nahm eine schnelle Dusche, danach schlüpfte er in frische Jeans und ein schönes Hemd. Fertig angezogen ging Liam ins Wohnzimmer, um auf die anderen zu warten. Troy hier zu sehen, überraschte ihn.

„Dakota hat mich gefragt, ob ich auch komme", erklärte Troy und begrüßte Liam mit einem Kuss.

Liam setzte sich neben Troy auf die Couch. Gemeinsam warteten sie auf die anderen. Als alle so weit waren, drängten sie sich in die Trucks, Liam fuhr mit Troy, und fuhren in die Stadt.

Das Diner war schon brechend voll, als sie ankamen. Doch anscheinend hatte Dakota vorher schon angerufen, denn im hinteren Bereich wartete ein Tisch auf sie. „Seid ihr wegen der Sitzung hier?", fragte ihre Bedienung, Denise, als sie ihre Bestellungen aufnahm. „Es scheint ja wirklich jeder hinzugehen."

„Wie ist denn so die Lage?", wollte Dakota wissen. Denise kaute auf ihrem Bleistift herum, bevor sie antwortete.

„Erwartungsgemäß, nehme ich an. Einige der Leute glauben, dass die Mine Arbeitsplätze und Geld bringt. Andere jedoch, wie die meisten Farmer, denken, dass die Minenbesitzer ihre eigenen Leute mitbringen und nur Chaos hinterlassen werden. Ein paar interessiert es überhaupt nicht."

Dakota nickte, als hätte er damit schon gerechnet und jeder bestellte sein Essen. Denise eilte davon und kam kurz darauf mit einem Tablett Getränke und einem Korb warmer Brötchen zurück. Die Gespräche am Tisch drehten sich alle um die Sitzung, doch Liam achtete eher auf Troy, der direkt neben ihm saß, als auf irgendjemand anderen.

„Übrigens Liam", meinte Dakota, der neben Wally saß, „ich habe die Unterlagen meinem Anwalt gegeben. Er wird dich in ein paar Tagen anrufen."

„Danke dir, Dakota", erwiderte Liam, froh, dass wenigstens eine seiner Sorgen erst einmal an jemand anderen übergeben werden konnte. Während des Essens unterhielten sich alle angeregt und Liam versuchte, nicht zu sehr zu erröten, als Troy unter dem Tisch seine Hand nahm. Nach ihrem Abendessen gingen sie hinüber in die Stadthalle, die vor lauter Menschen schier aus allen Nähten zu platzen drohte. Liam kannte fast niemanden und hielt sich dicht an Wally und Troy, als sie im hintersten Eck des Raumes noch Plätze fanden. Immer mehr Menschen kamen herein, stellten sich an den Rand oder sogar in den Flur außerhalb des Raumes. Einige hielten Schilder hoch und Liam stellte zufrieden fest, dass es zumindest den Anschein hatte, als wären sie gegen die Mine. Dann wurde es plötzlich still und einer der Männer, die ganz vorne hinter einem großen Tisch saßen, erklärte die Sitzung für eröffnet. Alle Anwesenden standen auf und leisteten den Treueschwur.

Danach übernahm der Mann erneut das Wort und erklärte den Ablauf des Abends. „Ich möchte hiermit betonen, dass wir heute Abend keine Entscheidung fällen werden." Die Leute der Bergbaugesellschaft, die, gekleidet in feinen Anzügen, gemeinsam etwas seitlich saßen, flüsterten miteinander. Wirklich zufrieden sahen sie nicht aus. „Wir möchten heute gerne die Meinung der Öffentlichkeit hören und jeder, der etwas sagen möchte, wird eine Gelegenheit dazu bekommen. Aber zuerst möchten wir den Vertretern der Clayton Bergbaugesellschaft die Gelegenheit geben, ihr Vorhaben zu präsentieren. Sie haben zugestimmt, anschließend Ihre Fragen zu beantworten."

Einer der Männer stand nun auf und legte ihren Vorschlag dar. Er erklärte, sie wären auf der Suche nach Gold und scheinbar konnte man in der Gegend, die sie gepachtet haben, eine mögliche Ader lokalisieren. „Es wird eine unterirdische Mine werden und ich möchte deutlich betonen, dass es daneben keinen Streifen oder eine Seitenlagerstätte geben wird. Wir haben einen Pachtvertrag über das Land abgeschlossen und sind gerade dabei, mit dem US-Innenministerium unser Angebot unter Dach und Fach zu bringen. Das Einzige, das wir nicht haben, ist der Zugang zu einer Wasserquelle. Und da kommen die Guten dieser Gemeinde ins Spiel. Wir bei Clayton Bergbau glauben daran, gute Bürger zu sein, das haben wir auch schon mit unserem Versprechen dem Bürgerzentrum gegenüber bewiesen. Wir glauben fest daran, ein Teil der Gemeinden zu sein, in denen wir geschäftlich zu tun haben." Er erklärte weiter, was genau sie vorhatten und warum. Liam verstand nicht wirklich viel von dem, was der Mann erzählte, besonders, als es um die Nutzbarkeit des Landes und den Zugang zum Wasser ging. Doch der Mann sorgte dafür, dass es so klang, als hätten sie das Recht auf Wasser von vornherein gehabt. So kam es Liam zumindest vor.

Als der Mann fertig war, ging ein Murmeln durch den Raum und Unmutsäußerungen wurden laut. „Beruhigen Sie sich", sagte der Mann vom Stadtrat – scheinbar der Vorsitzende, wie Liam herausgefunden hatte – und der Lärmpegel sank. „Wir öffnen nun die Runde für direkte Fragen bezüglich des eben gehörten Vorschlags."

Zu Liams Überraschung stand Dakota auf und wartete, bis er aufgerufen wurde, bevor er seinen Namen für das Protokoll nannte: „Dakota Holden." Liam sah sich in dem Raum um. Scheinbar hatte Dakota viele Unterstützer für das, was er zu sagen hatte. „Basierend auf dem, was Sie uns gerade erzählt haben, hätte ich einige Fragen an Sie. Habe ich richtig verstanden, dass die Wassermenge, die Sie benötigen, wenn die Maschinen mit Höchstleistung arbeiten, zwischen fünfzehn und zwanzig Prozent des Flusses beträgt?"

„Ja, aber nur, wenn wir tatsächlich arbeiten", antwortete der Mann der Bergbaugesellschaft.

„Was praktisch die ganze Zeit über sein wird", warf jemand von den hinteren Reihen ein und der Vorsitzende des Stadtrates bat erneut um Ruhe.

„Das bedeutet, dass im Juli aus dem Fluss ein Rinnsal wird. Die Farmer in dieser Gegend werden dann nicht mehr genügend Wasser haben, um über die trockenen Sommermonate zu kommen", meldete sich ein anderer Mann zu Wort.

Weiteres Gemurmel, dieses Mal etwas lauter, drang wie eine Ozeanwelle durch den Saal.

„Ohne das Wasser ist der Pachtvertrag, den wir auf das Land abgeschlossen haben, nicht haltbar", erklärte der Minenvorstand.

„Stimmt, aber daran hätten Sie denken sollen, bevor Sie ein Land ohne direkten Wasserzugang pachten", konterte Dakota und das Gemurmel wurde zu leisen Äußerungen der Unterstützung. „Es liegt nicht in der Verantwortung der Farmer in diesem Tal, für Ihre selbst verschuldete Notlage zu bezahlen." Die Leute in den hinteren Reihen fingen zu klatschen an und Dakota setzte sich wieder.

Gespannt wartete Liam ab, was nun als Nächstes passieren würde. Ein Mann, den er nicht kannte, stand auf und stellte ebenfalls Fragen. Ganz offensichtlich war er ein Befürworter der Mine, da sich seine Fragen um Arbeitsplätze und um die Einnahmen für die Stadt drehten. So ging diese Versammlung noch eine ganze Zeit weiter, in der sich zwei sehr unterschiedliche Lager bildeten. Nach einer Weile standen Dakota und Wally, sowie die anderen der Ranch auf und gingen durch die immer kleiner werdende Menschenmenge nach draußen.

„Hier wird nichts mehr gesagt, was wir nicht schon vorher gehört haben", erklärte Dakota und ging zum Ausgang voraus und schließlich ins Freie. „Lasst uns zur Ranch zurückfahren. Wir alle haben morgen früh genug Arbeit zu tun. Heute Abend wird ja sowieso nichts entschieden." Alle stimmten zu und so liefen sie durch die Stadt zu dem Parkplatz, wo sie ihre Trucks geparkt hatten. Keiner sprach ein Wort. Auf allen Gesichtern lag ein sorgenvoller Ausdruck, inklusive denen von Wally und Troy. Und das beunruhigte Liam am meisten.

Die Fahrt im Truck verlief nahezu schweigend. Zu hören war nur das Geräusch der Straße unter den Reifen. „Können die das wirklich tun? All das Wasser zu nehmen, das die Ranch braucht, meine ich?", fragte Liam und blickte aus dem Fenster. Er hatte gedacht, endlich ein Zuhause gefunden zu haben und wie es aussah, versuchten diese Bergbauleute, es ihm wegzunehmen. Eine Antwort auf seine Frage erwartete Liam nicht wirklich. Troy versuchte auch gar nicht, ihm eine zu geben. Als sie auf der Ranch ankamen, ging Liam zur Rückseite des Hauses und versicherte sich, dass die Katzen alle versorgt waren, bevor er hineinging. Die anderen saßen alle im Wohnzimmer und sahen sich etwas ratlos an. Liam setzte sich neben Troy und blickte von einem zum anderen.

„Brauchen die nicht irgendeine Analyse über Auswirkungen auf die Umwelt oder so was?", fragte Haven und sah Dakota an.

„Ich habe unseren Anwalt gefragt und der meinte, sie bräuchten keine, da sie die Rechte von einem schon bestehenden Halter gepachtet haben, statt neue Rechte aufzustellen. Was eine richtige Schande ist, da diese Analysen sehr teuer sind und Jahre dauern können. Das hätte sie vielleicht nicht aufgehalten, aber es hätte mit Sicherheit die ganze Sache verzögert."

„Was sollen wir jetzt tun?", fragte Liam. Wally zuckte nur mit den Schultern.

„Ins Bett gehen", antwortete Dakota. „Wir sind alle müde und können momentan nicht klar denken." Er stand auf, nahm Wally bei der Hand und zusammen gingen sie den Flur hinunter. Auch Haven und Phillip gingen und schlossen leise die Tür hinter sich. Liam wollte nicht, dass Troy nach Hause fuhr. Als dieser schließlich aufstand, nahm Liam dessen Hand, genauso wie Dakota Wallys genommen hatte und zog ihn über den Gang. Schweigend zogen sie sich aus und krochen ins Bett. Troy hielt ihn fest an sich gedrückt. Liams Kopf lag auf dem Kissen und er spürte, wie Troys Hand langsam über seinen Arm streichelte, den Körper fest gegen seinen Rücken gepresst.

„Tut mir leid", sagte er leise.

„Was?", hakte Troy nach. Seine Hand hörte mit den Streicheleinheiten auf.

„Ich … kann heute nicht." Deutlich konnte Liam spüren, dass es Troy nicht so ging. Im Gegenteil.

Ein sanfter Kuss landete auf Liams Schulter. „Er hat eben seinen eigenen Kopf, besonders wenn ich in deiner Nähe bin." Gähnend zog Troy Liam noch näher zu sich. Dessen Augen fielen zu und er wünschte sich, die Sorgen einfach abschalten zu können.

„Was, wenn wir diese Leute nicht aufhalten können? Das könnte die Ranch ruinieren."

„Wir werden sie aufhalten", erwiderte Troy, doch Liam hörte, dass er nicht wirklich davon überzeugt war. „Irgendwie werden wir sie stoppen und die Leute davon überzeugen, was das alles für Auswirkungen haben kann. Das braucht aber seine Zeit. Schlaf jetzt. Dir Sorgen zu machen ändert auch nichts und morgens bist du dann nur müde." Liam nickte und schloss die Augen. Angestrengt versuchte er, einzuschlafen, doch selbst die normalen Geräusche der Ranch, die durch das offene Fenster hereinwehten, konnten ihn nicht beruhigen.

„Was war das?", fragte Troy einige Zeit später und setzte sich im Bett auf. Nachdem er endlich eingeschlafen war, wachte Liam mit einem Ruck auf.

„Ein Wolf, denke ich. Wally sagt, manchmal hören die Katzen sie, wenn sie vom Nationalpark herunterkommen", erklärte Liam und kurz darauf brüllte Manny so laut, dass es von den Bergen widerhallte.

„Also ist das hier Teil ihres Territoriums", stellte Troy fest, während Liam wartete, dass er sich wieder ins Bett legte. Weitere Schreie hörten sie nicht mehr und irgendwann schlief Liam ein.

Liam erwachte wieder, als Troy aus dem Bett stieg. „Ist etwas passiert?", fragte er. Daraufhin lehnte sich Troy über das Bett und küsste ihn liebevoll.

„Nein, ganz und gar nicht", antwortete er. In seiner Stimme schwang ein Hauch Aufregung mit. „Ich muss nur ein paar Telefonate führen." Troy zog sich fertig an und verließ dann das Zimmer. Liam kuschelte sich noch mal unter die Decke und schlief prompt wieder ein. Kurze Zeit später kam Troy wieder zurück und Liam wurde erneut wach. „Stehst du jetzt auf? Ich denke da warten schon ein paar Katzen auf ihr Frühstück."

„Hast du deine Anrufe erledigt?", fragte Liam gähnend.

„Ja, aber ich bin mir nicht sicher, ob daraus was wird." Troy war sichtlich nervös, die vorherige Aufregung war verschwunden. „Jeanie und Sofia kommen heute …"

„Ich weiß", erwiderte Liam. Er hatte nicht wirklich damit gerechnet, sie kennenzulernen, obwohl er schon neugierig war, wie

Troys Ex-Frau so war. Sie hatten kurz darüber geredet und Liam rechnete damit, Troy nicht sehr oft zu sehen, bis Jeanie und Sofia wieder gingen. Troy trat auf das Bett zu. Liam wollte schon die Decke zurückwerfen und aufstehen, da schlangen sich Troys Arme um ihn und zogen ihn fest an seinen Körper, bevor er ihn hart küsste.

„Das habe ich gebraucht", sagte Troy, als sich ihre Lippen trennten. „Ich bin wirklich nervös."

„Das solltest du nicht sein. Jeanie hat dich angerufen – das Ganze war ihre Idee. Ich denke, das ist ein gutes Zeichen. Vielleicht heißt das, dass sie anfängt, alles hinter sich zu lassen. Etwas, das ihr vielleicht beide tun solltet." Oh Gott, Liam hoffte so sehr, dass das stimmte. Troy musste etwas von der Schuld, die er fühlte, ablegen. Die Gefühle, die er für Troy empfand, wurden immer stärker, das wusste Liam. Jedoch hatte er keine Ahnung, ob es eine Chance für ihn gab, solange Troy sich schuldig fühlte und seine Vergangenheit nicht hinter sich lassen konnte.

„Aber ich bin nervös. Ich liebe Sofia. Was ist, wenn sie nichts mehr mit mir zu tun haben will? Und dann ist da noch Jeanie. Ich weiß absolut nicht, was ich fühlen soll, wenn ich sie wiedersehe. Himmel, vielleicht wird sie weit ausholen und mich ordentlich verdreschen. Und ich könnte es ihr noch nicht einmal verübeln."

„Hörst du jetzt endlich damit auf?", herrschte Liam ihn sanft an, drückte sich an Troy vorbei und stand auf. „Ja, du hast sie verletzt. Doch dich in deinen eigenen Gefühlen wie ein Märtyrer zu suhlen hilft weder dir noch ihnen. Du hast eine lange Zeit versteckt, wer du wirklich bist. Na und? Das haben andere Menschen ihr ganzes Leben lang getan, aus Angst, umgebracht zu werden. Am Ende warst du aber ehrlich und das hat wehgetan. Aber auf lange Sicht gesehen sind sie so besser dran. Auch du. Also mach deinen Frieden mit ihnen."

„Du klingst wie Wally", warf Troy ihm vor. Liam verschränkte daraufhin die Arme vor der Brust, vollkommen vergessend, dass er splitternackt war.

„Und? Er ist verdammt schlau." Für Troys leises Lachen hatte Liam nur einen mürrischen Blick übrig. „Was ist so lustig?", verlangte Liam zu wissen.

„Dieser Blick würde besser funktionieren, wenn du nicht nackt wärst." Troys Lachen verstummte, als Liam an sich heruntersah und feststellte, dass Troy wahrscheinlich recht hatte.

„Das heißt aber nicht, dass ich unrecht habe", konterte Liam.

„Nein, das tut es nicht." Schmunzelnd legte Troy seine Hände um Liams Hüfte, zog diesen näher zu sich und lehnte den Kopf gegen Liams Bauch. „Nicht im Geringsten."

Gewisse Teile von Liams Anatomie waren plötzlich sehr interessiert an Troys Nähe. Ein weiteres leises Lachen drang an sein Ohr und er spürte, wie Troy zärtlich seine Hoden in die Hand nahm. Still stand er da, atmete stoßweise und wartete, was Troy als Nächstes tun würde.

Ein Klopfen an der Tür ließ Liam zusammenzucken. Hektisch wand er sich aus Troys Umarmung und suchte nach seiner Kleidung. „Liam, bist du schon auf?"

„Ja, Wally. Ich komme gleich", rief Liam durch die Tür. Wallys Lachen wurde immer leiser, als er sich von der Tür entfernte. „Siehst du, zu was du mich gebracht hast? Ich komme zu spät zur Arbeit und Wally wird richtig sauer auf mich sein." Liam zog sich fertig an, war aber nicht wirklich böse. Als er Troy anlächelte, erwiderte dieser das Lächeln. Sie küssten sich noch einmal, dann eilte Liam aus dem Zimmer, Troy folgte ihm. Draußen verabschiedeten sie sich voneinander und Liam wünschte seinem Geliebten viel Glück, bevor er sich an seine Arbeit machte.

Liam versuchte, sich mit Arbeit abzulenken, doch immer wieder an diesem Morgen fragte er sich, wie es Troy ging. Sein Bein fühlte sich wesentlich besser an, deshalb half er im Stall mit, als er mit seinen Aufgaben fertig war. Nur zum Mittagessen legte er eine Pause ein.

„Liam, unser Anwalt hat mich gerade angerufen und er möchte mit dir reden." Dakota sah sehr besorgt aus. „Könntest du mit in mein Büro kommen? Er ruft uns in ein paar Minuten zurück."

Erstaunt legte Liam sein Werkzeug weg, dann folgte er Dakota in das kleine Büro, dessen Schreibtisch wie aus dem Ei gepellt da stand. Normalerweise arbeitete Phillip hier. Offensichtlich war der

Mann sehr kleinlich, was seinen Arbeitsplatz betraf. In dem Moment, als sich Liam auf einen der Stühle setzte, klingelte das Telefon. Dakota nahm ab und schaltete den Lautsprecher ein. „Liam, das ist John Fabian. Er hat die Unterlagen durchgesehen, die dein Vater dir gegeben hat."

„Hallo Liam", sagte John. „Ist Dakota noch da?"

„Ja", antwortete Liam.

„Willst du, dass er bleibt?", wollte John wissen. Dakota stand schon auf und ging zur Tür.

„Ja", erwiderte Liam und fragte sich, was genau eigentlich los war. Er wünschte sich wirklich, dass auch Troy zur Unterstützung hier wäre, da er vermutlich nur schlechte Nachrichten von dem Anwalt zu hören bekommen würde.

„In Ordnung. Ich musste das nur fragen, wegen der Vertraulichkeit", erklärte John und Dakota setzte sich wieder. „Ich habe mir die Unterlagen angesehen und zuerst war mir nicht klar, warum dein Vater will, dass du sie für den Verkauf der Ranch unterzeichnen sollst. Wie ich aber feststellen konnte, ist es nötig, da es nicht seine Ranch ist. Ich musste zwar ganz schön tief graben, aber es sieht so aus, als gehörte die Ranch deinem Großvater. Er starb, als du noch klein warst, und hat sie dir und deiner Mutter jeweils zur Hälfte vermacht. Dein Anteil wurde in treuhändische Verwaltung gegeben, mit deinen Eltern als Verwalter. Anscheinend hat deine Mutter schon vor Jahren das Grundstück dem Fonds überschrieben. Details darüber zu finden war sehr schwierig, aber ich habe es geschafft. Du hast zwar noch nicht das Alter, um an den Fonds zu kommen, aber seit du achtzehn bist, ist dein Einverständnis nötig, um größere Veränderungen des Treuhandvermögens zu veranlassen. Und die Ranch zu verkaufen, ist eine größere Veränderung."

„Warum sollte er das tun?", fragte Liam. Vollkommen durcheinander drehte sich sein Kopf, doch am anderen Ende der Leitung blieb es still. Liam hob den Blick vom Schreibtisch und sah Dakota an. Da wusste er es. Er konnte auf Dakotas Gesicht lesen, dass er es auch wusste. „Er wollte mich bestehlen, richtig?"

„Ich kenne deinen Vater nicht und weiß nicht, wie er sonst so ist, aber es sieht so aus, als wäre das möglich, ja. Er könnte sagen, dass er das Geld abgezogen hat, um die Verwaltung des Fonds zu sichern. Und da es nicht fällig wird, bist du fünfundzwanzig bist, wäre bis dahin vielleicht nicht mehr viel Geld übrig."

„Was soll ich nur tun?" Liam fühlte sich völlig hilflos. So, wie er sich durch seinen Vater immer gefühlt hatte.

„Momentan nichts. Lass mich noch weiter graben und weitere Möglichkeiten recherchieren", riet ihm John. Überfordert sah Liam zu Dakota. Dieser nickte und Liam stimmte schließlich zu. Nach ein paar Höflichkeitsbekundungen beendeten sie das Gespräch. Liam starrte Dakota an und konnte einfach nicht glauben, was er da gerade gehört hatte.

„Würde er das wirklich tun?", fragte er, erwartete jedoch von Dakota keine Antwort. „Ja, er würde, dieser alte Bastard", beantwortete Liam seine eigene Frage, ehe er aufstand. „Danke dir, Dakota."

„Keine Ursache. John wird eine Antwort finden, mach dir keine Sorgen." Liam wusste, dass Dakota nur versuchte, ihn zu beruhigen. Um das Geld machte er sich allerdings keine Sorgen.

„Das ist es nicht. Ich habe gerade herausgefunden, wie habgierig und hasserfüllt mein Vater tatsächlich sein kann. Manchmal habe ich gedacht, dass es meine Schuld war, dass er mich so behandelt hat. Ich wusste, dass ich eine Enttäuschung für ihn war." Liams Hand zitterte, als er zur Tür ging. „Ich bin mir nicht sicher, was mehr wehtut. Der Gedanke, dass mein Vater mich bestehlen wollte oder dass er gedacht hat, dass ich zu blöd bin, um es herauszufinden." Traurig drehte Liam den Türknauf herum und verließ das Büro. Beinahe wäre er in Wally hineingerannt, als er über den Flur hetzte, um nach draußen an die frische Luft zu kommen.

„Ist alles in Ordnung?", fragte Wally. Liam schüttelte nur den Kopf, da er seiner Stimme gerade nicht vertraute. „Troy hat gerade angerufen und gefragt, ob du ihn zurückrufen kannst. Dein Handy liegt auf dem Tresen", fügte Wally hinzu, bevor er auf das Büro zusteuerte.

Liam sah ihm nicht hinterher, sondern schnappte sich sein Handy, um Troy anzurufen und fragte sich, ob was passiert war. Gott, er hoffte nicht. Er drückte die Tasten und wartete auf die Verbindung. „Troy?"

„Liam, du hast meine Nachricht also bekommen."

„Ja. Wally hat es mir gerade gesagt."

„Was ist los?", erkundigte sich Troy sofort. „Du klingst nicht gut."

„Ich habe nur mit dem Anwalt über die Unterlagen meines Vaters gesprochen." Liam schluckte hart und hielt kurz inne, um sich wieder zu sammeln. „Mir geht es gut. Brauchst du etwas?"

„Jeanie und Sofia sind angekommen und Jeanie fragt, ob sie dich kennenlernen könnte." Troy klang aufgeregt, doch Liam wurde schlecht. Das war zu viel. Mit zitternder Hand starrte er auf das Handydisplay, bevor er einfach auflegte. Auf keinen Fall konnte er Troys Ex-Frau treffen. Nicht jetzt. Erschöpft ging Liam ins Wohnzimmer, ließ sich auf einen der Stühle fallen und legte den Kopf zwischen die Knie.

„Es ist okay, Liam", sagte Wally leise hinter ihm. Er hatte nicht einmal gehört, wie er hereingekommen war. „Entspann dich einfach und atme tief durch. Dakota hat mir erzählt, was passiert ist. Wenn ich deinen Vater noch einmal sehe, landet mehr als nur sein Hintern im Dreck."

Wenn er nicht solche Schwierigkeiten gehabt hätte, zu atmen, hätte Liam gelacht. In der nächsten Sekunde spürte er Wallys Hand auf seinem Rücken. Sanft und langsam streichelte sie ihn. Tief atmete Liam ein und hoffte, sich nicht doch noch übergeben zu müssen.

Gott sei Dank musste er das nicht. Ganz langsam hörte der Raum auf, sich zu drehen und die Doppelbilder vor seinen Augen verschwanden ebenfalls. „Es ist wieder okay", sagte Liam zwischen zwei Atemzügen.

„Lass es ruhig angehen", riet Wally, als es laut an der Tür klopfte. „Ich gehe schon. Du bist okay?" Liam nickte und hörte, wie die Haustür geöffnet wurde. Kurz darauf folgte Troys Stimme seinen eiligen Schritten.

„Geht es dir gut?", erkundigte sich Troy neben ihm und nahm seine Hand. „Als du ohne ein Wort zu sagen einfach aufgelegt hast, habe ich mir Sorgen gemacht, dass was passiert ist, und bin sofort hierhergefahren."

„Ich bin okay. Ich schätze, ich bin ein bisschen überreizt." Liam atmete tief ein und auch die Enge in seiner Brust schien schwächer zu werden.

„Es tut mir leid, dass ich dich vorhin so geschockt habe", sagte Troy und hielt ihn einfach nur fest.

„Das war es nicht. Na ja, nicht nur." Inzwischen atmete Liam wieder normal und gleichmäßig. Er war froh, dass das, was immer auch über ihn gekommen war, scheinbar vorbei war. „Ich denke, es geht wieder." Vorsichtig setzte sich Liam aufrecht hin und lehnte sich zurück. „Zu viele Überraschungen auf einmal", meinte er und hoffte, dass das tatsächlich der Grund für all diese merkwürdigen Gefühle war. „Das ist mir vorher noch nie passiert." *Gott sei Dank*, und hoffentlich passierte das auch nie wieder.

„Es tut mir so leid, dass ich so gleichgültig war", fuhr Troy fort und nahm Liams Hand in seine. Dessen Herzschlag normalisierte sich wieder und der Schweiß, der an seinem ganzen Körper ausgebrochen war, begann zu kühlen. „Willst du ein Glas Wasser?" Kopfschüttelnd atmete Liam einfach nur gleichmäßig weiter, schloss die Augen und ließ alles sacken.

„Du hast mich einfach nur erschreckt, das ist alles." Liam wollte erklären, dass wahrscheinlich eher der Mist mit seinem Vater der Auslöser gewesen war, doch dafür hatte er in diesem Moment nicht die Energie. Alles, was er wollte, war, sich an einem ruhigen Ort ein Weilchen zu verstecken. „Mir geht es gut, versprochen. Du solltest jetzt wieder zu Jeanie und Sofia, bevor sie sich fragen, ob dir was passiert ist." Liam wollte nicht, dass jeder um ihn herumscharwenzelte; das machte ihn verlegen und er brauchte Raum zum Atmen. „Was?", fragte er, als er sah, wie Troy auf seine Unterlippe biss. „Was ist los?"

„Als du angerufen hast, waren wir gerade auf dem Weg in die Stadt", erklärte Troy.

„Wir?", hakte Liam nach, bis er begriff, was Troy gesagt hatte. „Sie sind hier?" Erneut zog sich seine Brust zusammen und er schloss die Augen, um dieses Pochen zu stoppen. Warum er so reagierte, wusste er eigentlich gar nicht.

„Ja. Sie und Sofia sind draußen im Truck." Troy klang besorgt und hin- und hergerissen. „Ich will dich nicht alleine lassen, solange es dir nicht gut geht."

Mit weit geöffneten Augen sah Liam Troy aufmerksam an. „Ich verspreche dir, sie kennenzulernen, bevor sie abreisen. Wenn du das willst. Und wenn wir alleine sind, erzähle ich dir, was los ist. Aber erst solltest du Zeit mit den beiden verbringen und eure Probleme lösen." Liam atmete ruhig weiter, während er versuchte, sich seine Ängste nicht anmerken zu lassen. Troy drückte seine Hand und er spürte einen sanften Kuss auf seiner Wange, bevor Troy ging. Liam sah, wie sich Troy an der Tür noch einmal umdrehte und ihn sorgenvoll ansah. Dann öffnete er die Tür und verschwand.

Erst, als Troy weg war, konnte Liam wieder besser atmen und etwas von seiner inneren Unruhe ließ nach. Jedoch folgten sogleich neue Sorgen. „Ist das alles okay für dich?", fragte Wally.

„Ja … nein … Ich weiß es nicht", antwortete Liam. „Mir ist klar, dass Troy sich mit Jeanie und Sofia versöhnen muss, in seinem eigenen Interesse. Er trägt eine Menge Schuld und Schmerz mit sich herum und er muss etwas davon endlich loslassen. Das weiß ich." Wieder atmete Liam tief ein und lehnte sich zurück.

„Was macht dir dann solche Sorgen?", erkundigte sich Wally, der sich Liam gegenüber auf die Couch setzte.

Noch einmal nahm Liam einen tiefen Atemzug und ließ die Luft langsam wieder raus. „In Troys Hütte kann man den Winter über nicht leben. Ich denke, ich mache mir einfach Sorgen, wenn er sich mit Jeanie und Sofia versöhnt, dass er dann wieder zurückgeht. Ich kann es ihm nicht verdenken, in der Nähe seiner Tochter sein zu wollen." Nun, da er zu reden angefangen hatte, konnte Liam irgendwie nicht verhindern, alles zu erzählen. „Er verdient es, bei Sofia zu sein und sie hat es verdient, ihren Vater in ihrem Leben zu haben. Troy ist ein toller Mensch und er ist ein guter Vater. Auf jeden Fall um einiges besser, als der Vater, den ich habe." Dieser verbale Hieb in Richtung seines Vaters musste sein. „Aber ich will nicht, dass er geht. Ich will, dass er hier bleibt." Das „bei mir" ließ er geflissentlich weg, da es einfach zu armselig klang. Doch Wally wusste genau, was er meinte, das konnte Liam an seinem Gesicht erkennen.

„Ich weiß genau, was du fühlst und wenn ich dir sagen könnte, dass alles gut wird, würde ich es tun. Aber das kann ich nicht. Ich weiß, wie sehr du Troy magst. Es ist so offensichtlich, wann immer du ihn ansiehst und ich glaube, er fühlt dasselbe. Hast du ihn schon gefragt, was er vorhat?"

Liam schüttelte den Kopf. „Ich möchte, dass er seine eigenen Entscheidungen trifft. Er fühlt sich schon schuldig genug für das, was er Jeanie und Sofia angetan hat. Da möchte ich nicht noch Öl ins Feuer gießen."

„Liam, Süßer …" Wally erhob sich vom Sofa und innerhalb von Sekunden fand sich Liam in einer festen Umarmung. „Ich wünschte, es gäbe etwas, das ich tun könnte." Wally ließ ihn nicht los. „Aber was soll dieses Versprechen, Troys Ex-Frau kennenzulernen?"

In Wallys tröstenden Armen entspannte sich Liam sichtlich. „Offenbar will sie mich kennenlernen. Ich muss zwar zugeben, dass ich neugierig auf sie und Sofia bin, aber ich weiß nicht, was ich von der ganzen Sache halten soll. Irgendwie ist es schon komisch."

Eine Zeit lang sagte Wally nichts. Schließlich nahm er seine Arme herunter und kehrte zum Sofa zurück. Er sah aus, als wäre er tief in Gedanken. „Ich verstehe, dass es dir komisch vorkommt, aber vielleicht ist es gar keine so schlechte Idee. Troy möchte, dass du sie kennenlernst. Damit zeigt er, dass du nicht irgendein schmutziges Geheimnis für ihn bist oder jemand, den er heimlich trifft. Er ist ehrlich zu ihr, zu dir und zu sich selbst. Das kann für keinen von euch schlecht sein."

„Aber was ist, wenn er weggeht, um näher bei seiner Tochter zu sein?" Sorgfältig achtete Liam darauf, nicht zu ängstlich zu klingen.

Unschlüssig zog Wally die Schultern hoch. „Wenn mir etwas zu viel wird, mach ich einfach immer eins nach dem anderen. Momentan passiert einfach so vieles gleichzeitig und das ist das Einzige, was wir tun können." Wally erhob sich und Liam spürte, wie er ihm das Knie tätschelte. „Mach dich locker und lass es einfach ruhiger angehen. Tut mir leid, aber ich hab noch einige Sachen zu erledigen und muss noch ein paar Telefonate führen. Ich seh dich dann später. Aber versprich mir, dass du nicht nur hier rumsitzt und dir Sorgen machst."

Unmerklich nickte Liam und wartete, bis Wally weg war, bevor er vorsichtig aufstand und nach draußen zu den Katzen ging, die sich in der Sonne aalten. Manny hob nicht mal den Kopf, als er näher kam, sein Schwanz schlug auf das Gras. Liam versorgte sie alle mit genügend Wasser. Gespannt, was noch so passieren würde, ging er anschließend zum Stall hinüber.

8

T ROY LIESS Liam im Haus zurück und ging zu seinem Truck. Er wusste, dass zwei Augenpaare jeden seiner Schritte genau verfolgten. Als er die Wagentür öffnete, einstieg und die Tür zuschlug, wanderten beide Blicke zu ihm. „Geht es ihm gut?", erkundigte sich Jeanie.

„Ja. Ich denke, er hat sich nur ein bisschen erschreckt. Das liegt aber nicht an dir. Er hat etwas von seinem Vater erwähnt."

„Du kannst Sofia und mich auch ins Hotel zurückfahren, wenn du willst", meinte Jeanie. Seitdem er sie am Hotel abgeholt hatte, waren Jeanie und er sichtlich nervös miteinander umgegangen. Troy hatte beiden seine Hütte gezeigt und gerade, als sie auf dem Weg in die Stadt waren, um etwas zu essen, hatte Liam angerufen.

„Ist schon gut", entgegnete Troy ruhig. „Was möchtest du essen, Süße?", fragte er Sofia.

„Nuggets, Papa", antwortete sie. Augenblicklich schwoll Troys Herz an. Bis jetzt hatte sie noch kein Wort zu ihm gesagt. Seit er sie das erste Mal wiedergesehen hatte, hing sie an ihrer Mutter und hatte geschwiegen. Ein paar Mal hatte sie Jeanie Antworten auf seine Fragen zugeflüstert, doch abgesehen davon hatte sie ihn nur mit großen Augen angesehen, als wäre er ein Fremder.

„Okay, also Nuggets. Ich denke, das Diner in der Stadt hat genau das, was du willst. Einen McDonalds gibt es hier nicht. Ist das in Ordnung?", hakte Troy nach. Sofia nickte. Den Rest der Fahrt in die Stadt sprachen sie nicht viel miteinander. Troy parkte direkt vor dem kleinen Restaurant und wartete auf Jeanie, um ihr den Vortritt zu lassen. Auf dem Bürgersteig wollte Troy nach Sofias Hand greifen, wie er es immer getan hatte. Doch sie entzog sich und griff stattdessen nach Jeanies Hand. Auch wenn Troy damit hätte rechnen sollen, tat es dennoch weh. Jeanie murmelte ihm wohlwollend zu: „Gib ihr Zeit." Danach zog sie die Tür auf und ging hinein. Troy hatte gewusst, dass es schwer werden würde, doch das war tatsächlich stark untertrieben.

Die Tischdame führte sie zu einem kleinen Tisch. Sofia setzte sich neben Jeanie, Troy saß ihnen gegenüber. „Also", begann Jeanie, als sie ihre Speisekarten vor sich liegen hatten. „Wie geht es dir wirklich?"

„Ich bin vollkommen durcheinander", waren die ersten Worte, die seinen Mund verließen. Allerdings wünschte er sich sofort, dass er sie wieder zurücknehmen könnte.

„Mami, ich muss mal", sagte Sofia und rutschte vom Stuhl.

„Möchtest du, dass ich mitgehe?", fragte Jeanie, woraufhin Sofia mit den Augen rollte.

„Ich bin kein Baby mehr." Jeanie und Troy sahen zu, wie Sofia selbstbewusst auf die Toiletten zusteuerte. Jeanie drehte sich zu ihm um, doch Troy wusste, dass sie immer noch ein Auge auf die Toiletten hatte.

„Ich kenne dieses Gefühl. Aber ich hatte Zeit, nachzudenken und ich hoffe, dass ich etwas begriffen habe. Nein, Troy", fügte sie hinzu, als er den Mund öffnete, „bitte lass mich das ein für alle Mal sagen." Troy schloss seinen Mund wieder und wappnete sich für einen verbalen Angriff. „Wir waren sechs Jahre verheiratet und die meisten waren sehr glücklich gewesen. Wir waren glücklich, oder zumindest habe ich gedacht, dass wir es waren. Trotzdem ist mir etwas klar geworden. Die letzten paar Jahre haben wir mehr als Freunde zusammen gewohnt, die eine Tochter haben. Andere Paare fahren alleine in Urlaub; das haben wie nie getan. Wir haben immer unser hektisches Leben als Ausrede benutzt."

„Auf was willst du hinaus?", fragte Troy leise.

Jeanie nahm einen Schluck ihres Wassers. „In letzter Zeit habe ich viel mit deinem Bruder, Kevin, gesprochen und er war …" Kopfschüttelnd trank sie noch einen Schluck. „Er war einfach nur toll. Er hat so gut er konnte versucht, mir alles zu erklären und er war für uns beide da. Er hat mir klargemacht, dass du dich nicht nur vor uns versteckt hast, sondern auch vor dir selbst. Wie ich am Telefon schon gesagt habe, beginne ich zu verstehen und sogar zu verzeihen. Als du es mir gesagt hast, war ich fürchterlich verletzt, doch jetzt begreife ich, dass du genauso verletzt warst. Und vielleicht ist es an der Zeit, dass wir herausfinden, wie wir zusammen leben können. Um unseretwegen und wegen Sofia."

„Was willst du damit sagen? Dass ich zurückkommen soll?", fragte Troy skeptisch. Er bezweifelte zwar, dass sie das gemeint hatte, aber das war die einzige Möglichkeit, die er aus ihrer Aussage heraushören konnte.

„In gewisser Hinsicht. Ich denke, wir beide brauchen dich in unserem Leben. Für mich als ein Freund und für Sofia als Vater. Das letzte Jahr war für uns alle sehr schwer und ich glaube nicht, dass wir so weitermachen sollten wie vorher."

„Was schlägst du also vor?" Troy glaubte, seinen Ohren nicht trauen zu können.

„Ich weiß nicht, wo du leben möchtest. Aber wenn du hier bleibst, solltest du zumindest für ein paar Wochen im Jahr zurückkommen. Und Sofia kann dich hier eine Zeit lang in den Sommerferien besuchen. Feiertage und anderes können wir ja noch besprechen. Ihr müsst im Leben des anderen eine Rolle spielen."

„Und ich dachte, ich habe jede Möglichkeit darauf zerstört", sagte Troy und auf seinem Gesicht brach ein glückliches Lächeln aus. „Das ist mehr, als ich mir erträumt habe. Darf ich fragen, was dich dazu bewogen hat?"

„Teils Kevin, teils du selbst. Als wir uns getrennt haben, habe ich nicht gesehen, was du alles getan hast, damit Sofia und ich versorgt sind. Bis jetzt. Ich war zu traurig und wütend, um zu verstehen, was für eine wundervolle, großzügige Geste das war. Du hast nichts aus unserer Beziehung mitgenommen und das aufgegeben, was du von deinen Eltern bekommen hast, damit Sofia und ich versorgt sind. Das hätten nicht viele getan. Du schon."

„Du warst meine Frau und sie ist meine Tochter. Etwas anderes hätte ich nicht tun können", sagte Troy ehrlich. Jeanie nickte verstehend und sah noch einmal zu den Toiletten. Da kam Sofia zurück an den Tisch.

„Und darum sind wir hier", fügte Jeanie noch hinzu, bevor sie Sofia auf ihren Platz ließ. Anschließend beugte sie sich zu Sofia herunter und flüsterte ihr etwas ins Ohr, das Troy nicht hören konnte.

„Aber Papa hat dich traurig gemacht", sagte Sofia.

„Ich weiß, aber Papa tut es sehr leid", meinte Jeanie und blickte abwechselnd zwischen Sofia und Troy hin und her.

„Ist schon gut", sagte Troy. „Ich muss ihr Zeit geben." Das war das Schwerste, was er jemals in seinem Leben getan hatte. Doch er wusste, dass er geduldig sein und Sofia das Tempo bestimmen lassen musste. Wenn er eine Chance bei ihr haben wollte, musste es nach ihren Bedingungen geschehen.

Der Kellner kam an ihren Tisch und sie bestellten ihr Essen und die Getränke. „Hat dir der Flug Spaß gemacht, Sofia?"

„Ja. Mami hat mich am Fenster sitzen lassen", antwortete Sofia mit einem schwachen Lächeln auf ihrem kleinen Gesicht. Troy hasste es, dass sie so ruhig und zurückhaltend geworden war. Sie war fünf Jahre alt und über die letzten paar Monate schien sie sehr gereift zu sein.

„Konntest du in der Luft lustige Dinge sehen?"

„Wolken und solche Sachen", antwortete Sofia leise, beinahe, als wäre Troy ein Fremder. „Es war richtig lustig, bis ich anfing, mich komisch zu fühlen. Aber Mami hat mir diese scheußlichen pinken Tabletten gegeben und ich habe mich wieder besser gefühlt."

„Gehst du immer noch gerne zur Schule?"

„Ja. Ich bin in derselben Klasse wie Callie und Ruthie." Sofia klang wirklich ein bisschen aufgeregt und Troy war froh, dass sie nicht einfach nur dasaß und ihn wie vorhin musterte. „Daddy, an dem Haus, wo wir angehalten haben, gab es Pferde."

„Möchtest du die Pferde aus der Nähe sehen? Ich könnte nachfragen, ob das in Ordnung wäre." Er wusste, dass Wally und Dakota ihm womöglich schon erlauben würden, Sofia die Ranch zu zeigen. „Wally ist Tierarzt und er hat einige besondere Tiere auf der Ranch. Ich wette, er würde sie dir auch zeigen. Ich werde mal fragen, ob du die Pferde sehen kannst."

Ein zaghaftes Lächeln umspielte Sofias Lippen. Kurz darauf kamen ihre Getränke und das Essen. Während sie aßen, redete Sofia fast pausenlos und wollte alles Mögliche über die Pferde wissen. Troy wusste nicht viel, beantwortete jedoch geduldig ihre Fragen. Einfach weil er froh war, dass sie überhaupt über etwas mit ihm sprach. Selbst Jeanie hörte offenbar interessiert zu. Troy war sichtlich entspannter und in ihm machte sich ein Gefühl breit, als würde sich die Last, die seit Monaten auf seinen Schultern lag, endlich lichten.

„Soll ich euch zurück zum Hotel fahren?", fragte Troy, als sie das Diner verließen.

„Ja, bitte. Die haben dort ein Schwimmbad, in dem Sofia schwimmen kann. Wir rufen dich morgen früh an. Vielleicht können wir einen Ausflug in einen der Parks machen", schlug Jeanie vor. Troy hatte zwar gehofft, dass sie alle zurück zur Hütte fahren könnten, aber er wollte sie nicht zu sehr unter Druck setzen. Bis jetzt war alles so viel besser gelaufen, als er es sich erhofft hatte.

NACHDEM ER die beiden also am Hotel abgesetzt hatte, fuhr er nach Hause. Doch zuerst machte er einen Zwischenstopp auf der Ranch, da er sich wirkliche Sorgen um Liam machte.

Dort angekommen fand er Liam bei der Abendfütterung der Katzen. „Geht es dir besser?", fragte Troy, als er sich Liam näherte, um ihn nicht zu erschrecken.

Liam legte eine kurze Pause ein. „Ja. Wie ist es mit Jeanie und Sofia gelaufen?"

„Besser, als ich es mir erhofft hatte. Wenn du hier fertig bist, erzähle ich dir alles." Troy war so aufgeregt, er konnte es kaum erwarten, Liam davon zu berichten. Liam nickte und Troy trat zurück, um ihn ohne Störung weiterarbeiten zu lassen. Anschließend folgte er ihm ins Haus. Im Wohnzimmer erzählte Troy Liam aufgeregt, was Jeanie gesagt hatte. „Es ist zwar nicht perfekt, aber ich denke, es ist ein guter Start." Die Erleichterung und Hoffnung, die Troy gespürt hatte, als er Jeanie zugehört hatte, wandelte sich zu ausgewachsener Glückseligkeit, während er mit Liam sprach.

Troy hatte erwartet, dass Liam sich für ihn freuen würde. Doch auf seinem Gesicht erkannte er immer noch dieselbe Besorgnis wie vorher. „Klingt so, als hättest du alles bekommen, was du wolltest und das ist wunderbar. Ich freue mich wirklich für dich." Liam erhob sich, ging langsam zu den Fenstern und blickte hinaus auf den Hof. „Wann fährst du wieder nach Hause? Ich gehe davon aus, dass du in Sofias Nähe sein willst und das kann ich dir nicht verdenken. Sie verdient es, Zeit mit dir zu verbringen. Sie ist deine Tochter und braucht dich."

Troy konnte nur Liams Rücken sehen, doch der Tonfall seiner Stimme und die Art, wie er unbehaglich von einem Fuß auf den anderen trat, sagten Troy alles, was er über Liams Gefühle wissen musste. „Ich werde hierbleiben." Troy stand auf, ging zu Liam und schlang seine Arme um dessen Hüfte. „Weißt du nicht, dass das, was heute passiert ist, ohne dich nicht möglich gewesen wäre? Ich war innerlich wie tot und du hast mir geholfen, zurückzukommen, damit ich wieder etwas fühlen kann. Ich war so von meiner Schuld erfüllt, dass ich nichts anderes mehr gesehen habe. Durch dich hat sich das geändert." Troy drehte Liam in seinen Armen zu sich um. „Du hast mir gezeigt, dass es da jemanden gibt, dem ich wichtig bin. Das habe ich in deinem Gesicht gesehen, als du mich angesehen hast und es stand in deinen Augen, als wir uns geliebt haben."

„Ich habe gar nichts getan", protestierte Liam schwach.

„Doch, das hast du und dafür liebe ich dich mehr, als ich je sagen könnte." Da, Troy hatte tatsächlich gesagt, was er in seinem Herzen spürte, statt sich vor Schuld und Feigheit zu verkriechen. Und verdammt, das fühlte sich so gut an. Der Ausdruck auf Liams Gesicht war jedes bisschen Angst wert, die er gespürt hatte, seit ihm vor ein paar Wochen klar wurde, was er für Liam empfand.

„Ist das wahr?" Liam hob den Blick und sah in Troys Augen. Das blau war jetzt erschreckend dunkel und tiefgründig. „Du liebst mich?"

„Ja", antwortete Troy leise und konnte nicht verhindern, sich an das letzte Mal zu erinnern, als er diese Worte zu jemandem gesagt hatte. Dieses Mal allerdings spürte er keine Beklommenheit oder Angst in sich. „Das tue ich. Niemals hätte ich gedacht, dass ich jemanden lieben könnte; ich hätte nicht gedacht, dass ich dazu noch fähig wäre." Bei diesen Worten hämmerte sein Herz heftig in seiner Brust. „Ich möchte hier bleiben. Mir gefällt es hier und ich mag die Menschen. Sie sind freundlich und eine Stütze und sie sind *echt.* Es fühlt sich so an, als hätte ich ein Zuhause gefunden." Troy verstummte und wartete darauf, dass Liam etwas dazu sagte. Bis jetzt hatte fast nur er gesprochen. Er musste wissen, wie Liam fühlte, wenn er es auch mehr oder weniger in seinen Augen sehen konnte. So wie sie umhertanzten und durch das Lächeln, das auf Liams Lippen kurz vorher erschienen war, hatte er wohl begriffen, dass er es nicht mehr länger für sich behalten konnte.

„Bleibst du wegen mir?", wollte Liam wissen, nachdem er ein paar Mal heftig geschluckt hatte. „Weil das einfach nicht richtig wäre." In Liams Augen konnte Troy deutlich Angst, einen Hauch Hoffnung und Verlangen erkennen.

„Nein. Ich bleibe wegen mir und um mit dir zusammen zu sein. Das ist etwas ganz anderes. Ich glaube, dass ich auch hierbleiben wollen würde, wenn du nicht hier wärst." Innig drückte er Liam enger an sich. „Aber mit dir ist es viel schöner."

„Was ist mit Sofia? Sie verdient es, bei dir zu sein", entgegnete Liam. Sein Kopf ruhte an Troys Schulter und das fühlte sich richtig an.

„Das wird sie auch. Ich werde zu ihnen fahren, um sie zu sehen und sie wird mich hier oft besuchen kommen", antwortete Troy.

„Aber was ist mit …", begann Liam, doch Troy verschloss seinen Mund mit einem Kuss. Eigentlich sollte es ein sanfter, zärtlicher Kuss werden, einer, um die Fragen zu unterbinden und um Liam zu zeigen, wie er wirklich empfand. Doch daraus wurde ziemlich schnell mehr. Troy spürte, wie Liam den Mund etwas öffnete. Augenblicklich stieß Troys Zunge hinein, schmeckte und duellierte sich ein wenig mit ihrem Gegenüber. Aus den Tiefen von Liams Kehle drang ein leises Stöhnen und Troy küsste ihn nur noch verlangender, um noch mehr von diesen Lauten zu hören, die er so sehr liebte.

„Troy", sagte Liam, zog sich zurück und atmete heftig. „Das sollten wir nicht hier tun." Kaum hatte Liam den Satz ausgesprochen, wurde er von Troy an der Hand durchs Haus und in sein Schlafzimmer gezogen. Mit einem Fuß stieß Troy die Tür zu und zog Liam erneut an sich. „Troy, bitte hör auf."

Troy erstarrte, sah tief in Liams Augen und erkannte darin etwas, das er nicht erwartet hätte – Unsicherheit und Zweifel. „Was ist los?"

„Troy, das ist mir alles zu viel. Deine Ex-Frau und deine Tochter sind hier in der Stadt, mein Vater macht uns Schwierigkeiten und die ganze Wassersache mit der Ranch. Das wird mir einfach irgendwie zu viel." Liam setzte sich auf die Bettkante, Troy setzte sich neben ihn und nahm Liams Hand in seine.

„Es tut mir leid. Ich hätte nicht nur an mich denken dürfen. Ich habe mich einfach nur so wahnsinnig über das gefreut, was Jeanie gesagt hat, dass ich annahm, dir würde es ebenso gehen."

„Das bin ich. Ich freue mich, dass das alles so gut für dich ausgeht und ich bin so glücklich, dass du hier bleibst." Unruhig rutschte Liam hin und her. „Das bin ich wirklich. Es ist nur, ich weiß nicht, wie ich mit all dem, was momentan gerade passiert, umgehen soll." Liam atmete tief ein. „Ich glaube, mein Vater hat all die Gatter geöffnet und Dakotas Anwalt glaubt, dass er irgendetwas mit der Ranch in Texas vorhat. Ich weiß einfach nicht, wie ich mit all dem umgehen soll."

„Hey." Sanft berührte Troy Liams Arm. „Überstürze nichts. Du bist jetzt nicht mehr allein. Das heißt, wenn du das möchtest. Wally und Dakota helfen dir und ich auch, wenn du mich lässt." Gespannt wartete Troy auf Liams Reaktion. Zaghaft sah Liam ihn an und betrachtete sein Gesicht, als könnte er kaum glauben, was Troy gesagt hatte. „Ich liebe dich und ich werde dir helfen. Genau so, wie du mir geholfen hast."

„Wally hat auch schon gesagt, dass ich eins nach dem anderen machen soll. Aber das wird immer schwieriger." Liam schien erschöpft, deshalb schlang Troy seine Arme um ihn.

„Du musst nicht die ganze Last der Welt auf deinen Schultern tragen. Also nehmen wir uns erst mal eines vor, okay? Es klingt ganz so, als hätte Dakotas Anwalt etwas in der Hand, was auf der Ranch passiert. Möchtest du darüber reden?"

„Viel gibt es dazu nicht zu sagen, außer, dass dieser Bastard von einem Vater das tut, was man von ihm erwartet. Allerdings kann ich nichts dagegen tun …"

„Du kannst auch nichts dagegen tun, dass dein Vater die Gatter geöffnet hat. Wenn er es denn getan hat. Und nur um das klarzustellen, ich glaube auch, dass er es war. Weißt du eigentlich, ob Wally und Dakota Anzeige erstattet haben?", erkundigte sich Troy. Zur Antwort schüttelte Liam den Kopf.

„Aber der Bastard macht ihnen wegen mir Schwierigkeiten." Liam war anzusehen, dass immer mehr seiner Kraft und seines Zorns schwand, denn seine Schultern sackten merklich zusammen.

„Da spricht dein Vater aus dir. Ich weiß das, weil ich mich auch immer so gefühlt habe, wenn etwas schiefgelaufen war."

„Was hast du dann getan?"

„Jeden wie Dreck behandelt und mich wie ein riesiges Arschloch aufgeführt. Auf diese Weise hat mich keiner bedrängt, außer er wollte sich wirklich mit mir anlegen. Und in meiner Familie wollte das nie jemand." In dem Moment merkte Troy, dass er das Gespräch schon wieder auf sich gelenkt hatte. „Du bist nicht für deinen Vater und seine Taten verantwortlich. Das ist nur er selbst. Wann wollte dich Dakotas Anwalt zurückrufen?"

„In ein paar Tagen."

„Wenn er es tut, frag ihn, was du wegen deines Vaters unternehmen sollst. Ich würde dir nahelegen, dass du ihm alles erzählst, wenn du dem gewachsen bist. Wenn du willst, dann bin ich bei dir, aber er sollte alles wissen", schlug Troy vor. Liam nickte, sah aber nicht wirklich glücklich aus. „Eine Sache habe ich in all den Jahren, in denen ich für die Regierung gearbeitet habe, gelernt: Du kannst nicht mit dem Unbekannten kämpfen. Wissen ist Macht, also sag dem Anwalt alles und lass dir von ihm helfen."

„Was ist mit deiner Familie?"

„Jeanie möchte dich gerne kennenlernen. Ich denke, sie ist einfach neugierig. Aber wenn dir nicht danach ist, sage ich ihr, dass es nicht geht." Lächelnd fügte Troy hinzu: „Obwohl ich dir Sofia wirklich gerne vorstellen würde."

„Wird sie mich denn mögen?", fragte Liam leise.

„Sie werden dich beide mögen. Aber ich glaube, Sofia wird begeistert sein, wenn du sie auf einen besonderen Rundgang mitnehmen und ihr die Tiere zeigen würdest. Sie war zwar nur ein paar Minuten hier, aber sie hat schon danach gefragt, ob sie die Pferde sehen könnte." Einen Moment dachte Troy kurz nach. „Jeanie machte den Eindruck, als hätte sie eine Menge des Schmerzes und der Feindseligkeit, die sie mit sich herumgetragen hatte, abgelegt. Im Gegenzug konnte ich mich etwas von meiner Schuld befreien. Wir beide haben begriffen, dass wir es verdienen, glücklich zu sein. Und ich hoffe, sie findet irgendwann wieder jemanden. Denn ich glaube, jemanden gefunden zu haben", sagte Troy, der bemerkt hatte, dass Liam noch nicht gesagt hatte, wie er für ihn empfand. Nicht, dass es nötig wäre, aber …

„Du glaubst das wirklich?"

„Warum fällt es dir so schwer, das zu glauben?", fragte Troy, woraufhin Liam schwach lächelte.

„Ich glaube dir. Es ist nur schön, es zu hören. Das habe ich eine lange Zeit nicht mehr gehört und ich bin es einfach nicht gewöhnt, anderen Leuten zu sagen, was ich fühle. Dad hat immer gesagt, dass das eine Schwäche und Weiberkram sei. Er hat so oft wirklich nur Müll erzählt." Liam lehnte sich näher an Troy und sie umarmten sich in dem stillen Zimmer. Bis zu diesem Moment war Troy nie klar gewesen, wie nah und intim sich zwei Menschen sein konnten, ohne nackt sein und Sex zu haben. Einfach nur zwei Menschen, die ehrlich mit ihren Gefühlen umgingen. „Ich habe keine Ahnung, ob ich wirklich weiß, was es heißt, jemanden zu lieben. Aber genau so empfinde ich für dich. Klingt irgendwie dumm, ich weiß."

„Nein, es ist ehrlich", entgegnete Troy. Er würde Liams Ehrlichkeit blumigen Rührseligkeiten auf jeden Fall vorziehen. Oder wenn Liam etwas sagen würde, nur weil er es hören wollte.

Liam grinste verschmitzt. „Da wir jetzt über meinen Vater, deine Ex-Frau und deine Tochter gesprochen haben …"

„Du hast immer noch nicht gesagt, ob du sie kennenlernen wirst", unterbrach Troy und dieses Mal zögerte Liam nicht.

„Wenn du dabei bist, werde ich mich mit ihnen treffen. Ich weiß zwar nicht, was das bringen soll, aber ich muss zugeben, dass ich ein wenig neugierig bin." Troy spürte Liams Finger auf seinen Lippen. „Und wie ich ja schon gesagt habe, müssen wir jetzt nur noch das Problem mit dieser Bergbaugesellschaft lösen, die uns das ganze Wasser wegnehmen will."

Geduldig und mit zusammengebissenen Zähnen wartete Troy, bis Liam leise lachte und endlich seinen Finger wegnahm. „Da hätte ich auch schon eine Idee, aber wir müssen noch mit Wally und Dakota darüber sprechen. Ich sage nicht, dass es funktioniert und es wird die Bergbaugesellschaft vielleicht auch nicht aufhalten, aber es könnte sie zum Stillstand bringen und sie eventuell davon abbringen, irgendetwas zu unternehmen." Sanft lächelnd näherte sich Troy Liams Gesicht. „Nun, da wir die großen Probleme der Welt gelöst haben", flüsterte er und berührte zärtlich Liams Lippen, „würde ich gerne meinem Geliebten zeigen, wie sehr ich ihn liebe. Danach können wir vielleicht den Rest der Weltprobleme lösen. Aber ..." Troy hielt inne. „Wenn du dich nicht danach fühlst, ist das in Ordnung. Ich möchte einfach nur mit dir zusammen sein."

Lächelnd drückte sich Liam an ihn und küsste ihn. Troy fiel hinten über und erwiderte Liams Lachen. Die Arme um ihn schlingend zog er Liam auf sich. Das Lächeln auf beiden Gesichtern verschwand, als ihre Küsse immer intensiver wurden, das leise Kichern wurde durch gedämpftes Stöhnen ersetzt. Liam lag mit seinem ganzen Gewicht auf ihm, was Troy sehr genoss. Sanft drehte er Liams Gesicht für einen weiteren Kuss zu sich, der scheinbar nie enden wollte.

„Ich liebe dich Liam", keuchte Troy zwischen zwei Küssen, während er versuchte, Liam seiner Kleidung zu entledigen. Irgendwie schaffte er es dann, Liam das Hemd auszuziehen. Ihren Kuss unterbrachen sie nur so lange, bis er das Kleidungsstück über Liams Kopf gezogen hatte. Auch Troy zog sich sein Shirt aus. Nun lagen sie Haut an Haut dicht beieinander. Troy liebte Liams Berührung und das Gefühl, wie sich die Brust seines Geliebten an ihn presste, war unglaublich. Besonders, da er jeden Atemzug und jedes Zittern von

Liams Körper deutlich spüren konnte. „Ich will dich Liam. Ich will dich in mir spüren."

Da hielt Liam plötzlich inne, sein Blick bohrte sich in Troys Augen und er biss sich leicht auf die Unterlippe. „Ich habe noch nie …" Er verstummte und schluckte. „Ich …"

„Es ist okay Liam. Du wirst mir nicht wehtun, versprochen." Vorsichtig drehte Troy sie beide auf dem Bett herum, küsste Liam noch einmal, bevor er dessen Körper von sich hob und seinem Liebsten half, es sich bequem zu machen. Bevor er wieder zurück auf das Bett kroch, zog sich Troy den Rest seiner Kleidung aus und sah Liam dabei zu, wie er dasselbe tat. Vielleicht war er noch unerfahren, was wirkliche Intimität betraf, Liams Körper jedoch schien bereit und willens zu sein. „Du bist unglaublich", hauchte Troy leise, streckte eine Hand aus und streichelte über Liams ganze Länge.

„Troy", wimmerte Liam und seine Hüfte stieß leicht nach vorn.

„Ich will dich Liam. Ich will dich spüren und ich will, dass du weißt, was du mich fühlen lässt", flüsterte Troy, als er wieder zurück ins Bett kroch. Sobald er Liam wieder in seinen Armen hatte, drehte dieser sie beide herum und sah auf ihn herab. Inzwischen hatte Troy schon herausgefunden, dass Liam im Schlafzimmer dominantere Töne anschlug, was ihm mehr als nur zusagte. Troy mochte es, dass Liam stark und souverän sein konnte.

Verlangend schlang Troy seine Beine um Liams Hüfte und sie küssten sich, bis sie keine Luft mehr bekamen. „Hast du Kondome?" Liam schüttelte den Kopf, während Troy lächelnd versuchte, sich daran zu erinnern, ob er welche hatte. Als er auf seine Hose deutete, spürte er, wie Liams Gewicht ihn verließ. „In meinem Geldbeutel ist eines. Ich hab es noch nicht sehr lange."

„Warst wohl sehr erwartungsfroh, was?", neckte Liam, als er die Brieftasche aus Troys hinterer Hosentasche fischte und das kleine in Folie eingeschweißte Päckchen fand.

„In deiner Nähe hatte ich Hoffnungen, seit wir uns kennengelernt hatten", antwortete Troy, währenddessen Liam euphorisch zurück ins Bett sprang und auf Troy fiel. „Du musst mich vorbereiten", erklärte

Troy sanft, da er die Stimmung zwischen ihnen nicht zerstören wollte. „Nimm deine Finger."

„So?", fragte Liam und glitt mit zwei Fingern zwischen Troys Lippen, bevor er unter sich griff und die empfindliche Haut an seinem Eingang reizte. Langsam drang er mit einem Finger ein.

„Ja", antwortete Troy und warf den Kopf zurück, als Liam auf Anhieb den magischen Punkt traf. Eigentlich hatte er eher mit suchendem Herumtasten gerechnet, doch Liam hatte diesen Punkt in zwei Sekunden zielsicher gefunden. Als er wieder zu Atem kam, fing er Liams Blick ein. „Wie?"

„Ich habe auch eine, weißt du", meinte Liam. Troy glaubte, sein Kopf würde explodieren. Das Bild von Liam, wie er tief mit seinen Fingern in sich eindrang und seinen eigenen Körper erforschte, genügte ihm beinahe, um auf der Stelle zu kommen. Bevor er weiter daran denken konnte, drang Liam weiter in seinen Körper ein und jeder rationale Gedanke über Liam oder irgendetwas anderes war wie weggewischt.

„Oh mein Gott!", schrie Troy leise auf, als ein zweiter Finger sich zu dem Ersten gesellte. Das leichte Brennen war herrlich. Er hoffte, dass es niemals aufhörte. Doch dann zogen sich Liams Finger zurück. Troy wollte schon fragen, was los war und hob den Kopf. Mit weit aufgerissenen Augen sah er zu, wie Liam das Kondompäckchen öffnete und es dann verhalten über seine Länge rollte. „Das fühlt sich komisch an", sagte er mit einem Lächeln, das schnell verschwand. Seine Augen verdunkelten sich, als er auf Troys Blick traf.

„Mach langsam", ermahnte ihn Troy, als Liam gegen seinen Eingang drückte. Zuerst widersetzte sich Troys Körper, doch dann öffnete er sich und Liam glitt in ihn. Durch das anfängliche Ziehen und Dehnen atmete Troy leise zischend aus. Die Augen weit geöffnet hörte Liam sofort auf und Troy spürte, wie er sich langsam zurückzog. „Ist okay. Gib mir einfach eine Minute", gab ihm Troy zu verstehen und zwang seinen Körper, sich zu entspannen.

„Ich kann dich spüren", flüsterte Liam mit etwas Ehrfurcht in seiner Stimme. „Es ist, als wäre ich ein Teil von dir." Sehr langsam schob sich Liam weiter in ihn. Troy versuchte, Luft zu holen. Auch er spürte diese Verbindung zwischen ihnen. Sobald Troy Liams Becken an seinem Hintern spürte, atmete er leise seufzend auf und berührte Liams Bein, um ihm zu signalisieren, sich nicht zu bewegen. Troy schloss die Augen und genoss das Gefühl von Liam, der tief in ihm war.

„Dein Herz rast", stellte Liam fest, woraufhin Troy lächelte. Das tat es und das war das Erstaunliche an dieser Art Verbindung – man spürte die andere Person, wenn man aufmerksam genug war. Erst einmal hatte Troy das gespürt. Und das war mit Jeanie gewesen. Er hatte häufig anonymen Sex gehabt, das hatte sich nie so angefühlt. Nicht einmal annähernd.

„Das tut es", bestätigte Troy und tätschelte Liams Bein. Langsam setzte sich Liam in Bewegung, zog sich zurück, bevor er erneut in Troys Körper eindrang.

„Gott, Troy. Fühlt es sich immer so an?", keuchte Liam. Daraufhin spannte Troy seine Muskeln an, was ihm ein überraschtes Keuchen von Liam einbrachte. „Mach das noch mal", bat dieser und hielt inne. Erneut spannte Troy seine Muskeln an, zog sich um Liams Schaft zusammen und betrachtete Liams Gesicht. Seine Augen fielen zu und ein weiteres Keuchen drang aus Liams Kehle. Als Troy seine Muskeln wieder lockerte, lehnte sich Liam vor und küsste ihn hart, besitzergreifend. „In meinem Leben konnte ich bisher nicht viel mein eigen nennen."

Lächelnd nickte Troy. Er verstand die Bedeutung von Liams Worten genau. „Ich liebe dich", erwiderte Troy. Da packte Liam seine Hände, zog sie über seinen Kopf und streckte ihn auf dem Bett aus.

„Ich liebe dich auch", sagte Liam und presste sein Becken vor. Diese Worte und die Empfindungen, die an seiner Wirbelsäule entlangrasten, ließen Troy heftig aufkeuchen. „Du siehst", begann Liam, ehe er nach den richtigen Worten suchen musste, „wirklich dekadent aus, so wie du da liegst." Immer schneller stieß Liam zu, während Troy versuchte, seine Augen offen zu halten. Er wollte Liam unbedingt ansehen, die Freude auf seinem Gesicht sehen. Doch der Mann machte ihn schier verrückt. Es war nicht perfekt und natürlich gab es viel unsicheres Herumtasten, was Troy allerdings kaum bemerkte. Alles, was er sah, war, wie Liams Augen leuchteten und wie sein schweißbedeckter Körper glänzte. Und alles, was er spürte, waren die Gefühle, die Liam in ihm auslöste, als wäre er der wichtigste Mensch der Welt.

Fest packte Liam Troys Hüfte und stieß tiefer und härter zu.

„Das ist es Liam. Zeig mir, was du fühlst", ermutigte ihn Troy.

„Ich liebe dich", sagte Liam und drang erneut tief in Troy ein. Keuchend bäumte sich dieser dem Strom der Leidenschaft, der durch ihn hindurchfuhr, entgegen. Als er sich langsam wieder beruhigte, spürte er, wie sich Liams Finger in seine Seite gruben. So fest, dass wahrscheinlich Abdrücke hinterher zu sehen sein würden, doch das kümmerte ihn nicht. Alles, was ihn interessierte, war die Art, wie Liam ihn ansah und wie sein Herz bei jeder Bewegung Liams anschwoll.

Offensichtlich bemerkte Liam, wie fest sein Griff war, da er zärtlich über Troys Seite streichelte, bevor er mit beiden Händen über Troys Brust fuhr und nach unten zu seinem Bauch wanderte. Und wieder packte er fest zu. Troy ließ die Hände über seinem Kopf und überließ Liam die Kontrolle über ihre Lust. Der Mann war ein Naturtalent. Mit jeder Berührung trieb er Troy schier in den Wahnsinn.

Troy wollte sich Liams Griff entgegendrängen, schrie jedoch in heißblütigem Frust leise auf, als Liam in ihn stieß und sich nicht mehr bewegte.

„Ich kümmere mich um dich, versprochen", sagte Liam sanft, ehe er Troy so richtig ran nahm. Er hatte Liam gebeten, ihm zu zeigen, was er fühlte. Und genau das tat Liam nun auch. Schweiß glänzte auf Liams schlankem Körper, rann über seine Brust und trotzdem machte er immer weiter. Schließlich gab ihm Liam das, was er wirklich wollte, packte seinen Schwanz und massierte ihn. Es dauerte nicht lange, bis Troy das vertraute Ziehen in seinem Unterleib und die Wärme in seinem Bauch spürte. Sein Körper spannte sich an und er vernahm Liams Keuchen, als sich sein Höhepunkt immer weiter aufbaute. Troy konnte kaum atmen, geschweige denn denken, da Liam ihm immer wieder das kleine bisschen, das er so sehr brauchte, verweigerte und ihn vor der Klippe einfach stehen ließ. Er nahm an, dass es eher unabsichtlich passierte, doch eigentlich war es ihm völlig egal.

„Liam, bitte", flehte Troy. Sein Kopf fühlte sich an, als würde er jeden Moment explodieren. Da packte Liam fester zu, fuhr noch einmal an seinem Schwanz auf und ab und Troy stürzte die Klippe hinunter. Heftig entlud er sich auf seiner Brust.

„Troy!", schrie Liam auf, erstarrte in seinen Bewegungen und kam tief in Troys Körper.

Als er wieder zu sich kam, hörte Troy Liam heftig atmen und spürte zärtliche Liebkosungen an seiner Seite. Abrupt zog er ihn zu sich und küsste ihn innig. Er liebte jede Sekunde, die er diesen Mann so in seinen Armen halten konnte. Im nächsten Moment rutschte Liam aus ihm heraus. Leise keuchte Troy in ihren Kuss, bevor er Liam half, sich auf dem Bett niederzulassen.

„Was mache ich mit …" Schüchtern deutete Liam mit dem Kopf auf seine Körpermitte. Troy lächelte.

„Geh ins Badezimmer, wirf es weg und wasch dich. Ich warte genau hier auf dich."

Liam stand auf, öffnete die Tür einen Spalt und spähte in den Flur, ehe er ins Bad eilte. Troy hörte, wie die Tür zufiel. Ein paar Minuten später kam Liam zurück, ein Handtuch um die Hüften geschlungen. Gerade, als er die Tür schloss, klopfte es.

„Wenn ihr fertig seid, kommt doch bitte ins Wohnzimmer", sagte Wally durch die Tür.

„In Ordnung. Danke", antwortete Liam, ließ das Handtuch fallen und kroch wieder ins Bett. „Sieht aus, als würde man uns brauchen."

„Sieht so aus, ja", bestätigte Troy, während sich Liam an ihn kuschelte. Für was immer man sie auch brauchte, das konnte noch ein paar Minuten warten, bis sie fertig mit Kuscheln waren. Irgendwann standen sie doch auf, zogen sich an und gingen ins Wohnzimmer. Dort hatten sich Phillip und Haven ebenfalls zu Dakota, Wally und Jefferson gesellt. Wieder einmal sprachen sie über die Mine. Ihre Sorgen erstickten sie in Eiscreme. Liam und Troy mussten nicht großartig überredet werden, sich ihnen anzuschließen.

„Vor ein paar Tagen habe ich etwas gehört, das wie Wolfsgeheul geklungen hatte", merkte Troy an, dem man eine große Schale Schokolade-Minz-Eis in die Hand gedrückt hatte. „Manny hatte allerdings etwas dagegen einzuwenden."

Dakota lachte leise. „Wer hätte gedacht, dass Löwen solch gute Wolfabwehrer sein würden? Anscheinend sind sie es aber. Vor Manny hatte Wally Schian besessen und er hat dasselbe getan", sagte er und aß von seinem Stracciatella-Eis.

„Hattet ihr früher schon Wölfe hier?", erkundigte sich Troy und bemerkte, wie Dakota ein finsteres Gesicht machte, bevor er Wally nachsichtig ansah. „Als wir uns kennenlernten, hatte Wally diese Vorliebe für Wölfe. Einer der Arbeiter hatte einen von ihnen angeschossen und Phillip und er haben ihn gerettet. Ich hätte sie beide umbringen können, besonders, da der Wolf weiblich war."

„Das weiß ich. Mit meinem Charme habe ich dich aber doch noch herumgekriegt", neckte Wally, bevor er die Geschichte zu Ende erzählte. „Es war ein Paar und das Männchen hat ihren Verlust jede Nacht beklagt", fügte er verteidigend hinzu. „Obwohl Dakota so daherredet, ist er eigentlich ein richtiger Softie. Jedenfalls habe ich sie betäubt, nachdem sie wieder gesund war und Dakota hat mir geholfen, sie dorthin zurückzubringen, wo Phillip und ich sie gefunden hatten. Ab und zu haben wir sie noch gehört und seitdem achten wir darauf, die jungen Rinder in der Nähe der Ranch zu behalten. Und wenn die Katzen die Wölfe sehen oder wittern, machen sie den Krawall, den du letztens gehört hast."

„Hast du jemals noch einen gesehen, außer den, den du gerettet hast?" Troy spürte einen Anflug von Aufregung in seinem Bauch und stellte sein Eis auf den Tisch. „Haben die anderen Farmer welche gesehen?"

„In den letzten Jahren habe ich ein paar von ihnen gesehen. Es kommt selten vor, aber ich weiß, dass sie da sind. Meistens bleiben sie im Park, aber seit in den neunziger Jahren die Wölfe umgesiedelt wurden, hat sich ihr Gebiet erweitert", erklärte Wally. „Hast du gewusst, dass sich Wölfe ihre Partner fürs Leben suchen? Ich weiß, sie stellen eine Gefahr für unsere Rinder dar, deshalb treffen wir auch bestimmte Vorsichtsmaßnahmen. Doch die Sache ist die, dass die Parks sie brauchen und offen gestanden, wir auch. Die Wölfe halten andere Raubtiere und Schädlinge in Schach, die möglicherweise eine größere Gefahr für unsere Herde darstellen als sie selbst. Kleinere Tiere können Krankheiten mit sich tragen, die uns weitaus mehr kosten könnten als die Wölfe."

Troy sah, wie Dakota kaum merklich nickte. Ganz so, als würde er unter Zwang zustimmen. Sich leicht gegen Liam lehnend, setzte sich Troy auf dem Sofa zurück.

„Gibt es einen Grund für diese Fragen?", wollte Dakota wissen, nachdem er sein Eis fertig gegessen hatte und die Schale zur Seite stellte.

Troy wollte nicht, dass sie alle ihre Hoffnungen aufgaben, deshalb zögerte er etwas. „Ich habe eine Idee, aber ich bin mir nicht sicher, ob es funktionieren wird. Ich habe ein bisschen herumtelefoniert, allerdings kamen noch keine Antworten. Morgen werde ich noch mal ein paar Telefonate führen. Wenn etwas dabei rauskommt, lasse ich es euch wissen", erklärte Troy. Dakota schien diese vage Antwort zu akzeptieren, doch Liams Blicke sagten ihm, dass er noch so einiges zu erklären hatte. Hoffentlich erst viel später.

„Wann fährst du zurück ins Krankenhaus?", fragte Troy, um das Thema zu wechseln. Er wich dem Ganzen nicht absichtlich aus; er wollte nur nicht, dass alle die Hoffnung aufgaben.

„Ich fahre morgen früh", antwortete Dakota. Daraufhin stellte Wally seinen Eisbecher ab, setzte sich auf die Armlehne von Dakotas Stuhl und lehnte sich an ihn. Scheinbar war das für Liam ein Stichwort, denn auch er lehnte sich fester gegen Troy. Dakota täuschte ein Gähnen vor, auf das niemand hereinfiel. „Dad, bist du bereit fürs Bett?"

„Ja", antwortete Jefferson. Die meiste Zeit hatte er in seinem Rollstuhl geschlafen. Wally stand auf und Dakota schob seinen Vater den Gang hinunter, während Wally das Geschirr einsammelte und in die Küche brachte. Auch er wünschte den anderen eine gute Nacht.

„Glaubst du wirklich, dass du noch ein Ass im Ärmel hast?", fragte Haven mit offensichtlicher Skepsis.

„Ich weiß nicht, was wir damit erreichen können, wenn überhaupt, aber könntest du mir zeigen, wo diese Wölfe gesichtet wurden?", bat Troy. Haven und Phillip nickten.

„Ich kann dir die Schlucht gerne zeigen, wo Wally und ich das Weibchen vor ein paar Jahren gefunden haben", bot Phillip an. „Ob das was hilft, weiß ich nicht."

„Die Wölfe sind hier ansässig. Es könnte vielleicht klappen", meinte Troy.

„Woher weißt du so viel über Wölfe?", fühlte ihm Haven auf den Zahn.

„Internetrecherche", antwortete Troy, ohne mehr über seine Quellen zu verraten.

„Haven, hör auf", wies Phillip ihn zurecht. „Wenn Troy helfen kann, lass es ihn auf seine Weise machen. Wenn er etwas findet, wird er es uns schon sagen. Währenddessen machen wir weiter mit unseren anderen Versuchen." Phillip erhob sich und ging zur Tür. „Komm schon, wir sollten gehen. Wir sehen uns morgen, dann zeigen wir dir, was wir können." Haven verabschiedete sich ebenfalls. Auf seinem Gesicht zeigte sich eine Entschuldigung, als Phillip und er gingen.

„Ich sollte auch gehen", meinte Troy zu Liam. „Aber ich sehe dich gleich als erstes morgen früh."

„Du könntest auch hier bleiben", schlug Liam vor. Für Troy eine wahre Versuchung.

„Liebend gerne, aber ich sollte wirklich fahren. Ich brauche etwas Zeit zum Nachdenken und mit deinem heißen Körper neben mir kann ich das nicht." Troy bemerkte, wie Liam sich auf die Unterlippe biss. Das tat er immer, wenn er nervös war. „Ich bereue nichts und ich überlege es mir auch nicht anders." Er neigte den Kopf ein wenig und küsste Liam. „Ich muss einfach nur über gewisse Dinge nachdenken. Das ist alles." Langsam ging Troy zur Tür. „Mist, jetzt habe ich völlig vergessen, Wally zu fragen, ob Sofia sich morgen die Tiere ansehen kann."

„Ich kümmere mich morgen darum. Aber ich sehe keinen Grund, warum Wally ‚Nein' sagen sollte", sagte Liam und küsste ihn noch einmal, bevor Troy hinaus in die Nacht verschwand. Am Horizont waren Lichtblitze zu sehen.

DIREKT NACHDEM er die rustikale Tür der Hütte hinter sich schloss, bereute Troy seine Entscheidung, hierher gefahren zu sein. Die kleinen Zimmer fühlten sich leer und verwaist an und Troy war noch nie so glücklich darüber gewesen, am Morgen die Sonnenstrahlen durch sein Fenster scheinen zu sehen. Er wollte Zeit zum Nachdenken. Und die hatte er auch gehabt, da er eigentlich kaum geschlafen hatte. Er warf einen Blick auf die Uhr. Es war eindeutig noch zu früh, um Jeanie anzurufen, aber auf der Ranch waren sie sicherlich alle schon wach und bei der Arbeit. Das wusste Troy. Daher wusch er sich rasch, zog sich an und aß ein schnelles Frühstück, bevor er mit dem Truck den kleinen Berg hinabfuhr.

Im Hof traf er auf Liam, Wally und Phillip. Sobald er aus dem Truck stieg, umarmte Liam ihn fest. „Heute Nacht war es sehr einsam", flüsterte Liam. Das konnte Troy nur bestätigen.

„Ist Dakota schon weg?", erkundigte sich Troy bei Wally, ohne Liam dabei loszulassen.

„Heute Morgen ganz früh", antwortete Wally traurig. Troy konnte sich vorstellen, wie schwer es für die beiden jedes Mal sein musste, wenn er wieder fortging.

„Okay, wenn ihr zwei jetzt fertig seid mit eurer Knutscherei, können wir so langsam mal anfangen", scherzte Phillip, bevor er zur Rückseite des Hauses ging. „Wally hat den Wolf in der alten Scheune dort drüben gehalten."

„Und gefunden habe ich sie in diesem überschwemmten Seichtgewässer", erklärte Wally, bevor er sie über die Weide führte, an den Katzen und anderen Tiergehegen vorbei in Richtung der hintersten Ecke der Ranch. Als sie sich der Stelle näherten, bemerkte Troy, wie Wally und Phillip langsamer wurden, ehe sie zu nah herangingen. Vorsichtig spähten sie über den Rand der Klippe. „Sie lag genau dort unten." Wally deutete in die Richtung und Troy rutschte die feuchte Böschung herunter. Durch den Regen vergangene

Nacht floss ein wenig Wasser. Troy wusste nicht, was ihn erwarten würde, außer vielleicht eine Wölfin, die ihn anstarrte. Doch nichts dergleichen geschah.

„Hey, Troy", rief Wally aufgeregt. Er kniete direkt neben dem Rand des Wasserdurchlasses. „Sieh dir das an." Wally zeigte auf den Boden. „Sieht so aus, als hätten wir letzte Nacht einen Besucher hier gehabt." Er deutete auf etwas, das aussah, wie die Spur eines großen Hundes. Zufrieden lächelnd zog Troy sein Handy hervor und schoss ein paar Fotos. „Warum interessiert dich das alles? Ich denke, es ist Zeit, uns das alles zu erklären."

„Das werde ich auch", versprach Troy, „zuerst müssen wir hier draußen allerdings fertig werden. Hast du hier noch andere Wölfe gesehen?"

„In der Nähe der Grenzwälder der Ranch. Aber nur selten", antwortete Wally ein wenig zögernd.

„Okay, Liam und ich sehen uns dort mal ein wenig um, und wenn wir zurückkommen, reden wir", meinte Troy. Einen Moment dachte er, Phillip würde etwas dagegen sagen. Doch Wally tippte ihn auf die Schulter und gemeinsam gingen sie zurück zum Haus. „Komm, lass uns nachschauen." Entschlossen schritt Troy über das Feld, Liam ging neben ihm her.

„Ich verstehe immer noch nicht, nach was wir schauen", sagte Liam.

„Darüber bin ich mir auch noch nicht ganz im Klaren. Ich habe so eine Vermutung, obwohl ich mir nicht sicher bin, ob es sich auszahlt. Aber wenn es irgendeine Hoffnung gibt, brauche ich Beweise. Einen Teil haben wir schon und es könnte nicht schaden, wenn wir noch ein bisschen mehr bekommen würden."

„Was für Beweise?"

„Wölfe hier in der Gegend", antwortete Troy geduldig.

„Warum sollten wir Wölfe hier haben wollen? Es ist besser, wenn sie den Rindern fern bleiben und woanders jagen", erklärte Liam. Er musste sich wirklich beeilen, um mit Troys schnellem Tempo schrittzuhalten.

„Vielleicht nicht in diesem Fall", entgegnete Troy und verlangsamte sein Tempo, als sie sich den Wäldern näherten. Der Boden war immer noch weich von dem Regen letzte Nacht. Vorsichtig lief Troy am Rand entlang und blieb in grober Linie mit den Spuren in der Schlucht. Und tatsächlich stieß er an der Waldgrenze auf ein paar Grubenfelder. Sie waren nicht sehr tief, und wenn er die anderen nicht schon früher gesehen hätte, wären ihm die wahrscheinlich auch gar nicht aufgefallen. Troy schoss ein paar Fotos von dem Bereich wie vorher von den Spuren. „Ich will, dass du dir gut merkst, wo genau wir die Spuren gefunden haben, für den Fall, dass du meine Geschichte belegen musst."

„Okay", stimmte Liam resigniert zu, bevor er sich konzentriert umsah. „Wenn du fertig bist, bin ich es auch."

Zusammen gingen sie zurück zur Ranch und Troy verschränkte ihre Finger miteinander. Als sie sich dem Haus näherten, hörte Troy lautes Geschrei und dann einen Schuss. Sofort rannten beide in Richtung des Knalls und umrundeten das Haus. Da sahen sie Wally, der mit erhobener Waffe vor der Veranda stand. Sie folgten seinem Blick und entdeckten am Ende der Einfahrt einen Truck. „Das sah aus wie …", begann Liam.

„Der Bastard, ja. Er hat nach dir gefragt. Unser Gespräch artete sehr schnell in Drohungen aus und endete damit, dass ich ihm meine Waffe an den Kopf gehalten habe." Plötzlich wurde Wallys Ausdruck weicher. „Ich dachte echt, der pisst sich in die Hose, erst recht, als ich die Waffe runter nahm und ihm gesagt habe, dass ich zuerst auf seine Männlichkeit zielen würde. Das heißt, wenn ich die finden könnte." Augenrollend drehte sich Wally um und wollte schon ins Haus gehen. „Ach ja, hast du gefunden, nach was du gesucht hast?"

„Ich denke schon." In dem Moment klingelte Troys Handy, das er aus seiner Hosentasche fischte. „Es ist Jeanie." Troy nahm ab und bat sie, einen Moment zu warten. „Ist es okay, wenn Sofia und sie sich die Pferde ansehen?"

Liam sah zu Wally, der nickte. „Solange sich jeder gut benimmt", antwortete Wally sarkastisch, ehe er ins Haus ging. Troy wendete sich wieder seinem Telefonat zu und organisierte alles, bevor er auflegte.

„Sie hat sich ein Auto gemietet und meint, dass Sofia und sie in einer Stunde hier sein können. Ich weiß, du bist nervös, aber im Grunde ist sie ein netter Mensch. Du wirst schon sehen."

„Denkst du, dass Sofia mich mögen wird?" Da war es wieder, das nervöse Herumbeißen auf seiner Unterlippe.

„Nimm sie mit auf ihren ersten richtigen Ausritt auf einem Pferd und du wirst eine Freundin fürs Leben bekommen, versprochen." Lächelnd ließ er Liam den Vortritt; er musste noch ein paar Telefonate führen und einiges erklären.

9

LIAM WAR extrem nervös. Troy war eher undurchsichtig, wenn er auch scheinbar aufgeregt wie ein Kind war. Liam war mehr als neugierig, was Troy durch den Kopf ging, doch die Arbeit machte sich nicht von allein und die Katzen hatten heute Morgen ihr Frühstück noch gar nicht bekommen. Er kümmerte sich um das Essen und traf auf unruhig knurrende Katzen. Augenblicklich stürzten sie sich auf ihr Fleisch, als hätten sie seit Tagen nichts mehr gegessen. In der Nähe dieser großen Raubtiere musste er vorsichtig sein, das wusste Liam und versuchte, nicht an den Besuch seines Vaters zu denken oder daran, dass Troys Ex-Frau und seine Tochter jeden Moment hier sein konnten. Trotzdem schweiften seine Gedanken ab, sodass er heftig zusammenzuckte, als Shahrazad ihn anfauchte. „Oh, hör auf damit, du mürrisches, altes Ding. Niemand nimmt dir dein Frühstück weg", fauchte Liam zurück. Eine Sekunde hob die Katze den Kopf von ihrem Fressen und neigte ihn, als würde es sie interessieren, wandte sich aber dann doch wieder ihrem Fleisch zu.

Als Liam mit dem Füttern fertig war, räumte er alles auf und machte sich auf den Weg in den Stall. Er hatte noch genügend Arbeiten, die getan werden mussten und er wollte sich einfach beschäftigen. Bevor er den Stall betrat, sah er Troy telefonierend auf der Veranda sitzen. Liam ging zu ihm herüber und hörte ihn in ernstem Tonfall reden. „Ich habe Beweise, Zeugen und auch Fotos. Ich werde sie Ihnen sofort zumailen. Außerdem habe ich sie mit eigenen Ohren gehört." Einen Moment blieb Troy still und hörte der Person am anderen Ende der Leitung zu. Dann bedeutete er Liam, zu ihm zu kommen, doch Liam deutete auf den Stall und Troy nickte verstehend. „Ich versuche, noch mehr zu bekommen. Aber sie sind definitiv hier und die Gegend hier ist nun Teil ihres Territoriums." Liam hatte keine Ahnung, von was Troy da sprach, abgesehen über die Wölfe. Er ging in den Stall und machte sich daran, eine der Boxen auszumisten.

„Hey, brauchst du Hilfe?", fragte Troy, als Liam die letzte Fuhre Stroh aus der Box trug.

„Ich bin fast fertig", erklärte Liam. „Aber wenn du willst, kannst du den Boden fegen. Das wäre super. Dann kann ich die neue Einstreu einlegen." Liam stellte die Schubkarre hochkant und leerte den Inhalt auf den Misthaufen. „War dein Anruf ein Erfolg?"

„Mehr oder weniger, glaube ich", antwortete Troy.

„Erzählst du mir davon?", wollte Liam wissen, als sie aus der nun leeren Box gingen. Troy schnappte sich den Besen und fegte den letzten Dreck weg. Der Geruch von Ammoniak hing schwer in der Luft.

„Ich weiß nicht, ob es wirklich funktioniert, aber ich sage dir, was ich denke. Wie Dakota schon gesagt hat, hat die Bundesregierung in den neunziger Jahren im Yellowstone Park Wölfe freigelassen, um sie hier wieder anzusiedeln. Und das hat super funktioniert. Außerdem stehen sie unter dem Schutz des Artenschutzabkommens. Klingt etwas kompliziert, ich weiß. Aber ich denke, ich habe einen Ansatz gefunden, damit es klappen könnte."

„Wie?" Liam vernahm Wallys Stimme von außerhalb der Box.

„Ja, wie?", fragte auch Mario, der mit vor der Brust verschränkten Armen an der Boxentür stand.

Troy stellte den Besen beiseite und trat in den Gang hinaus. Die anderen blieben still und hörten ihm zu. „Die Bergbaugesellschaft hat das Land gepachtet und sie brauchen Wasser. Da sie versuchen, die Wasserrechte von der Stadt zu bekommen, statt neue Rechte zu verfolgen, brauchen sie keine Umweltgutachten. Das ist eines der Dinge, die sie umgehen möchten, weil so etwas Jahre dauern kann und sehr teuer ist." Troy hielt inne und sah alle nacheinander an.

„Und? Das wissen wir alles schon", meinte Mario.

„Und was hat das mit den Wölfen zu tun?", fragte Wally direkt hinter ihm.

„Es ist ein wenig kompliziert und bürokratisch. Aber wenn die Wölfe, eine bedrohte Tierart, diese Gegend zu einem Teil ihres

Territoriums gemacht haben, und jegliche Umweltveränderung ihnen schaden könnte, bräuchte die Bergbaugesellschaft ein Umweltgutachten. Möglicherweise auch noch andere Gutachten, um zu beweisen, dass es den Wölfen nicht schadet, wenn sie das Wasser nehmen." Troy lächelte, als hätte er eine große Erklärung abgegeben. „Bis das fertig wäre, könnten die Mine und das Wasserprojekt nicht weitermachen. Es wird sie vielleicht nicht sofort stoppen, aber es könnte die Sache hinauszögern. Außerdem hättet ihr eine Menge Umweltschutzgruppen auf eurer Seite. Dieser kombinierte Druck könnte das Projekt zu teuer werden lassen und es könnte genügen, den Stadtrat davon zu überzeugen, dass es das nicht wert ist. Mit Sicherheit wollen sie sich nicht in irgendwelche Streitereien reinziehen lassen."

„Wie soll das alles nun funktionieren?", fragte Wally, der auf Liam den Eindruck machte, als würde ihn diese Sache wirklich beeindrucken.

„Tatsächlich habe ich heute Morgen den Stein ins Rollen gebracht. Bevor ich hierhergezogen bin, habe ich in Washington für das Innenministerium gearbeitet. Ich habe mit einem meiner ehemaligen Kollegen gesprochen und ihm die Bilder geschickt, die wir gemacht haben. Er wird das Ganze untersuchen und schauen, ob noch andere Meldungen von Wölfen in dieser Gegend vorhanden sind, um das, was ich ihm erzählt habe, zu untermauern. Wenn er etwas findet, könnte es ausreichen, um ein Gutachten anzuordnen. Wir müssen jetzt einfach abwarten. Aber er hat mir versichert, dass er mich anruft, wenn er etwas Genaueres weiß."

„Können wir irgendetwas tun?", fragte Wally.

„Sicher. Schreibt auf, wenn ihr Wölfe auf der Ranch seht und wie oft. Und bittet die anderen Farmer, dasselbe zu tun. Wir müssen nur ein regelmäßiges Muster aufzeigen, wie häufig sie sich hier aufhalten, um zu zeigen, dass das hier Teil ihres Territoriums ist. Je mehr Beweise wir haben, desto leichter wird es werden", erklärte Troy lächelnd. Liam konnte nicht anders und lächelte zurück.

Mario schüttelte einfach nur den Kopf. Ein ungläubiger Ausdruck erschien auf seinem Gesicht. „Wer hätte gedacht, dass die Wölfe uns tatsächlich nützen könnten? Die anderen Farmer werden es nicht glauben, dass unsere Wasserrechte von Wölfen geschützt werden."

„Es sollen ja schon merkwürdigere Dinge passiert sein", bemerkte Wally, „aber mir fällt nichts ein." Mit prüfendem Blick sah sich Wally im Stall um und Liam machte sich wieder an die Arbeit, während Wally in seine kleine Praxis im hinteren Bereich des Stalls ging. Mit Kleintieren arbeitete Wally nicht so häufig. Die Praxis war eigentlich mehr ein sicherer Ort, um seine Ausrüstung aufzubewahren, hatte er Liam einmal erklärt. Dieser legte die Box mit neuer Einstreu aus, als Wally plötzlich aus der Praxis eilte, in seinen Truck sprang und wahrscheinlich zu einem Notfall fuhr.

Liam schloss die Boxentür und sah sich nach Troy um. Er entdeckte ihn bei der Stalltür. Gerade wollte er eine weitere Box sauber machen, als er ein Fahrzeug draußen auf dem Kies hörte, gefolgt von dem aufgeregten Bellen der Hunde, als wären sie auf einer Willkommensparty. Liam wusch sich die Hände und ging nervös zu Troy, der die Hunde verscheuchte.

Eine Frau stieg aus dem Wagen, bevor sie die Hintertür öffnete und ein kleines Mädchen heraussprang. Liam wusste, dass das Jeanie und Sofia waren. Er sah zu, wie Jeanie mit einem schwachen Lächeln auf Troy zuging, während Sofia sich mit großen Augen umsah. Allerdings machte sie keine Anstalten, sich Troy ebenfalls zu nähern. Das brach Liam beinahe das Herz, und als Troy sich zu ihm umdrehte und ihn ansah, bemerkte Liam den Schmerz auf seinem Gesicht. „Jeanie, Sofia, das ist Liam", stellte Troy sie einander vor. Jeanie kam sofort zu ihm und sie schüttelten sich zur Begrüßung die Hand. Sofia blieb dicht bei ihrer Mutter und außer einem leisen „Hallo" sagte sie nichts.

„Dein Vater hat mir erzählt, dass du gerne die Pferde sehen möchtest", sagte Liam und ging in die Knie, sodass er mit Sofia auf Augenhöhe war. „Möchtest du eines reiten?" Mit ihrem geflochtenen Zopf, der kleinen Kinderjeans und einem T-Shirt sah sie wirklich hinreißend aus.

Schüchtern blickte Sofia zu ihrer Mutter hoch. Jeanie nickte. „Möchtest du reiten?"

Langsam nickte Sofia und Liam konnte die Aufregung in ihren Augen sehen. „Dann komm. Du kannst zuerst die Pferde kennenlernen, danach machen wir uns für den Ausritt fertig", sagte Liam fröhlich. Wieder sah Sofia zuerst ihre Mutter an, bevor sie Liam erlaubte, ihre Hand zu nehmen und sich von ihm in den Stall führen ließ. „Das ist Rose", erklärte Liam, als sie sich einem der älteren Pferde näherten. „Wir reiten nicht mehr viel auf ihr, da sie zu alt ist. Aber ich wette, dass sie es lieben würde, mit dir auszureiten." Damit sie richtig in die Box sehen konnte, hob Liam Sofia einfach hoch. Sie war so leicht in seinen Armen und sie kicherte, als Rose sie anprustete.

„Pferdeatem", sagte sie und lachte noch mehr.

„Möchtest du ihr ein Leckerli geben?", fragte Liam, bevor er sie vorsichtig wieder auf die Füße stellte und eine Karotte aus einem Eimer holte. Die gab er Sofia und hob sie wieder hoch. „Halte sie in deiner flachen Hand, dann kann sie sie wegnehmen." Genau das tat Sofia dann auch und kicherte erneut, als Rose die Karotte nahm und dabei Sofias kleine Hand leckte.

„Sie ist wirklich nett, oder?", fragte Troy hinter ihnen. Liam drehte sich um und übergab Sofia an ihren Vater.

„Ich sattle sie mal", sagte er, eilte davon und holte das Zaumzeug. In der Sattelkammer schnappte er sich den richtigen Sattel und kehrte zu den beiden zurück. Immer noch hielt Troy Sofia in seinen Armen.

„Sie ist ein liebes Pferd", sagte sie. Liam lächelte, als er Troys glückliches Gesicht sah.

„Ja, das ist sie", stimmte Troy zu. Irgendwie traute Liam sich nicht, sich Vater und Tochter zu nähern. Eine Minute später stand Jeanie neben ihm. Sie sprachen nicht miteinander und Liam hielt den immer schwerer werdenden Sattel immer noch in der Hand. Während Troy und Sofia miteinander redeten, sagte keiner von ihnen ein Wort. Schließlich erkannte Jeanie Liams missliche Lage und deutete mit dem Kopf zur Sattelkammer. Liam machte einen Schritt nach hinten, betrat den Raum und legte den Sattel ab. Gleich darauf gesellte sich Jeanie zu ihm. Liam wusste nicht, was er sagen sollte, daher brachte er Sättel und Zaumzeuge in Ordnung.

„Es ist okay", sagte Jeanie sanft. „Ich weiß auch nicht genau, wie ich mit dieser Situation umgehen soll."

Liam hörte mit seiner Arbeit auf und drehte sich um. „Irgendwie habe ich gedacht, du hättest zwei Köpfe oder so", sagte Liam, ohne richtig zu wissen, was er sagen sollte. „Sofia ist hinreißend", fügte er eilig hinzu, da er bemerkte, wie seine erste Aussage klang.

Gott sei Dank lächelte Jeanie. „Ich weiß genau, wie es dir geht. Was ich erwartet habe, weiß ich gar nicht so genau. Aber sicher nicht jemanden, der so jung und aufgeschlossen ist wie du." Ein schwaches Lächeln zeigte sich auf Jeanies Gesicht. „Und ja, Sofia ist ein Schatz. Aber sie war monatelang unglücklich gewesen, weil sie ihren Vater vermisst hat, das weiß ich." Kindliches Lachen drang in die Sattelkammer, gefolgt von tieferem Gelächter. Jeanies Lächeln wurde breiter. „Es tut so gut, das von beiden wieder zu hören."

„Du hast ihn immer noch gern?", fragte Liam. Er wusste gar nicht genau, warum er das gefragt hatte. Die Antwort musste er jedoch trotzdem wissen.

„Ja, aber nicht auf die Art, wie ich es einmal getan habe", antwortete sie, als sie mehr von dem Gelächter und der Unterhaltung hörten. „Ich glaube, wir können jetzt gute Freunde werden und das müssen wir auch, um Sofias willen. Sie verdient zwei Eltern, die sie lieben."

„Ich weiß, dass Troy sie sehr liebt. Von ihr getrennt zu sein, war sehr schwer für ihn", sagte Liam seufzend. Immer noch war er nicht ganz davon überzeugt, dass Troy ihn nicht doch verlassen und die Chance nutzen würde, bei seiner Tochter zu sein. Liam könnte ihm das nicht übel nehmen, wenn es ihm auch mit Sicherheit das Herz brechen würde.

Kleine, rasche Schritte auf der anderen Seite der Tür stoppten ihre Unterhaltung. „Kann ich jetzt reiten?", fragte Sofia, bevor sie den Raum betrat und zu Liam hochsah.

„Natürlich. Möchtest du, dass ich sie für dich sattle?", fragte Liam und Sofia nickte eifrig. Liam griff nach der Trense und Sofia folgte ihm in die Box. Bevor er Rose aus dem Stall führte, schob er Rose das Gebissstück ins Maul. „Dein Daddy muss die Zügel halten, ich hole den Sattel und du kannst zuschauen, okay?" Liam reichte die Zügel an Troy weiter und holte Sattel und Satteldecke. Es dauerte nicht lange, bis Liam die Stute gesattelt hatte. Die Zügel nahm er Troy wieder ab, sodass dieser seine Tochter hochheben und in den Sattel setzen konnte. „Halte dich an ihrer Mähne fest. Das tut ihr nicht weh", riet ihr Liam, bevor er Rose langsam über den Hof führte. Sofia jauchzte und lachte und sagte Rose ab und zu, was für ein gutes Pferdchen sie doch sei.

Irgendwann bog Wallys Truck in die Auffahrt. Während Liam Sofia und Rose weiter über den Hof führte, stellte Troy Wally und Jeanie einander vor. „Ist es jetzt nicht bald mal genug?", fragte Jeanie nach fast einer halben Stunde. Vehement schüttelte Sofia den Kopf, ihre Zöpfe flogen dabei wie blonde Peitschen durch die Luft. „Wenn du Rose noch weiter so anstrengst, ist sie zu müde, um später noch mal auf ihr zu reiten."

Widerstrebend gab Sofia dieser überragenden Mama-Logik nach und Troy hob sie vom Pferd. Liam führte sie in den Stall, nahm ihr Sattel und Zaumzeug ab und lobte sie ausgiebig, bevor er sie in die Box brachte.

„Möchtest du noch andere Tiere sehen?", fragte Liam, als er wieder zu den anderen auf dem Hof ging. Sofia nickte heftig. „Okay, aber dein Daddy muss dich tragen." Liam führte sie alle um das Haus herum zu den Gehegen. Als Jeanie und Sofia die Katzen erblickten, keuchten sie beide auf.

„Was tun die hier?", wollte Jeanie erschreckt wissen und blieb in gebührendem Abstand zu den Gehegen.

„Wally ist Tierarzt und er leitet eine Auffangstation für Großtiere", erklärte Liam. „Zu meinem Job gehört es, die Biester zu füttern und ihre Gehege zu säubern." Vorsichtig ging Liam auf das Löwengehege zu. „Das ist Manny. Möchtest du ihm Hallo sagen?" Die große Katze streckte sich, gähnte mit weit aufgerissenem Maul und leckte sich über die Lippen, bevor er sie mit diesem gelangweilten Blick ansah, den nur Katzen fertigbrachten. Dann drehte er sich um, trottete in das hintere Eck des Geheges und legte sich nieder. „Er ist ein Löwe und das hier ist Shahrazad, ein Tiger."

Sie fauchte und knurrte wild. Bei diesem Geräusch quietschte Sofia auf, drehte sich weg und vergrub ihr Gesicht an Troys Schulter. Diese Gelegenheit nutzte Manny, um seine Männlichkeit zu behaupten. Er brüllte dem Tiger seine Antwort zu, ehe er sich wieder zurück auf seinen warmen Fleck in der Sonne legte. „Wird er das wieder machen?", fragte Sofia.

„Nein, damit ist er jetzt fertig", erklärte Troy und sie traten zurück.

„Wofür sind die da drüben?" Sofia zeigte auf ein paar andere Gehege ein bisschen weiter weg.

„Die sind derzeit leer", erklärte Liam. Wally hatte davon gesprochen, dass er vielleicht bald weitere Tiere aufnehmen wollte. So genau wusste er das nie. „Lasst uns zurück zum Haus gehen." Gemeinsam gingen sie über die Weide zurück.

„Gibt es hier noch mehr Tiere?"

„Nur die Hunde und die Rinder. Die Hunde würden mit dir sicherlich spielen, wenn du möchtest. Aber mit den Rindern hat man nicht wirklich viel Spaß." Liam zwinkerte Sofia zu, die auf dem Arm ihres Vaters kicherte, als er sie zurück zum Haus trug. „Möchtet ihr mit hereinkommen?", fragte Liam. Er ging mit Jeanie und Sofia immer ungezwungener um, als er die Tatsache, dass Jeanie Troys Ex-Frau war, aus seinem Kopf strich und sie behandelte wie jeden anderen auch.

Höflich hielt Liam für alle die Tür auf und ließ sie ins Haus. Einer der kleinen Hunde, Benjamin, schlich ebenfalls hinein und sprang um Sofias Beine herum. Vergnügt setzte sie sich auf den Boden. Sofort kletterte der kleine Beaglemischling auf sie drauf und saugte ihre Zuwendung in sich auf, während er sie mit Hundeküsschen überschüttete.

„Mittagessen ist in einer halben Stunde fertig", verkündete Wally aus der Küche und spähte um die Ecke. „Ich hoffe, Sofia und du könnt noch etwas bleiben", fügte er lächelnd hinzu, bevor er sich wieder in die Küche verzog. Die Erwachsenen setzten sich ins Wohnzimmer, während Sofia mit Benjamin auf dem Boden spielte und sich bestens amüsierte.

„Also Liam, ist das ein texanischer Akzent, den ich da höre?",
wollte Jeanie neugierig wissen.

„Ja. Ich bin mit meinem Vater auf einer Ranch im Westen
von Texas aufgewachsen." Wegen Sofia hielt er sich gerade noch
zurück, seinen Vater „den Bastard" zu nennen. „Meine Mutter hat
uns verlassen, als ich ungefähr zehn Jahre alt war."

„Du hattest keine Mami?", fragte Sofia von ihrem Platz auf
dem Boden.

Liam wandte sich an Sofia. „Nicht seit ich zehn war", antwortete
er mit mehr Leichtigkeit, als er eigentlich fühlte. Über ihren Weggang
war er mittlerweile hinweg, doch die Schuld, die sein Vater auf ihn
geladen hatte, hatte bleibende Narben hinterlassen. „Inzwischen ist
es aber okay", fügte er hinzu, als er den erschrockenen Ausdruck auf
Sofias Gesicht sah. Einen Moment blickte Sofia zu ihrer Mutter, bis
Benjamin ihre Aufmerksamkeit wieder für sich beanspruchte und sie
weiter mit dem Hund spielte.

Liam spürte eine leichte Berührung an seiner Hand, als Troy
ihn sanft tröstete und ihn somit wissen ließ, dass er nicht alleine war.
Ihn ansehen konnte Liam nicht, da er wusste, dass ihn dann seine
Gefühle überwältigen würden. Er saß hier mit Jeanie und Sofia und
Troy tröstete *ihn*. Troy lächelte ihn an, als Liam doch einen Blick
wagte, ehe er sich wieder Jeanie zuwandte.

„Was machst du denn beruflich, Jeanie?"

„Ich bin Innenarchitektin. Als Troy und ich zusammen waren,
habe ich nur halbtags gearbeitet. Aber seit Kurzem arbeite ich wieder
mehr, da ich diesen Beruf wirklich mag." Jeanie redete so begeistert
von ihrer Arbeit und Liam wusste, dass sie es auch so meinte.

„Was machst du mit Sofia, wenn du arbeitest?", erkundigte er
sich. Die Frage, die auf Troys Gesicht geschrieben stand, konnte er
geradezu überdeutlich lesen.

„Manchmal nehme ich sie einfach mit. Die meiste Zeit bin ich am
Telefon oder schaue mich in der Stadt nach den richtigen dekorativen
Gegenständen um. Sofia ist eine kleine Supereinkäuferin, daher gehen
wir oft zusammen shoppen." Jeanie sah wirklich glücklich aus; das
konnte Liam sehen und er glaubte, dass auch Troy es sehen konnte.

Bis ihn die Küchenuhr wieder zurückrief, gesellte sich auch Wally zu ihnen. Ein paar Minuten später rief er sie alle zum Essen. Am Tisch wurde es etwas eng, als Wally Jefferson an den Tisch schob. Die ganze Zeit über sah Sofia ihn neugierig an. „Hast du dir wehgetan?", fragte sie schließlich, als ihre Neugier zu groß wurde.

„Nein", antwortete Jefferson. „Ich bin einfach nur alt und schrullig." Er zwinkerte ihr zu. Da glitt Sofia von ihrem Stuhl, stellte sich neben Jefferson und betrachtete ihn genau.

„Was ist mit deinen Beinen passiert?"

„Sofia", schritt ihre Mutter ein. „Das ist keine nette Frage."

„Sie funktionieren einfach seit einer ganzen Weile nicht mehr. Aber jetzt habe ich Räder. Wenn du deinen Teller aufgegessen hast, nehme ich dich mal mit." Jefferson lächelte und Sofia eilte sofort wieder an ihren Platz zurück. Die Gespräche am Tisch klangen genau so, wie sich Liam die Gespräche einer normalen Familie vorstellte.

„Hast du schon etwas von deinem Kontaktmann gehört?", fragte Wally.

„Noch nicht. Hattest du denn schon Glück?"

„Jawohl", grinste Wally. „Milford gegenüber hat Wölfe gesehen und ihre Spur auf seinem Grundstück schon seit einer Weile verfolgt. Eigentlich wollte er die Daten dafür verwenden, um sie loszuwerden. Er schickt uns die Unterlagen später noch zu, dann kannst du sie weiterleiten." Danach klärte Wally alle anderen über die Situation auf.

„Wisst ihr", begann Jeanie und lehnte sich pappsatt und lächelnd in ihren Stuhl zurück, „wenn das Farmessen immer so gut ist, überlege ich mir vielleicht, hierher zu ziehen."

Wally begann, laut zu lachen. „Ja, du könntest dich auf Couchtische im Wagenraddesign spezialisieren." Jeanie zog amüsiert eine Grimasse und alle am Tisch lachten lauthals auf. Als sie mit Essen fertig waren, half Liam beim Abwasch. Eines der Highlights des Nachmittages war, wie Sofia auf Jeffersons Schoß saß und Wally sie beide durch das Haus schob.

Da klingelte das Telefon. Liam nahm ab, da er am nächsten dran war.

„Könnte ich bitte mit Liam sprechen?"

„Das bin ich", antwortete Liam, der die Stimme nicht sogleich erkannte.

„Hier ist John Fabian."

„Oh ja, der Anwalt", sagte Liam und erinnerte sich an ihr Gespräch von vor ein paar Tagen.

„Können Sie reden? Ansonsten schlage ich vor, dass Sie sich zurückziehen", meinte er. Liams Magen zog sich zusammen. Das wundervolle Mittagessen, das sie gerade gehabt hatten, stieß ihm plötzlich übel auf.

„Einen Moment", erwiderte Liam und legte eine Hand über das Telefon. „Kann ich kurz Dakotas Büro benutzen?", fragte er Wally, der auf ihn zu kam.

„Natürlich. Ist alles okay?" Die Sorge in Wallys Stimme erregte anscheinend Troys Aufmerksamkeit, da er schnell zu ihnen kam.

„Ich weiß nicht; der Anwalt ist dran", antwortete Liam.

„Natürlich. Geh schon ins Büro. Ich lege hier draußen das Telefon auf, wenn du so weit bist", sagte Wally und nahm den Hörer entgegen. Liam ging den Flur hinunter, betrat das leere Büro und schloss die Tür hinter sich. Auf dem Schreibtisch stand ein Telefon, dessen Hörer nahm er ab, sagte Wally, dass er auflegen konnte, und hörte eine Sekunde darauf das Klicken des Telefonnebenanschlusses.

„Da bin ich wieder", meinte Liam.

„Dann komme ich am besten gleich zur Sache. Ich konnte weitere Nachforschungen anstellen und es ist tatsächlich so, wie ich es mir gedacht habe. Ich habe mich mit einem Kollegen in Verbindung gesetzt, den ich vom Studium her kenne. Er ist Anwalt in Texas und war mir eine große Hilfe. Es war nicht leicht, das alles zu entwirren, aber ich denke, wir beide haben es geschafft." Liam hörte ein schwaches Klopfen, kurz darauf öffnete sich die Tür. Troy streckte den Kopf herein und Liam gab ihm ein Zeichen, dass er hereinkommen konnte, während er dem Anwalt zuhörte. Troy stellte sich neben ihn. Dessen kräftige Hände legten sich auf Liams Schulter und massierten ihn sanft. Der Anwalt erklärte ihm weiterhin den Sachverhalt. Liam verstand nur einen Teil davon, aber das, was er verstand, zerfetzte endgültig die letzten positiven Gefühle, die er für seinen Vater noch hatte. „Liam, willst du das wirklich tun?"

„Ja", antwortete er ausdruckslos und konnte dem, was ihm gesagt wurde, kaum zuhören. „Tun Sie es." Liam fing vor Schmerz und Wut zu zittern an, Troys Hand auf seinem Arm beruhigte ihn ein wenig. „Ich will, dass er aus meinem Leben verschwindet."

„In Ordnung. Ich leite dann alles in die Wege. Sie tun, was Sie tun müssen und achten darauf, dass Sie nicht alleine sind", warnte der Anwalt. Liam sagte zu. „Ich rufe wieder an, wenn ich alles habe. Dann müssten Sie in mein Büro kommen, um die Unterlagen zu unterschreiben."

„Das werde ich", antwortete Liam, ehe er wie betäubt den Hörer auflegte.

„Ich nehme an, das waren keine guten Nachrichten", sagte Troy leise. Liam schüttelte den Kopf.

„Wie man es nimmt", erwiderte Liam. „Ich muss noch einen Anruf machen, dann bin ich fertig." Liam nahm noch einmal den Hörer ab und wählte die Nummer, die er auswendig konnte. „Vater, hier ist Liam."

„Hast du die Papiere unterschrieben?", fragte sein Vater eilig und ohne Umschweife.

„Komm um sechs Uhr zur Ranch, dann kannst du sie unterschrieben mitnehmen. Vorher will ich dich hier nicht sehen und danach will ich deine armselige Gestalt nie wieder sehen. Und das heißt nicht in der Stadt und mit Sicherheit keine nächtlichen Besuche auf der Ranch." Eine Chance zu antworten, gab Liam seinem Vater nicht. „Ich sehe dich dann um sechs. Das wird das letzte Mal sein, dass du mir unter die Augen trittst." Rasch legte Liam auf, holte keuchend tief Luft und kniff seine Augen fest zusammen, um die Tränen aufzuhalten. *Verdammt, ich werde diesem Bastard keine Träne nachweinen. Auf keinen Fall.*

„Geht es dir gut?", flüsterte Troy und hielt Liam fest. „Ich weiß, das war hart. Er war vielleicht ein Bastard, aber er ist immer noch dein Vater und du hast jedes Recht, diesen Verlust zu betrauern."

Ohne etwas zu sagen, legte Liam seinen Kopf gegen Troys Schulter und ließ sich für eine Weile einfach nur festhalten.

„Mir geht es gut", antwortete Liam schließlich und entzog sich Troys Wärme, die er augenblicklich vermisste. „Wir sollten zurück zu Jeanie und Sofia."

„Die kommen schon zurecht. Sofia und Jefferson amüsieren sich prächtig miteinander. Zuletzt haben sie Baseball angesehen und er hat ihr die Regeln erklärt", sagte Troy und zog Liam erneut in seine Arme. „Im Augenblick mache ich mir mehr Sorgen um dich und was mit deinem Vater passiert."

Liam hielt die Luft an. „Ich werde dir alles erzählen, aber ich brauch erst mal ein paar Minuten. Außerdem muss ich noch mit Wally reden."

„Ich habe gehört, wie du ihm gesagt hast, dass er um sechs hier sein soll", meinte Troy.

„Ja. Und der Anwalt plant einen interessanten Empfang für ihn. Also, lass uns zu deiner Familie gehen und wenn sie weg sind, erzähle ich dir alles." So richtig überzeugt sah Troy nicht aus. „Vertrau mir. Das könnte wirklich unterhaltsam werden."

„Ich vertraue dir. Ich wollte damit nichts anderes andeuten. Ich mache mir einfach nur Sorgen, was der Bastard dir antun könnte", flüsterte Troy in Liams Ohr. Liam erschauerte, ungeachtet der Botschaft, die er von sich gab. Liam liebte es, Troy so nahe zu sein. In seinen Armen fühlte er sich sicher. Und am Liebsten hätte er diesen Raum niemals mehr verlassen, aber sie hatten Besuch und noch einige Dinge vorzubereiten.

„Geh und verbringe Zeit mit deiner Tochter", sagte Liam mit einem leisen Seufzen und kniff Troy ins Ohr.

„Glaube ja nicht, dass ich nicht bemerkt habe, was du in Bezug auf Sofia tust", entgegnete Troy sanft. „Und dafür liebe ich dich."

Liam drehte sich in Troys Armen um. „Sie ist deine Tochter. Ihr beide solltet Spaß zusammen haben."

„Den haben wir, und das verdanken wir hauptsächlich dir." Sanft liebkoste Troy Liams Nacken, ehe er die Umarmung löste und die Tür öffnete. In dem Moment rannte Sofia laut lachend an ihm vorbei, Benjamin jagte bellend hinter ihr her. Noch einmal blickte Troy Liam mit diesem dankbaren Vaterblick an und verließ das Büro.

Tief durchatmend schloss Liam die Tür und sank in einen der Bürostühle. Er dachte über all das, was ihm der Anwalt erzählt hatte, noch einmal nach und was er wirklich tun wollte. Auf dem Schreibtisch fand er ein dickes Telefonbuch und blätterte es durch bis zu der Seite, die er brauchte und starrte auf die Ziffern. Würde er das tun, gäbe es kein Zurück mehr. So verharrte er in dieser Position, bis Wally die Tür öffnete und den Kopf herein streckte. „Alles in Ordnung bei dir?"

Liam rührte sich nicht, spürte aber, wie Wally eintrat und die Tür schloss.

„Ich versuche gerade, zu entscheiden, was ich machen soll", sagte Liam schließlich, ohne den Blick von der Telefonnummer zu nehmen. „Wenn ich das tue, kann ich nichts mehr ändern." Endlich sah Liam auf. Auch Wally blickte auf den Eintrag im Telefonbuch.

„Tu es nicht aus Rache, sondern weil es das Richtige ist", war Wallys Rat. Unabhängig davon wusste Liam, dass es einzig und allein seine Entscheidung sein musste. Liam blickte in Wallys Gesicht und betrachtete dessen ermutigendes Lächeln. Tief einatmend nahm Liam den Hörer ab und wählte die Nummer.

DER REST des Nachmittages wurde dann doch noch schön. Liam war zwar die meiste Zeit sehr nervös, versuchte aber, nur an seine Arbeit zu denken und nicht an das, was noch kommen würde. Als Sofia fragte, ob sie noch einmal auf Rose reiten könnte, sattelte er sie und ließ Troy sie über den Hof führen, während er seine Arbeiten erledigte. Es tat so gut, das kleine Mädchen lachen zu hören. Immer, wenn er eine Schubkarre Mist aus den Boxen nach draußen brachte, sah er Troys lächelndes Gesicht. Und das war es wert, alles durchzustehen, was immer ihm das Leben auch vor die Füße warf. Nachdem er die Boxen ausgemistet hatte, ging Liam nach draußen zu den Gehegen, um nach den Katzen zu sehen und sich zu vergewissern, dass sie genügend Wasser hatten. Als er fast fertig war, hörte er Schritte hinter sich.

Er hatte mit Wally gerechnet, war allerdings wirklich überrascht, als Jeanie verhalten auf ihn zutrat.

„Geht es ihnen gut?", fragte sie und blieb in ausreichender Entfernung zum Zaun stehen.

„Ihnen geht es super. Es ist so warm, dass sie sich die meiste Zeit so wenig wie möglich bewegen", erklärte Liam, während er Mannys Wasser auffüllte.

„Troy liebt dich", meinte Jeanie. In ihrer Stimme schwang ein wenig Schmerz mit. „Ich werde nicht lügen und sagen, dass ich nicht gehofft hatte, dass er sich vielleicht geändert hätte."

„Du bist hierher gekommen, um ihn zurückzuholen?", fragte Liam.

Traurig zuckte Jeanie mit den Schultern. „Ich glaube nicht, aber ich hätte nichts dagegen gehabt, wenn er gefragt hätte. Wahrscheinlich hätte das gezeigt, dass nichts falsch an mir ist."

„Das ist es auch nicht", entgegnete Liam und begann, den Wasserschlauch aufzurollen. „Und mit ihm ist auch alles in Ordnung. Er ist so, wie er nun mal ist. Es tut mir wirklich leid, dass er dich belogen hat, aber er hat auch sich selbst jahrelang belogen und das hat ihn schier zerfressen. Er hat endlich damit angefangen, die Schuld und die Scham hinter sich zu lassen, die er so lange mit sich herumgetragen hat. Ich denke, das haben wir beide."

„Du liebst ihn wirklich, oder?", fragte Jeanie, hob dann allerdings ihre Hand. „Du musst mir nicht antworten. Ich kann es in deinen Augen sehen, wenn du ihn ansiehst. Und in seinen, wenn er dich ansieht. Er ist auf eine Art glücklich, die ich schon lange nicht mehr bei ihm gesehen habe."

„Die Frage ist aber doch, ob du auch glücklich bist?" Liam drehte das Wasser ab, rollte den Schlauch auf und legte ihn neben dem Haus ab.

„Nicht ganz, aber das wird schon noch. Als ich Troy geheiratet habe, dachte ich, dass es für immer wäre. Und ich habe herausgefunden, dass dem nicht so war."

„Wenn es dich tröstet, ich glaube, ihm ging es genauso. Seine Gefühle haben ihn ebenso verletzt wie dich. Vielleicht sogar mehr, weil er sie nicht haben wollte."

Jeanie lächelte. „Dafür, dass du noch so jung bist, bist du wirklich sehr klug."

Was er darauf antworten sollte, wusste Liam nicht, aber das Kompliment freute ihn. Lächelnd sah er ihr hinterher, als sie um das Haus herumging. Vermutlich zu Sofia, die immer noch auf ihrem Pferdchen ritt.

„Liam", rief Wally von der Hintertür. „Könntest du die Gehege in der anderen Bucht bis morgen Nachmittag fertigmachen?" Liam begutachtete das leere Gelände und nickte. Viel gab es da nicht zu tun. „Die staatliche Tierkontrolle hat angerufen. In Cheyenne haben sie vier Löwen in einem Haus gefunden. Irgendjemand wollte sie sich wohl als Haustiere halten. Es sind immer noch Jungtiere und anscheinend unterernährt und in keiner guten Verfassung. Sie bringen sie morgen zu uns."

„Kein Problem", antwortete Liam.

„Danke dir", sagte Wally, bevor er die Tür wieder zuzog. Danach ging Liam zur Vorderseite des Hauses und sah gerade noch, wie Troy Sofia half, von Rose abzusteigen. Sie hatte ihre Arme um Troys Nacken geschlungen. Liam hätte so gerne gehört, was sie zu ihm sagte, doch die bloße Freude auf Troys Gesicht, als er seine Tochter fest an sich drückte, sagte ihm alles. Liam wartete, bis Troy Sofia auf den Boden gestellt hatte, ehe er sich den beiden näherte.

„Ich werde jetzt mit Sofia wieder zurück in die Stadt fahren", sagte Jeanie. „Wir kommen morgen wieder und bringen Sofias Koffer mit. Sie kann ein paar Tage bei dir bleiben, dann müssen wir wieder nach Hause fliegen."

„Und was wirst du die Tage machen?", fragte Troy, während Liam Roses Zügel entgegen nahm.

Liam hörte Jeanies herzliches Lachen, als er mit Rose zum Stall ging. „Ich werde wahrscheinlich zwei Tage im Bett verbringen und außer lesen und am Pool liegen nichts tun."

Den Rest der Unterhaltung bekam er nicht mehr mit, doch das machte Liam nichts aus. Troy war glücklich und das war das Wichtigste. Zum zweiten Mal an diesem Tag sattelte er Rose ab und ließ sie dieses Mal auf eine der leeren Koppeln zum Grasen. Sie hatte es sich wirklich verdient. Er kam gerade noch rechtzeitig zurück, um Jeanie und Sofia zum Abschied zu winken, als sie vom Hof fuhren und die Auffahrt hinunter. Fast augenblicklich wurde die Ruhe und Gelassenheit, die sich über Liam gelegt hatte, durch Besorgnis darüber, was er vorhatte, ersetzt.

„Du musst das nicht tun", sagte Troy, als er näher kam. „Wally und ich könnten das auch erledigen, ohne dein Beisein."

„Nein, das könnt ihr nicht. Diese Sache muss ich selbst erledigen, damit ich aufhören kann, darüber nachzudenken, und mich nicht für den Rest meines Lebens wie ein Feigling fühle", erklärte Liam. „Ich muss ihm direkt gegenüberstehen, von Mann zu Mann. Ich denke, das ist der einzige Weg, um ihn endlich loszuwerden."

„Okay, aber Wally und ich bleiben in der Nähe. Du musst da nicht alleine durch. Nicht mehr", sagte Troy. Liam wusste, dass das stimmte. Troy und Wally hatten ihn in den Wochen, die er die beiden nun kannte, öfter unterstützt, als sein Vater in all den Jahren, an die er sich erinnern konnte. „Geh und mach dich fertig. Ich warte hier."

Liam nickte, ging ins Haus und steuerte direkt auf sein Zimmer zu. Er schnappte sich ein paar saubere Klamotten und ging ins Bad. Entschlossen versuchte er, sich zu entspannen und seine Ängste loszuwerden. Doch es funktionierte nicht. Ihm war klar, dass sich nichts ändern würde, bis das alles vorbei war.

Mit geschlossenen Augen trat er unter die Dusche und verdrängte alles außer Troy. Während er sich wusch, flammten Bilder von seinem Geliebten vor seinen Augen auf. Obwohl er ihn noch nicht lange kannte, war Troy inzwischen für ihn genauso unverzichtbar wie die Luft zum Atmen. Liams Gedanken zentrierten sich auf Troy, als seine Hände über seinen Körper wanderten. Solange er das tat, hörte das unruhige Zittern auf und er konnte tatsächlich klar denken. Liam seifte sich fertig ein, stellte sich unter den Wasserstrahl und wusch sich das Duschgel ab. Dabei dachte er darüber nach, ob er Troy davon überzeugen konnte, dass sie heute Abend eine dieser entspannenden Duschen nötig hatten. In seinem Kopf spielten sich so viele Fantasien ab, die er gerne ausprobieren würde und Sex unter der Dusche wanderte auf seiner Liste immer weiter nach oben. Aber eins nach dem anderen. Liam stellte das Wasser ab, rieb sich trocken und schlüpfte in seine besten Sachen. Ein Blick auf die Uhr sagte ihm, dass es beinahe sechs Uhr war und er machte sich auf den Weg nach draußen.

Troy und Wally konnte er nirgends entdecken, doch Liam wusste, dass sie in der Nähe waren. Sein Körper spannte sich nervös an, als der Truck seines Vaters auf die Auffahrt bog und neben dem Haus anhielt.

„Du hast also die Papiere unterschrieben?", begann sein Vater, noch bevor er überhaupt ausgestiegen war.

„Das habe ich, ja. Aber sie sind nicht hier. Sie sind bei meinem Anwalt hier und meinem Anwalt in Texas habe ich Kopien geschickt." Liam ließ sich nicht unterkriegen. Auch nicht, als sein Vater näher kam.

„Ich brauche diese Unterlagen, damit ich die Ranch verkaufen kann!"

„Du meinst *meine* Ranch. Ja, ich weiß alles über den Treuhandfond und dessen Einschränkungen. Ich verkaufe die Ranch und du bekommst rein gar nichts davon."

Da lachte der Bastard laut auf. „Ich bin der Treuhänder und bis du fünfundzwanzig bist, kannst du gar nichts machen." Das böse Lachen erstarb auf seinen Lippen und seine Augen loderten gefährlich auf.

„Genau genommen ist das nicht richtig. Du musst wissen, dass mein Anwalt dich als Treuhänder abgesetzt und durch eine neutrale Person ersetzt hat. Die Ranch wird verkauft und du von dort verbannt. Während wir hier miteinander sprechen, werden gerade deine Sachen ausgeräumt. Was mein Anwalt damit vorhat, weiß ich nicht. Aber ich hoffe, dass er daraus ein riesiges Lagerfeuer macht. Du hast mir das letzte Mal in meinem Leben wehgetan und von mir genommen, du Bastard!"

Die Faust, die auf ihn zuraste, sah er erst, als sie Kontakt mit seinem Kinn hatte. Liam wirbelte herum und stürzte zu Boden. Er schmeckte Blut und sein Kopf fühlte sich durchgerüttelt an.

„Du mieses Stück Scheiße. Ich werde dich hier verscharren. Diese Ranch gehört mir!"

„Hast du die Gatter hier überall geöffnet?"

„Natürlich habe ich das! Verdammte Schwuchteln! Hab euch ganz schön erschreckt, oder? Und jetzt komm. Du fährst mit mir zurück und wir machen das alles rückgängig." Sein Vater streckte die Hand nach ihm aus, doch Liam drehte sich von ihm weg, stand auf und starrte ihn an.

„Nein, das werde ich nicht tun. Ich habe genug von dir. Du hast mich das letzte Mal als Punchingball und Prügelknabe benutzt."

„Dem kann ich nur zustimmen", sagte eine raue, kräftige Stimme aus Richtung Stall. „Fassen Sie den jungen Mann nie wieder an! Und jetzt legen Sie sich auf den Boden!"

Aus Angst, sich umzudrehen, sah Liam zu, wie sein Vater kreidebleich wurde und zurücktrat. Dann sah sich Liam kurz nach der Stimme um. Der Sheriff stand mit gezogener Waffe da, die er auf seinen Vater gerichtet hatte. Neben ihm stand ein Hilfssheriff, ebenfalls mit einer Hand an der Waffe. Der Sheriff kam näher und Liam trat auf Troy zu. Sofort spürte er die Arme seines Geliebten um sich.

„Junger Mann, in eine solche Gefahr hättest du dich nicht begeben dürfen. Aber du hast uns einiges an Arbeit verschafft." Der Sheriff legte Liams Vater Handschellen an und ließ ihn auf dem Boden liegen. „Wir nehmen Viehdiebstahl hier sehr ernst", sagte er. „Außerdem habe ich einen Haftbefehl vom Staat Texas. Scheinbar wollen sie sich mit Ihnen über versuchten Betrug an dem Treuhandfonds Ihres Sohnes unterhalten."

Der Hilfssheriff steckte seine Waffe in das Holster, bevor er mit einer großen Limousine vorfuhr. Sie war nicht gekennzeichnet, doch sobald sich die Türen öffneten, konnte man sofort sehen, dass es ein Polizeiauto war. Als Liams Vater Gift und Galle gegen alle verspritzte, setzte ihn der Hilfssheriff ins Auto. Doch er kämpfte gegen den Polizisten an. „Wenn Sie sich noch länger so wehren, werde ich Sie mit dem Elektroschocker bis in die nächste Woche beamen!"

Augenblicklich wurde Liams Vater ruhig, doch der stete Strom an Obszönitäten ging weiter, bis sich die Wagentür schloss. Selbst durch das Fenster konnte Liam sehen, wie sein Vater immer weiter schimpfte.

„Der Mann ist vielleicht ein hartes Stück Arbeit. Aber ich habe eine Zelle, in der er ausdampfen kann, bis sich Texas entscheidet, was sie mit ihm tun wollen", meinte der Sheriff, ehe er sich an Liam wandte. „Geht es dir gut? Wir können einen Krankenwagen rufen, wenn du einen brauchst."

„Nein", entgegnete Liam und bewegte vorsichtig seinen Kiefer. „In den letzten Jahren hat er weitaus Schlimmeres getan. Mir geht es gut."

„Wir fahren morgen auf die Wache und machen unsere Aussage", sagte Wally. „Wir müssen dafür sorgen, dass er endgültig weggesperrt wird."

„Das wird er, Wally. Mach dir darum keine Sorgen." Zum Abschied gab der Sheriff allen noch die Hand, bevor er in seinen Wagen stieg. „Wir sehen uns morgen auf dem Revier." Mit einem zufriedenen Lächeln fuhren der Sheriff und sein Hilfssheriff die Auffahrt hinunter.

„Das war nun wahrlich genug Aufregung für eine Weile." Wally sah zu Troy. „Ich nehme an, du bleibst zum Abendessen", meinte er mit warmer Stimme.

„Wenn das okay ist", sagte Liam.

„Natürlich, allerdings wäre Troy nun mit kochen dran", sagte Wally zwinkernd und lächelte, ehe er sich zur Haustür umdrehte.

„Komm schon", forderte Troy Liam auf und nahm seine Hand. „Du solltest dich etwas waschen und mich nach deiner Lippe sehen lassen."

„Mir geht es gut", beharrte Liam. Ihm ging es wirklich gut. Um ehrlich zu sein, mehr als das. Er hatte seinem gewalttätigen Vater in die Augen gesehen und ihm die Stirn geboten. „Ich fühle mich, als hätte ich den Dämon ausgetrieben, verstehst du?" Liam lächelte befreit, zuckte dann jedoch durch den Schmerz in seiner aufgeplatzten Lippe zusammen.

„In einer gewissen Art und Weise fühle ich mich auch so." Troy erwiderte das Lächeln, nahm Liams Hand und zusammen gingen sie ins Haus. Troy führte ihn geradewegs ins Bad und griff nach einem Waschlappen. Diesen hielt er unter warmes Wasser und wusch sanft das Blut vom Gesicht seines Geliebten. „Das tut jetzt vielleicht ein bisschen weh, aber bleib ruhig, damit ich alles erwische."

„Au", zischte Liam und zuckte etwas zusammen, als der feuchte Lappen den Riss in seiner geschwollenen Lippe berührte. Während Troy ihn weiter von dem Blut befreite, versuchte er, sich zu fassen. „Bleibst du jetzt wirklich hier?" Liam nahm an, dass es besser war, ihn danach zu fragen und es sicher zu wissen, als abzuwarten und zu raten.

„Ja, ich bleibe wirklich hier. Mir gefällt es hier." Nachdem er Liams Lippe sauber gemacht hatte, wusch der den Waschlappen aus und hing ihn zum Trocknen auf.

„Ich könnte es dir nicht verdenken, wenn du näher bei Sofia leben willst", sagte Liam und schlug den Blick nieder. Ein paar Sekunden später spürte er Finger an seinem Kinn, die seinen Kopf sanft nach oben drückten.

„Sofia wird oft hierher zu Besuch kommen und *wir* werden sie auch besuchen."

„Wir?", fragte Liam hoffnungsvoll. Das Lächeln, das sich auf seine Lippen legte, schmerzte zwar etwas, doch das war ihm eigentlich egal.

„Ja, wir." Troys Augen wurden ernst, während sich seine Lippen zu einem Lächeln verzogen. „Jeanie und ich müssen uns noch über die Details klar werden, aber ich denke, wir werden eine Lösung finden. Und ich bin mir ganz sicher, dass Sofia keine weitere Überredung mehr braucht, besonders, wenn sie wieder auf ihrem Pferdchen reiten kann." Troy kam näher und Liam spürte dessen Wärme, als seine Augen zufielen. Sanfte, vorsichtige Küsse berührten seine Lippen, die Liam behutsam erwiderte. „Ich liebe dich", sagte Troy leise. Sein warmer Atem prickelte auf Liams kribbelnden Lippen.

„Ich liebe dich auch", gab Liam zurück, ehe er Troy inniger küsste. Auf den Schmerz in seinen Lippen achtete er gar nicht.

Ein kräftiges Klopfen ließ sie beide zusammenzucken. „Wenn ihr da drin mit irgendetwas beschäftigt seid, beendet es. Abendessen ist fertig." Wally klang amüsiert und Liam seufzte, bevor er sich von Troys Wärme trennte und die Tür öffnete. Der Duft von Essen wehte durch das Haus. Liam folgte seiner Nase, Troy dicht hinter ihm.

„Da du ja offensichtlich beschäftigt warst, habe ich mich ums Essen gekümmert. Aber du bist immer noch an der Reihe", meinte Wally augenzwinkernd, öffnete die Backofentür und holte die Auflaufform heraus. Das sah ganz nach Resten aus, doch Liam kümmerte das nicht und er schätzte, Troy auch nicht.

„Wir müssen unbedingt wieder angeln gehen", meinte Troy und zog sich einen Stuhl heran. „Da Sofia morgen bei mir ist, wie wäre es, wenn ich euch alle ins Steakhaus einlade?"

„Abgemacht", sagte Wally, stellte den Auflauf in die Mitte des Tisches und schob Jefferson an den Tisch. Sie unterhielten sich und aßen. Liam war so aufgeregt und erleichtert wie selten zuvor. Ab sofort gab es keine Schläge und Kämpfe mehr, keine Demütigungen und Beschimpfungen, die sein Selbstbild in den letzten Jahren in Stücke gerissen hatten. Die Qual war endgültig vorbei. Unter dem Tisch legte Troy sanft eine Hand auf sein Bein und Liam blickte ihn lächelnd an.

„Du hast noch nichts gehört?", fragte Wally interessiert nach.

„Nein", antwortete Troy. „Manchmal brauchen diese Dinge etwas Zeit. Nach dem Essen faxe ich meinem Kollegen die Informationen von Mr. Milford. Wenn wir in einer Woche nichts hören, rufe ich noch einmal an. Diese Bürokratie arbeitet in ihrem eigenen Tempo und unglücklicherweise gibt es auch Zeiten, in denen es scheint, als wäre sie eingefroren."

Liam sah, wie Wally zustimmend nickte. Während sie weiter aßen, unterhielten sie sich über andere Dinge. Nachdem sie fertig waren, räumten Troy und er auf. Danach ging Liam zu den Katzen hinaus und kümmerte sich darum, dass sie für die Nacht gut versorgt waren. „Wo ist Wally?", fragte Liam, als er Troy aus dem Stall kommen sah. Sein Blick wurde intensiver, ehe er zu ihm kam und ihn inbrünstig küsste.

„Weißt du", fing Troy an, als er den Kuss unterbrach, „ich hatte schon immer diese Fantasie von Sex im Stall."

Liam lachte leise. „Du weißt aber schon, dass Heu richtig kratzt, besonders an den empfindlichen Stellen?" Sanft erwiderte er Troys Kuss. „Ich hatte schon immer diese Duschfantasie und …" Troy unterbrach ihn mit einem Kuss und sie eilten ins Haus. Jetzt hatten sie genug Zeit für all ihre Fantasien.

10

„Du bleibst also wirklich dauerhaft dort?", fragte Kevin. Troy lachte. „Du weißt schon, dass es da meterhoch schneit und die Temperaturen arschkalt werden?"

„Erzähl mir was Neues. Vergangene Nacht war es unter dem Gefrierpunkt. Als ich aufgewacht bin, hatte es sieben Zentimeter Neuschnee gegeben und es ist erst November. Aber ich habe ja Liam, der mich warmhält." Liam hatte so viel mehr getan, als ihn warmgehalten, doch das behielt Troy lieber für sich.

„Darauf wette ich", witzelte Kevin. „Du klingst glücklich, das ist schön zu hören. Das ist schon viel zu lange her." Kevin lachte. „Es gibt noch einen anderen Grund, warum ich anrufe. Ich habe mich gefragt, ob du dich schon entschieden hast, was du mit der Jagdhütte machen willst."

„Ich denke schon. Ich habe Liam gefragt, ob wir uns etwas Eigenes suchen sollen. Und er war, gelinde gesagt, mehr als begeistert." Die Erinnerung daran, wie begeistert er wirklich gewesen war, ließ ihn unruhig hin und her rutschen und er war mehr als froh, dass Kevin ihn gerade nicht sehen konnte. „Ich denke, es ist das Beste, wenn wir sie verkaufen, aber ich möchte mir den Käufer genau ansehen."

„Okay. Du kümmerst dich darum. Ich vertraue deinem Urteil." Dieser Kommentar haute Troy glatt um. Eine lange Zeit war in ihrer Beziehung von Vertrauen keine Spur gewesen. Troy versuchte, sich nicht schuldig zu fühlen und widmete seine Aufmerksamkeit stattdessen ihrer Diskussion. „Lass mich wissen, wenn du etwas weißt."

„Das werde ich", versprach Troy. Sie sprachen noch eine Weile miteinander, bevor sie das Telefonat beendeten. Das Handy steckte Troy zurück in die Hosentasche und sah sich in der nun leeren und dunklen Hütte um. Dann packte er die letzte Kiste mit seinen Sachen und ging ein letztes Mal zu seinem Truck. Wally hatte ihm einen Platz gegeben, um seine Sachen unterzustellen, bis Liam und er sich entschieden hätten, was sie machen wollten. Außerdem hatte Wally erklärt, dass es jederzeit zu schneien beginnen konnte. Und war der Schnee erst einmal da, würde er bis Frühling wahrscheinlich nicht mehr zur Hütte zurückkommen können.

Er stellte die letzte Kiste zu den anderen, schloss die Hütte ab, ging zu seinem Wagen und fuhr den kleinen Berg hinunter zur Ranch.

„Ist das die Letzte?", fragte Liam aufgeregt, sobald Troy die Wagentür öffnete.

„Ja."

„Gut. Und ich glaube, ich habe für uns etwas gefunden. Es ist ein kleines Haus auf dieser Seite der Stadt und nicht weit von der Ranch entfernt. Dann liegen wir Dakota und Wally nicht länger auf der Tasche." Liam war so aufgeregt, dass Troy befürchtete, er würde platzen. Er wusste, dass es für Liam eine richtig große Sache war, ein eigenes Heim zu haben. Mehr oder weniger sein eigenes.

„Das klingt perfekt. Können wir es uns morgen zusammen ansehen?" Liams Aufregung war ansteckend, daher stieg Troy aus dem Wagen und umarmte seinen Geliebten fest. „Wo sind denn alle?"

„In der Stadthalle, schon vergessen? Bei dieser Sitzung entscheidet der Stadtrat endgültig über die Wasserrechte. Das hat jetzt Monate gedauert und die Stadt beinahe gespalten, doch heute Abend soll eine Entscheidung bekannt gegeben werden", antwortete Liam lächelnd.

„Wir werden es sehen. Bergbaugesellschaften können ganz schön hartnäckig sein. Besonders dann, wenn sie glauben, viel Geld machen zu können", erklärte Troy und küsste Liam. Kurz darauf ließ er ihn schon wieder los und begann, die letzten Kisten abzuladen. Das dauerte nicht lange, so konnte Troy Liam noch bei den abendlichen Arbeiten helfen, bevor sie ins Haus gingen.

Gerade, als sie das Haus betraten, klingelte das Telefon. Liam nahm ab. „Das ging ja schnell", hörte Troy ihn sagen. „Dann bis gleich." Und Troy hörte, wie Liam das Gespräch beendete. „Sie sind auf dem Weg hierher und Wally klang richtig zufrieden. Er wird uns alles erzählen, wenn Dakota und er nach Hause kommen."

Nicht lange und Schritte auf der Veranda kündigten ihre Rückkehr an. Die Tür wurde geöffnet und Dakota, Wally, Haven und Phillip kamen herein, jeder mit einem breiten Lächeln im Gesicht. „Sie haben ihnen eine Abfuhr erteilt", berichtete Dakota glücklich. „Das muss ich Dad erzählen. Wally, mach eine Flasche auf. Wir haben was zu feiern."

Dakotas Schritte verhallten, als er den Flur hinunterging und Wally aus der Küche eine Flasche Champagner holte. Als Dakota zurückkam, ließ Wally den Korken knallen. Liam holte Gläser, Wally schenkte ein und reichte jedem eines. „Auf Troy", verkündete Dakota und hob sein Glas, „dafür, dass Washington für uns gearbeitet hat."

„Ich nehme mal an, dass das Umweltgutachten der Bergbaugesellschaft den Kampfgeist genommen hat", sagte Troy, nachdem er einen Schluck getrunken hatte.

„Mehr oder weniger", erwiderte Dakota. „Ich habe mit einem der Stadträte gesprochen und der meinte, sie haben nur darauf gewartet, dass sie das Versprechen, das sie dem Gemeindezentrum gegeben haben, wahr machen würden, bevor sie ihnen absagen. Dass wir Washington ins Spiel gebracht haben, gab ihnen die Deckung, das zu tun, was sie längst tun wollten. Die meisten Leute waren unzufrieden mit der Bergbaugesellschaft, doch der Stadtrat konnte es nicht begründen, nein zu den Jobs zu sagen. Jetzt können sie es und haben es auch getan. Kleinstadtpolitik macht einen manchmal echt verrückt."

Troy lächelte. „Ich bin froh, dass ich helfen konnte."

„Du hast mehr als das getan. Du warst die Schlüsselfigur des Ganzen", sagte Dakota. Troy warf einen Blick auf Liam, der ihn zärtlich anlächelte. Dakota setzte sich auf einen Stuhl und stellte sein Glas auf den Couchtisch. „Auf der Rückfahrt meinte Wally, dass du mit uns etwas besprechen willst."

Nickend setzte sich Troy neben Liam und nahm seine Hand. „Mein Bruder und ich haben uns entschlossen, die Hütte und das Land drumherum zu verkaufen. Was ich wissen wollte, ist, ob ihr

192

das Land haben wollt und noch wichtiger, Zugang zu dem Fluss zur Ranch. Dann hättet ihr eine zweite Wasserquelle", erklärte Troy und spürte, wie Liam ihn sanft anstupste. „Ihr müsst euch nicht sofort entscheiden. Ihr habt noch Zeit bis zum Frühling."

Lächelnd blickte Dakota zu Wally und Haven und nickte. „Wir haben uns schon gedacht, dass du vielleicht verkaufen möchtest und ja, wir sind an dem Land interessiert. Ich bin mir sicher, wir werden uns einig. Doch dieser Vorfall hat uns alle gelehrt, dass wir eine zweite Wasserquelle brauchen." Dakota hob sein Glas und stieß mit Troy an.

DIE ABENDLICHEN Feierlichkeiten gingen weiter, bis Phillip und Haven nach Hause fuhren. Und auch Liam gab Troy seinen „es ist Zeit fürs Bett" Blick und sie verabschiedeten sich ebenfalls.

In dem kühlen Zimmer, das in den letzten Monaten zu ihrem geworden war, trat Liam dicht an Troy heran und schob seine Hände unter Troys Shirt. „Ich liebe dich Troy", flüsterte Liam mit einem traurigen Lächeln.

„Warum so traurig?", fragte Troy.

„Es wird hart, von hier wegzuziehen. Das war der erste Ort, an dem ich wirklich akzeptiert wurde und willkommen war."

„Ich weiß. Auch für mich ist dieser Ort hier etwas ganz Besonderes. Hauptsächlich, weil ich dich gefunden habe", sagte Troy, dessen Lippen beinahe Liams berührten.

„Wir haben einander gefunden", korrigierte Liam, ehe er Troy richtig küsste. „Wir beide haben versucht, vor unseren Leben zu flüchten, und haben dabei …"

„Wir haben die Liebe gefunden", fügte Troy hinzu, indem er den Satz beendete. Danach nahm er Liams Lippen für etwas weitaus Wichtigeres als Reden in Anspruch.

EIN
weites Land -
MITEINANDER

ANDREW GREY

Buch 1 in der Serie – Geschichten aus der Ferne

Nach einem Jahr an der Universität gibt Dakota Holden sein Medizinstudium auf und kehrt nach Hause zurück, um die elterliche Ranch zu übernehmen und sich um seinen Vater zu kümmern, der an Multipler Sklerose erkrankt ist. Aus Pflichtgefühl erlaubt sich Dakota nur eine Woche Urlaub im Jahr. Diese verbringt er meist an exotischen Orten und gönnt sich soviel Spaß, wie er nur ertragen kann. Während seines letzten Urlaubs, einer Kreuzfahrt, schließt er mit Phillip Reardon eine Freundschaft, die bald eine wichtige Rolle in Dakotas Leben spielt.

Als Phillip beschließt, Dakotas Einladung zu einem Besuch auf der Ranch anzunehmen, ist Dakota glücklich, ihn wiederzusehen und auch seinen Freund, den Tierarzt Wally Schumacher kennenzulernen, Ungeachtet Wallys Bedürfnis, den Wölfen zu helfen, die von Dakotas Männern gejagt werden, um die Rinder zu schützen, verbindet die beiden bald viel mehr als ein starkes, beiderseitiges erotisches Interesse. Doch irgendwann wird sich entscheiden müssen, ob das Hochland von Wyoming weit genug ist für Dakotas Rinder, Wallys Wölfe und ihre Liebe.

www.dreamspinner-de.com

EIN WEITES LAND -
Dunkle Wolken

ANDREW GREY

Buch 2 in der Serie – Geschichten aus der Ferne

Die benachbarten Farmen der Holdens und Jessups stehen sich alles andere als nachbarschaftlich gegenüber – Jefferson Holden und Kent Jessup hassen sich. Doch trotz des jahrzehntelangen Grolls seines Vaters, kann sich Haven Jessup nicht dazu durchringen, seine Nachbarn zu hassen. Erst recht nicht, nachdem ihn Dakota Holden während eines gewaltigen Sturms bei sich aufnimmt, und er Dakotas Freund, Phillip Reardon, kennenlernt.

Phillip akzeptiert Haven so wie er ist. Als Einziger sieht er hinter die Maske, die Haven benutzt, um sein Verlangen nach Männern zu verstecken. Doch ihre zaghafte Annäherung und ihre heimliche Beziehung stehen unter großem Druck. Sabotierte Zäune, verletzte Tiere, geschmacklose Pläne und Jessups Familiengeheimnisse, bedrohen Havens neu gefundenes Glück und seine Hoffnung auf eine Zukunft mit Phillip.

www.dreamspinner-de.com

FEUER UND

Wasser

ANDREW GREY

Buch 1 in der Serie – Carlisle Cops

Officer Red Markham kennt die Schattenseiten des Lebens. Von einem Autounfall, der seinen Eltern das Leben kostete, hat er hässliche Narben davongetragen, die ihm den Umgang mit anderen Menschen schwer machen. Sein Job als Polizist auf den Straßen von Carlisle, Pennsylvania addiert noch dazu, da sich in letzter Zeit Drogenmissbrauch mit tödlichem Ausgang häuft. Eines Nachmittags wird Red wegen eines Kindes, das bei einem Unfall fast ertrunken wäre, zum örtlichen Schwimmbad gerufen. Am Unfallort stellt er fest, dass das Kind von dem Rettungsschwimmer Terry Baumgartner gerettet wurde. Red ist nicht überrascht, als der gut aussehende Terry ihn und sein hässliches Gesicht keines Blickes würdigt.

Mit anzuhören, dass einer der Rettungskräfte ihn für oberflächlich hält, öffnet Terry die Augen. Vielleicht ist er doch nicht so nett, wie er immer gedacht hat. Seine Freundin Julie schlägt vor, dass er Menschen unterstützt, denen es nicht so gut geht, indem er Essen an ältere Leute liefert. Auf seiner Tour trifft er die offenherzige Margie, eine Frau, die sagt, was sie denkt. Es stellt sich heraus, dass sie die Tante von Officer Red Markham ist.

www.dreamspinner-de.com

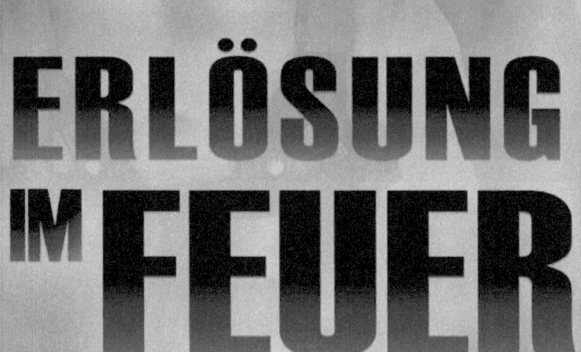

ERLÖSUNG IM FEUER

ANDREW GREY

Buch 1 in der Serie – im Feuer

Dirk Krause ist ein Mistkerl wie er im Buche steht. Er macht sich selbst das Leben zur Hölle und jeden in seiner Umgebung unglücklich. Als er während eines Brandeinsatzes verletzt wird, ist er sogar zum Krankenhauspersonal unausstehlich, und natürlich ist er niemanden aus seiner Einheit wichtig genug, um ihn zu besuchen.

Lee Stockton ist das neueste Mitglied auf der Feuerwache, das den undankbaren Job aufgebrummt bekommt, Dirk einen Blumenstrauß von den Jungs vorbeizubringen. Zu Dirks Überraschung durchschaut Lee ihn sofort und lässt sich nicht vergraulen. Lee ist fest entschlossen, Dirk zu helfen, diese Arschloch-Attitüde aufzugeben und nicht alle von sich zu stoßen. Als ihre Streitereien schließlich im Bett enden, stellt sich die Frage, ob dieses Feuerwerk über einer möglichen Beziehung erstrahlt oder am Ende nur Asche zurückbleibt.

www.dreamspinner-de.com

GESTÄHLT IM FEUER

ANDREW GREY

Fortsetzung zu *Erlösung im Feuer*
Buch 2 in der Serie – im Feuer

Lee Stanton und Dirk Krause sind schon seit ein paar Monaten ein Paar. Doch dann erhalten sie schlechte Neuigkeiten: Die Feuerwache, auf der sie beide arbeiten, soll geschlossen werden, wenn sie es nicht schaffen, genug Geld für die überfälligen Reparaturen zusammenzukratzen. Die Union-Feuerwehr will sich gemeinsam dagegen wehren. Es gibt nur ein Problem: Die einzige Idee, wie sie an Geld kommen können, ist von Lee. Und Dirk hasst sie.

Unglücklicherweise finden alle anderen Lees Idee von einem „Dinner mit Aussicht" – bei dem sie nur in Helmen, Stiefeln und Uniformhosen servieren sollen – großartig, und Lee wirft sich in die Vorbereitungen. Doch Widerstand aus der Verwaltung und ein schleppender Vorverkauf bringen Lees Event in Gefahr. Solange es Dirk nicht schafft, seinen Stolz und seinen Eigensinn einen Abend lang unter Kontrolle zu bringen, könnte es ihn und Lee ihre Jobs kosten – von ihrer Beziehung ganz zu schweigen.

www.dreamspinner-de.com

ANDREW GREY wuchs zusammen mit einem Vater, der es liebte, Geschichten zu erzählen und einer Mutter, die es liebte, sie zu lesen, in West Michigan auf. Seitdem lebte er im ganzen Land und reiste durch die ganze Welt. Er hat einen Hochschulabschluss der Universität von Wisconsin-Milwaukee und arbeitet für das Informationssystem einer großen Firma. Zu Andrews Hobbys gehören Antiquitäten sammeln, Gärtnern und sein schmutziges Geschirr überall stehen zu lassen, außer in der Spüle (besonders dann, wenn er schreibt). Mit einer ihn akzeptierenden Familie, fantastischen Freunden und dem liebevollsten und fürsorglichsten Partner der Welt, betrachtet er sich als gesegnet. Andrew lebt momentan in dem wunderschönen, historischen Carlisle, Pennsylvania.

Besuchen Sie Andrews Homepage: www.andrewgreybooks.com und seinen Blog andrewgreybooks.livejournal.com.

Schreiben Sie eine E-Mail an andrewgrey@comcast.net.

Von ANDREW GREY

Feuer und Wasser
Liebe kommt auf leisen Sohlen
Sieben Tage

GESCHICHTEN AUS DER FERNE
Ein weites Land – Miteinander
Ein weites Land – Dunkle Wolken
Ein weites Land – Unruhige Zeit

IM FEUER
Erlösung in Feuer
Gestählt im Feuer

Veröffentlicht von DREAMSPINNER PRESS
www.dreamspinner-de.com

www.ingramcontent.com/pod-product-compliance
Lightning Source LLC
Chambersburg PA
CBHW022146240626
47153CB00007B/2534